Judith Arendt

HELLE
UND DIE KALTE HAND

Der zweite Fall für Kommissarin Jespers

Kriminalroman

Atlantik

Atlantik Bücher erscheinen im
Hoffmann und Campe Verlag, Hamburg.

1. Auflage 2019
Copyright © 2019 by Hoffmann und Campe Verlag, Hamburg
www.hoffmann-und-campe.de   www.atlantik-verlag.de
Umschlaggestaltung: favoritbüro, München
Umschlagfoto: © AWL Images / Getty Images
Satz: Pinkuin Satz und Datentechnik, Berlin
Gesetzt aus der Trump Mediäval
Druck und Bindung: C. H. Beck, Nördlingen
Printed in Germany
ISBN 978-3-455-00657-5

Ein Unternehmen der
GANSKE VERLAGSGRUPPE

For Ayuna og Oliver, tak

Der Flugsand hat die mächtigen Gewölbe überdeckt,
Dünenweißdorn und wilde Rosen wachsen über die Kirche hin,
über die der Wanderer jetzt zum Turm hinschreitet, der,
ein riesiger Leichenstein auf dem Grabe,
aus dem Sande emporragend, meilenweit zu sehen ist;
keinem Könige setzte man einen prächtigeren Stein.
Niemand stört die Ruhe der Toten;
niemand wusste es, und auch niemand weiß es,
erst jetzt kennen wir sein Grab –
der Sturm hat mir in den Sanddünen davon gesungen.

Hans Christian Andersen,
Eine Geschichte aus den Sanddünen, 1859

Råbjerg Mile

Im März, Außentemperatur 12 Grad

»Steig ein!«

Das Auto bremste neben ihr, der junge Mann hielt die Beifahrertür auf.

Sie kannte ihn. Es war keine schöne Erinnerung. Der Fahrer beugte sich nun ebenfalls hinüber, und auch ihn erkannte sie. Er sagte etwas, sie verstand ihn nicht. Sie schüttelte den Kopf und ging weiter.

Das Auto rollte langsam neben ihr die Straße entlang. Die Männer redeten auf sie ein. Schließlich bremste der Wagen, der junge Mann stieg aus und lief hinter ihr her. Er packte sie am Arm, aber sie riss sich los. Lief schneller. Gerade noch hatte ein anderes Auto sie überholt, aber nun war es weg und weit und breit kein anderes in Sicht.

Weil sie den Bus verpasst hatte, musste sie nach Skagen laufen. Es war kein schöner Weg, und er war weit, führte an der Straße entlang und durch die Dünen, in denen lediglich ein paar versprengte Kiefern standen.

Die Jacke war zu dünn, sie fror. Sie hatte nicht damit gerechnet, dass dieses Land so schrecklich kalt sein würde. Seit ihrer Ankunft fror sie. Ständig blies ein Wind. Wie hielten die Menschen das nur aus?

Der junge Mann lief hinter ihr her und hatte sie rasch eingeholt. Er packte sie an beiden Armen, nicht besonders fest, aber sie spürte doch, dass es keinen Sinn hatte, sich zu wehren. Er redete auf sie ein, aber sie schüttelte den Kopf. Sie wollte nicht zurückgebracht werden. Sie hatte sich entschlossen, zur Polizei zu gehen, und wollte sich nicht davon abbringen lassen. Aber sie wusste, dass sie gegen die Männer keine Chance hatte, und sie wusste, dass sie hier waren, um sie zurückzubringen.

Der Fahrer legte den Rückwärtsgang ein, hielt schließlich neben ihr mit laufendem Motor, und der junge Mann schubste sie auf den Rücksitz. Er nahm neben ihr Platz, und kaum hatte er die Autotür zugezogen, gab der Fahrer Gas.

Die Männer lachten, aber es war kein Lachen, das ihr die Angst nahm.

Fröstelnd schlang sie die Arme um den Oberkörper und presste die Beine zusammen.

»*Home!*«, sagte der Mann am Steuer nun zu ihr. Sie sah seine Augen im Rückspiegel. Er versuchte zu lächeln.

»*We drive you home*«, versuchte er noch einmal, sich ihr auf Englisch verständlich zu machen.

Sie nickte stumm. Was sollte sie auch sagen? Dass sie auf dem Weg zur Polizei war, um alles auffliegen zu lassen? Das wäre ihr nicht gut bekommen. Also schwieg sie. Sie würde es wieder versuchen. Wieder und wieder.

Die Männer fuhren mit ihr die Straße entlang, die zum Haus führte. Aber sie wusste, dass diese Männer nicht dafür bekannt waren, besonders hilfsbereit zu sein. Nicht zu ihresgleichen jedenfalls. Sie hatte Geschichten gehört.

Filipe konnte nichts dafür. Ihr Schwager hatte sicherstellen wollen, dass sie in Sicherheit war. Er wollte ihr helfen. Hätte er gewusst, was hier geschah, er hätte sie angefleht, zu Hause zu bleiben. Zu Hause in Luzon.

Warum musste sie nach Europa fliehen? Warum hätte sie nicht nach Indonesien gehen können? China, Malaysia, ganz egal, einfach nur weg aus ihrem Heimatland? Im Nachhinein wusste man es immer besser. Jetzt wusste sie, dass es ein Fehler gewesen war, nach Europa zu gehen. Alle zurückzulassen.

Besonders ihre geliebte Schwester.

Und so, wie die Dinge lagen, war es ihr besser ergangen als manch anderer. Das Kind war ein Schutz. Das war es schon auf der Überfahrt gewesen. Manche Männer hatten Respekt vor einer Mutter.

Aber nicht alle, dachte sie müde und beobachtete aus den Augenwinkeln ihre zwei Begleiter. Was waren sie? Entführer? Bewacher?

Sie hielt sich an dem Gedanken fest, dass die beiden es nicht wagen würden, sich an ihr zu vergreifen. Dafür war die Blonde zu mächtig. Die Blonde hatte ihre schützende Hand über sie und den Kleinen gebreitet, das glaubte sie zu wissen. Deshalb war sie zu dem Ehepaar gekommen. Am Anfang hatte sie sich glücklich geschätzt, die anderen Mädchen hatten es weitaus schlechter getroffen als sie. Aber dann ...

Plötzlich setzte der Mann den Blinker. Sie hatten die große Kreuzung erreicht, und der Weg zum Haus führte nach links, nicht nach rechts.

Panik stieg in ihr hoch. Der junge Mann neben ihr bemerkte ihre Nervosität, er legte eine Hand auf ihr Knie und sagte etwas, das sie nicht verstand. Diese verfluchte Sprache.

Sie hasste die Sprache, sie hasste das Land, sie hasste die Kälte, den Wind und die Menschen.

Was in aller Welt hatte sie hierhergetrieben? Warum hatte niemand ihr gesagt, wie es in Wirklichkeit war, warum hatte sie sich das Falsche in den Kopf gesetzt?

Sie kannte die Antwort.

Ein Reh lief plötzlich aus dem Wäldchen am Straßenrand auf die Fahrbahn. Es war weit genug weg, dass der Fahrer es noch rechtzeitig sah und heftig bremste. Der Wagen schlingerte, sie wurden nach vorn geschleudert, der Mann neben ihr nahm seine Hand von ihrem Knie und stützte sich am Vordersitz ab.

Der Fahrer fluchte, der Wagen stand nun quer auf der Straße, das Reh war mit einem großen Satz davongesprungen.

Ohne nachzudenken, öffnete sie die Autotür, rollte aus dem

Wagen und lief über die andere Straßenseite in den lichten Kiefernwald. Dahinter konnte sie die langgestreckte Düne erkennen.

Sie rannte, wie von Dämonen gejagt, womit hatte sie das verdient? Sie hatte Sicherheit gewollt, für sich und ihr Kind, aber es war alles noch schlimmer geworden, und jetzt waren sie hinter ihr her.

Dämonen.

Sie wagte einen Blick zurück über die Schulter. Die Männer schienen sich uneins zu sein, ob sie ihr folgen sollten oder nicht, jedenfalls konnte sie sehen, dass die beiden noch auf der Straße am Auto standen und stritten.

Sie blickte wieder nach vorne, versuchte, sich zu orientieren. Hier war sie schon einmal gewesen, das wusste sie, sie hatten einen Ausflug gemacht. Weit dort hinten war das Meer und davor die Kirche.

Es war kein guter Ort, das hatte sie gespürt, als sie hier gewesen waren. Es herrschten Erdgeister tief im Sand. Sie hatte es unter ihren Füßen gespürt, damals, der Sand war tückisch, er vibrierte, und sie wusste, dass hier Geister und Dämonen lebten, die älter und mächtiger waren als die Menschheit. Sie wusste es, weil sie diese Wesen von zu Hause kannte.

Die Geister, die im Wasser lebten und die die Fischer zu besänftigen suchten, indem sie ihnen einen Teil des Fangs opferten.

Die Geister, die im Wald lebten, auf den Bäumen, sie sprangen herab und verbissen sich in die Kehlen der Menschen.

Oder die Dämonen der Luft, die sich durch schlechten Atem bemerkbar machten, sie drangen durch die Poren in die Menschen ein und nahmen von ihnen Besitz. So jedenfalls hatte es ihre Mutter erzählt und ihre Großmutter, und sie glaubte es.

Sie hatte Menschen gesehen, die von Dämonen besessen waren, auch hier in Dänemark.

Einer der Männer brüllte ihr etwas hinterher, und die Stimme war nah. Sie folgten ihr.

Jetzt wagte sie es nicht mehr zurückzublicken.

Stattdessen rannte sie noch schneller.

Die Kirche kam immer näher, sie sah den gestuften Turm, der sich wie ein düsterer Schatten gegen den Himmel abhob. Aber sie wollte keinen Schutz in der Kirche suchen, die Kirche war kein Haus Gottes mehr, Gott hatte diese Kirche verlassen, weil die Dämonen ihn besiegt hatten.

Stattdessen überließ er die Mauern der Kirche dem Sand. Das war kein Zufluchtsort für sie, sie musste weiter, immer weiter. Sie bog ab von dem Weg, der zur Kirche führte. Sie wollte die breite Düne überqueren und zum Meer.

In ihrem Rücken spürte sie die Gegenwart der Männer. Sie konnte sie nicht hören, sie hörte nur das Pulsieren des Blutes in ihren Ohren, ihren Atem, der schwer und stoßweise aus ihr hervorbrach, ein ängstliches Wimmern dann und wann.

Sie verlor ihren Schuh, einen flachen Ballerina, doch davon ließ sie sich nicht aufhalten, sie musste schneller sein.

Der Sand war eiskalt, im ersten Moment glaubte sie, die Füße frören ihr ab. Sie dachte an den warmen, trockenen und weichen Sand ihrer Heimat, die weiße Decke, die jemand in der gleißenden Sonne ausgebreitet hatte wie ein feines Tuch.

Es war mühsam, im tiefen Sand zu laufen. Warum bloß war sie hierhergeflüchtet?

Es war das Meer, dachte sie jetzt, während sie rannte, rannte, rannte. Die Lungen stachen, ihre Beine wurden schwer, aber sie wollte leben. Wollte überleben, sie hatte es so weit geschafft, es durfte nicht enden. Nicht so.

Sie flüchtete zum Meer, weil es ihr vertraut war, sie hätte sonst nicht gewusst wohin. Das Meer war ihr vertraut, es verband sie mit ihrer Heimat, wenn sie am Meer stand und in die endlose Weite blickte. Irgendwo dort, hinter dem Horizont, am anderen Ende der Welt, war ihr Zuhause. Ihre Schwester. Ihr toter Mann.

Sie wagte nicht zurückzublicken, richtete ihren Blick starr nach vorne. Das Dach der Kirche sah sie nicht mehr, dafür in der Ferne das dunkle fremde Wasser, das düstere kalte Meer, das so ganz anders war als das Meer ihrer Heimat. Und ihr trotzdem die Hoffnung gab, sie könnte es nach Hause schaffen. Irgendwann zurückkehren dürfen. Übers Meer war sie gekommen, übers Meer würde sie nach Hause fahren.

Ach, Luzon. Ach, Pilita.

Dann fiel sie. Plötzlich, unvorhergesehen, sie hatte die Abbruchkante nicht rechtzeitig gesehen.

Die Luft blieb ihr weg, sie wollte schreien, biss sich aber fest in den Arm, um sich nicht zu verraten.

Der Fall war weder tief noch schmerzhaft, sie kullerte lediglich im tiefen Sand ein Stück abwärts. Über ihr wölbte sich die Kante.

Sie warf einen Blick nach oben. Vielleicht sollte sie hierbleiben. Sich noch tiefer in die Sandmauer drücken, von oben konnte man sie nicht sofort entdecken. Wenn sie Glück hatte, blieb sie für die Blicke ihrer Verfolger verborgen. Sie war so zart und schmal.

Verzweifelt schaufelte sie mit ihren Händen, klein und starr vor Kälte, eine Kuhle in die Sandmauer. Sie schabte und riss immer mehr Sand aus der Düne, sie war wie von Sinnen, wollte sich im Sand verkriechen, sie dachte nicht mehr an die Erdgeister, nur an die Männer, die ihr auf den Fersen waren.

Ihr Atem ging schwer, sie stöhnte, dann presste sie die Lippen aufeinander, damit man sie nicht hören konnte. Drückte sich mit dem Rücken in die Mauer aus Sand, schloss die Augen, fest, kniff sie zu, wie sie es als Kind getan hatte, wenn ihr Vater den Hühnern die Köpfe abhackte.

Nichts geschah, wenn man es nicht sah.

Sie hörte die Stimmen der Männer nun ganz nah.

Und dann war da plötzlich dieser Druck. Er kam von oben, drückte ihren schmalen Körper nieder, der keine Kraft hatte, sich zu wehren, ihr schoss noch der Gedanke durch den Kopf, dass sie hier rausmüsste, der Unterschlupf war eine Falle.

Aber da war es bereits zu spät.

Acht Monate später

Skagen

Außentemperatur 8 Grad

Die Feuchtigkeit drang bis auf die Knochen. Der dicke Wollpulli unter dem Parka, ihre Füße in den Red-Wing-Boots, die Hosenbeine ihrer Jeans – alles fühlte sich feucht, klamm und kalt an. Helles Haare klebten am Kopf, nass vom Regen und schmierig von der salzigen Gischt des Meeres. Ein vollgesogener Schwamm, das war sie, und es wunderte Helle, dass ihre Haut mittlerweile nicht aussah wie die einer Wasserleiche – wellig, grün und aufgeschwemmt.

Seit Wochen und Monaten regnete es. Ende August hatte es angefangen, nun war Mitte November, und wenn es einmal für wenige Stunden trocken blieb, dann schien es, als wolle der Wettergott nur Atem holen, um einen weiteren, noch schlimmeren Regen auf Jütland niedergehen zu lassen. Im vergangenen Jahr hatte der Sommer gefühlte acht Monate angedauert, die Äcker verdorrten, im Fluss trieben tote Fische, und im Oktober hatte Helle sich geweigert, auch nur einmal noch auf der Terrasse zu grillen, sie hatte sich stattdessen nach dem Herbst gesehnt, der einfach nicht gekommen war.

Und nun das.

Sogar der Hund hatte den Regen satt. Emil wollte nicht mehr mit ihr am Strand spazieren gehen. Wenn es an der Zeit war, trat er hinter Helle durch die große Panoramascheibe, durch die man vom Wohnzimmer direkt in die Dünen gelangte, hob sein Bein am allerersten Sandhaufen und setzte sich anschließend trotzig daneben. Er beobachtete sein irres Frauchen dabei, wie diese in ihrem Regenzeug in Richtung Meer stapfte, ihn abwechselnd zu locken versuchte oder autoritär mit dem Fuß aufstampfte, um ihm einen Gehorsam abzuverlangen, den er sein Lebtag nicht besessen hatte.

Jetzt lag der große alte Mischling unter der Wartebank in der Bahnhofshalle von Fredrikshavn, war schlafend zur Seite gekippt, sein helles Fell auf dem pfützennassen Betonboden. Helle vermied es, zu ihm hinunterzublicken, es schmerzte sie, dass ihr alter Geselle diesen feuchten Pelz mit sich herumtragen musste und sich nicht am Kaminfeuer zu Hause wärmen konnte. Sie befürchtete, er würde sich eine Lungenentzündung holen.

Ihre klammen Finger umfassten den Thermosbecher fester, als könne sie sich daran wärmen, aber die Hitze des Kaffees drang nicht nach außen durch. Hoffentlich würde Bengt es noch vor ihnen nach Hause schaffen, den Kamin anheizen und indisches Curry aufwärmen.

Endlich lief der Zug aus Kopenhagen ein. Die blecherne Stimme der Ansagerin schepperte unverständlich aus den Lautsprechern, in der Ferne zeigten sich die gelben Lichter, wie Augen eines Drachen, der sich durch Dunkelheit und strömenden Regen seinen Weg bahnte.

Kurz überlegte Helle, ob sie aufstehen und Amira, ihre ehemalige Polizianwärterin, auf dem Bahnsteig abfangen sollte, aber dann blieb sie doch sitzen. Sie wollte nicht, dass Emil sich bemüßigt fühlte, ihr zu folgen. Jedes Aufstehen war mit Anstrengung und Schmerzen für den arthrosegeplagten Hundekörper verbunden.

Beinahe lautlos glitt der Zug in den Bahnhof, ein leises metallisches Geräusch zeigte an, dass er zum Stehen gekommen war. Die Türen gingen auf, einige wenige Reisende sprangen aus den Wagen und hasteten den nassen Bahnsteig entlang, die Köpfe tief zwischen die Schultern gezogen. Dunkle Regenjacken, dicke Schuhe, wenige Wollmützen, Schirme, Schals – eine dampfende, feuchte und deprimierte Schar Reisender.

Fünf Uhr am Nachmittag und schon stockfinster im kalten Regen.

»Hej Fredrikshavn«, sagte Amira und grinste.

Mit einer routinierten Armbewegung schob Amira kurz darauf die leeren Tüten von Knabberkram, Wasserflaschen, eine Dose mit Emils Leckerli, die Hundeleine und zwei leere CD-Hüllen (Helle konnte sich verflixt noch eins nicht daran erinnern, wem sie die Patti Smith ausgeliehen hatte und warum die Hülle, nicht aber die CD da war) vom Beifahrersitz.

»Hat sich nichts verändert«, bemerkte die junge Frau und schickte einen strengen Blick zu Helle.

Die nickte und schämte sich kurz ihrer rollenden Müllkippe, während sie die sperrige Rampe aus Hartplastik für Emil aufklappte. Anders schaffte er es nicht mehr in den Kofferraum. Während der Hund mürrisch über die Rampe hochtrottete, schob Helle Amiras Rucksack auf den Rücksitz ihres Volvos. Direkt neben die große Kiste mit der Fritteuse, die Bengt von Kollegen zum Geburtstag geschenkt bekommen hatte und die seitdem – ein halbes Jahr immerhin – von Helle durch die Gegend gefahren wurde in der Absicht, sie bei nächster Gelegenheit irgendwo zu verkaufen. Wahrscheinlicher war, dass das ungeliebte Ding im Lauf des nächsten halben Jahres im Keller bei all dem anderen Lebensmüll landete, der Helles Energiekanäle verstopfte.

»Eine Fritteuse, ernsthaft?« Amira hatte sich zu ihrer ehemaligen Chefin nach hinten gedreht und beobachtete, was diese mit dem Rucksack anstellte, der auf der Rückbank ebenso wenig Platz hatte wie der Karton und die Hunderampe.

»Frag nicht«, antwortete Helle mit zusammengebissenen Zähnen. Sie schichtete mühsam um, kleiner Müll wurde in den Fußraum verbannt, die Kiste rutschte hinter den Beifahrersitz, der Rucksack wurde aufrecht danebengepresst und die Rampe – Emil hatte sich bereits stöhnend im Kofferraum zusammengerollt – zusammengeklappt hinter den Fahrersitz geklemmt.

»Ich finde, du solltest rauchen.« Jetzt lachte Amira.

Helle ließ sich hinters Lenkrad plumpsen, schickte ein stummes Stoßgebet an den Anlasser und drehte schließlich wagemutig den Zündschlüssel. Ihr Gebet wurde erhört, der Volvo räusperte sich und zeigte durch sonores Tuckern an, dass er bereit zum Start war.

»Warum das denn?«

»In dieser Dreckskarre fehlt der übervolle Aschenbecher.«

Helle warf Amira einen gutmütigen Seitenblick zu, legte den ersten Gang ein und freute sich. Sie hatte die junge Afghanin wirklich vermisst.

Auf der Fahrt nach Skagen tauschten sie ein bisschen Klatsch aus, und Helle erzählte von Amiras früheren Kollegen aus der Skagener Polizeistation – Marianne, Jan-Cristofer und natürlich Ole.

»Habt ihr immer noch keinen Nachfolger für mich gefunden?«, erkundigte sich Amira.

Helle schüttelte den Kopf. »Ingvar hat die Stelle einfach gestrichen. Er würde Skagen sowieso am liebsten dichtmachen. Und wenn es seine letzte Amtshandlung ist.«

»Das ist doch …« Amira musste den Satz nicht vollenden, sie war mit Helle einer Meinung, dass es höchste Zeit für den sturköpfigen Chef aus Fredrikshavn war, in Rente zu gehen. Sonst würde er noch mehr Unheil anrichten.

»Wenn Ingvar weg ist, beantrage ich die Stelle einfach noch mal, was soll's.« Helle zuckte mit den Schultern. »Oder ich warte, bis du zurückkommst.« Sie traute sich nicht, zu Amira hinüberzuschauen, sie hatte Angst davor, sie würde den Kopf schütteln.

Aber die antwortete erst gar nicht. »Seit wann ist Leif weg?«, fragte sie.

»Vier Wochen.« Helle seufzte. »In den ersten Tagen hat er noch Fotos geschickt oder mal eine Sprachnachricht. Jetzt höre ich gar nichts mehr.« Sie lachte. »Aber dank Instagram weiß ich, dass es ihn noch gibt. Irgendwo da draußen.«

Leif war der Sohn von Helle Jespers, Polizeihauptkommissarin von Skagen, und ihrem Ehemann Bengt. Sie hatten noch eine ältere Tochter, Sina, die in Kopenhagen studierte. Hoffentlich noch studierte, Helle war sich da nicht immer so sicher. Leif dagegen hatte im Sommer tatsächlich sein Abitur bestanden, mit Hängen und Würgen, eine Zeitlang hatte es so ausgesehen, als würde es nicht klappen. Im Sommer hatte er im örtlichen Kvickly-Markt gejobbt und war Anfang Oktober mit seinem Freund David, einer vollen Mastercard und absolut keinem Plan nach Thailand geflogen. Auf Instagram konnte Helle den strahlenden Leif in Bangkok verfolgen, mit David vor einer Tempelanlage, weiße Strände – alles wirklich bestens, nur seine Eltern zu Hause im fernen Jütland schien der Junge vergessen zu haben.

Helle vermisste ihren Sohn. Das leere Zimmer, das leere Haus, nur Bengt und Helle. Und der alte Hund.

Sie war deprimiert.

Seit vier Wochen übernahm Helle häufig die Nachtschichten, machte Überstunden, auch wenn es gar nichts zu arbeiten gab. Aber sie scheute sich, nach Hause zu kommen. Sie hielt es nicht aus ohne ihre Kinder. Bengt versuchte, dafür Verständnis aufzubringen, vor allem weil Helle immer beteuerte, es läge nicht an ihm, dass sie so viel Zeit in der Wache verbrachte – und das stimmte! –, aber langsam war auch seine Geduld am Ende.

Da war Helle auf die Idee mit Amira verfallen.

Die junge Frau aus Afghanistan hatte im vergangenen Winter bei der Aufklärung eines Falles die Attacke eines Mörders nur knapp überlebt. Sören Gudmund, Leiter der Kopenhagener Mordkommission, hatte sich anschließend dafür eingesetzt, dass Amira nach ihrer Genesung und Therapie nach Kopenhagen kommen solle. Weg von Skagen, vom Ort des Geschehens. Und weg von der Arbeit auf der Straße, sie sollte eine Zeitlang im Innendienst arbeiten. Inga, die die IT-Abteilung der MK leitete, nahm Amira unter ihre Fittiche, und nach allem, was Helle berichtet wurde, lag Amira der Job. Sie war gut darin, mehr als gut, und es machte ihr Spaß.

Helle musterte die junge Frau auf dem Beifahrersitz verstohlen. Amira sah gut aus. Erwachsener. Sie war Anfang zwanzig, aber sie wirkte reifer. Vor allem im Vergleich zu Helles Tochter, die sich immer noch wie ein Hundewelpe benahm.

»Wie geht's dir mit dem Stadtleben?«

Jetzt wandte Amira sich direkt Helle zu. »Es ist toll. Wirklich. Ich habe immer gedacht, ich kann auf das hier nicht verzichten. Die Dünen, der Strand, aber ...«

Sie lächelte und sah wieder aus dem Fenster ins dunkle Nichts.

Helle fragt sich augenblicklich, ob es richtig war, Amira wieder hierherzuholen, wenn auch nur für kurze Zeit.

Sie hatte es sich so schön ausgemalt. Nachdem Ingvar alle ihre Anträge auf Digitalisierung und Neuausstattung ihrer Polizeistation mit leistungsfähigen PCs und Tablets rundheraus abgeschmettert hatte, war ihr Sören Gudmund zu Hilfe gekommen. Er hatte sich dafür eingesetzt, dass Skagen den Anschluss an das digitale Zeitalter bekommen würde und vor allem: ins System eingegliedert wurde, sodass Helle und ihre Kollegen Zugriff auf zentrale Ermittlungsergebnisse hatten. Bislang waren sie ein Wurmfortsatz des Polizeiapparates *in the middle of nowhere*. Helle war auf die Idee gekommen, dafür ihre ehemalige Polizeianwärtern anzufordern – zum einen, weil sie Amira wirklich vermisste, zum anderen, weil ihre eigenen Kinder ihr fehlten und sie es sich schön vorstellte, wieder jemand Junges im Haus zu haben. Darüber, dass es für Amira vielleicht noch nicht Zeit war, an den Ort ihres Traumas zurückzukehren, hatte sich Helle nicht allzu viele Gedanken gemacht. Es hatte ihr genügt, dass sie eingewilligt hatte.

Amira drehte die Musik lauter. »Was ist das?«

»Tim Buckley. Kennt heute keiner mehr. Nur den Sohn.«

»Schön.« Amira rieb sich über die Oberschenkel, eine Geste, die Helle so gut von ihr kannte.

»Mach dir keine Gedanken, Helle. Ich freu mich, euch alle wiederzusehen.«

Anscheinend konnte Amira Gedanken lesen.

»Marianne kocht und backt seit Tagen. Sie denkt wohl, du bekommst in Kopenhagen nichts zu essen.«

Marianne, die gute Seele der Wache. Sie war seit mehr als dreißig Jahren dort als Sekretärin und Empfangsdame angestellt. Aber sie war so viel mehr als das. Sie fühlte sich verantwortlich für das körperliche und seelische Wohl der Polizisten, besonders für Amira hatte sie mütterliche Gefühle entwickelt.

Nun bog Helle in die schmale Anliegerstraße ein, die zu ihrem Haus führte. Die Familie Jespers wohnte am Rand von Skagen, in einem Haus in den Dünen. Hier war das Ende der Welt, eine Sackgasse am Ende eines Landes, danach kam nur noch das Meer. Oder eher: die Meere, denn nur wenige Kilometer nördlich von hier gelangte man nach Grenen, dem Strandabschnitt, an dem sich Kattegat und Skagerrak begegneten.

Zu Helles großer Enttäuschung lag das große Holzhaus dunkel da. Bengt war also noch nicht zu Hause. All ihre Hoffnung auf einen warmen Empfang zerschlugen sich, und Helle hatte Mühe, ihren Frust darüber hinunterzuschlucken.

Während Helle die Rampe ausklappte und den muffeligen Hund aus dem Kofferraum entließ, zerrte Amira ihren Rucksack von der Rückbank.

»Zum Glück hast du Bengt«, sagte sie.

»Wie meinst du das?«

Amira richtete sich auf und sah Helle verwundert an. »Na, wie ich es sage. Zum Glück hast du Bengt.«

Helle lachte verlegen. »Jaja, das stimmt schon, aber ich meine, wie kommst du jetzt darauf?«

»Weil es sonst bei dir zu Hause genauso aussehen würde wie in diesem Schrotthaufen.«

Amira stellte sich unter das schützende Vordach, während Helle die vermaledeite Rampe wieder ins Auto bugsierte. Dreißig Sekunden ohne Kapuze, und schon war ihr Kopf tropfnass.

Das Wasser lief ihr von den Haaren in den Kragen, und Helle wünschte sich jetzt nichts sehnlicher als eine heiße Badewanne und danach ein Glas Wein am Kamin, eingemummelt in viele Decken und dicke Socken. Emil würde heute Nacht jedenfalls keinen Spaziergang mehr bekommen. Wenn er dringend musste, würde sie lieber nachts kurz aufstehen und ihn rauslassen.

Das Haus war über den Tag ausgekühlt. Sie heizten noch nicht, aber der große Raum mit der offenen Küche und der Sofalandschaft wurde schnell warm, wenn der Kamin erst ordentlich loderte und jemand kochte.

Helle machte alle Lampen an, stapelte Holz im Kamin und entzündete es. Die nassen Jacken und Schuhe hatten sie im Windfang gelassen, Amira verstaute ihren Rucksack in Leifs Zimmer, in dem sie während der vier Wochen in Skagen wohnen sollte.

Helle verschwand im Schlafzimmer, um sich die klammen Sachen vom Körper zu reißen und in einen Hoodie sowie mollige Jogginghosen zu schlüpfen. Dabei streifte ihr Blick den Spiegel. Eine fremde Frau sah sie gehetzt an. Ein trauriger Blick aus verschatteten Augen, triefnasse dünne Haarsträhnen klebten an Wangen und Stirn. Unter dem Sport-BH wölbte sich ein weißer Bauch in mehreren Rollen, der zu kleine Baumwollschlüpfer verschwand fast darunter.

Helle hielt inne und richtete sich auf. Sie zwang sich, der Frau im Spiegel in die Augen zu blicken. Wer war das? Und warum zum Teufel ging es der so schlecht?

War sie krank? Nein.

Jemand gestorben? Auch nicht.

Musste sie auf der Straße leben? Helle schüttelte den Kopf und sah weg. Stell dich nicht so an, Helle Jespers, dachte sie. Was ist denn verdammt noch mal mit dir los?

Dabei wusste sie ganz genau, was los war. Sie hatte sich gehenlassen. Der fürchterliche Fall vor einem Dreivierteljahr, die

24

Anspannung wegen Leifs Abitur, die Abwesenheit gleich zweier Kollegen – Amira und Jan-Cristofer – und, *last but not least*, die Erkenntnis, dass Leif nun auch erwachsen war und sie verlassen würde, hatten dazu geführt, dass sie in ihrem eigenen Leben keine Rolle mehr gespielt hatte.

Sie war müde und fühlte sich ausgelaugt. Helle setzte sich aufs Bett und starrte die Frau im Spiegel an.

So nicht, dachte sie.

Morgen würde sie Unterwäsche kaufen. Immerhin ein Anfang. Sie rubbelte sich die Haare halbtrocken und kramte aus der Schminkschublade ein altes Cremerouge hervor. Es roch ranzig, aber Helle schmierte sich trotzdem ein paar Tupfer auf die Wangenknochen. Sie sah gleich frischer aus. Was fand Bengt nur immer noch attraktiv an ihr? Nach zwanzig Jahren Ehe. Sie nahm sich vor, sich ein bisschen mehr Mühe zu geben. Mit sich, aber auch mit ihrem Mann. Er war – neben Emil – einer der wenigen, die sie noch aushielten.

Sie hatten ein Abendessen improvisieren müssen, denn Helle hatte nichts eingekauft – in der irrigen Annahme, das würde wie immer Bengt übernehmen. Als der schließlich nach Hause kam, hatten sie fast alles aufgegessen: geröstete Roggenbrote mit Sardinen aus der Dose, stinkigen Käse, selbst gemachte Hagebuttenmarmelade und Ziegenfrischkäse mit gegrillter Paprika. Ein Kopf Salat hatte sich noch in der Gemüseschublade versteckt, Helle peppte ihn mit geriebener Karotte, dem Rest Gurke, einer Handvoll Kerne, hart gekochtem Ei und leckerem Dressing auf. Ein wahres Festmahl – der Kühlschrank war nun wirklich ratzekahl –, zu dem der schwere Bordeaux wunderbar schmeckte. Amira blieb wie üblich bei Tee.

»Ich musste noch zu Papa.« Bengt kam aus dem Windfang herein, rotbäckig, dampfend vor Wärme in dem kalten Regen, in seinem Bart glitzernde Feuchtigkeit. Er brachte zwei große Tüten aus dem Bioladen mit hinein, stellte sie ab und begrüßte seine

Frau mit einer liebevollen Umarmung und einem Kuss. Bevor er sie losließ, kniff er die Augen zusammen und musterte sie.

»Du siehst gut aus.«

Helle grinste. Ranziges Rouge vermochte Wunder zu vollbringen.

Amira freute sich sehr, Helles Mann wiederzusehen, und ließ sich bereitwillig von dem gut gelaunten Wikinger drücken.

»Und dir tut die Großstadt auch gut, wie ich sehe.«

Bengt zwinkerte Amira zu, während er sich mit der einen Hand ein Brot in den Mund stopfte und mit der anderen sein Weinglas füllte.

»Kopenhagen ist super, wirklich.« Amira rieb sich wieder die Oberschenkel. »Und ich habe wahnsinnig nette Kollegen.«

»Pah!« Helle machte eine wegwerfende Handbewegung. »Ricky und Sören, hör mir bloß auf!«

Sie lachten. Ricky Olsen war ein grobschlächtiger Hauptkommissar in Sören Gudmunds Truppe, und die Skagener hatten weder ihn noch den Leiter der Mordkommission ausstehen können, als die beiden damals im Fall Gunnar Larsen bei ihnen aufschlugen. Allerdings war die durchaus gegenseitige Antipathie im Lauf der Ermittlungen in Sympathie und Respekt umgeschlagen.

»Wie geht es deinem Vater?«, erkundigte sich Amira bei Bengt, der gerade antworten wollte, als Helles Handy den Eingang einer Nachricht vermeldete. Seit Leif auf Reisen war, hatte Helle den Apparat stets in greifbarer Nähe, sie wartete sehnsüchtig auf ein Lebenszeichen von ihrem Sohn.

Aber die Nachricht war von Ole. Er hatte ein Foto geschickt. Helle begriff nicht gleich, was darauf abgebildet war, ein Gegenstand im grellen Blitzlicht, außen herum schwarze Nacht.

Dann erkannte sie es. Eine Hand. Die Finger, absurd gekrümmt, ragten mahnend in die Nacht. Das war die Hand eines Toten, und so, wie es aussah, war er oder sie schon lange tot.

Ole hatte nur zwei Worte daruntergeschrieben.

»Råbjerg Mile.«

Aalborg

Innentemperatur 18 Grad

Während Pilita im Zimmer stand und sich für die Arbeit zurecht-machte, den dicken Anorak anzog, eine Mütze, Handschuhe und drei Paar Socken in den dünnen Schuhen gegen die Kälte da drau-ßen, zogen dieselben Bilder vor ihrem geistigen Auge vorbei. Es war ein Mantra, sie musste sich ständig daran erinnern, warum sie nicht mehr in Luzon war, sondern hier, in Aalborg.

Ich habe tief geschlafen. So tief und traumlos wie noch nie. Als ich aufwache, dröhnt mein Kopf, ich blinzle mühsam gegen die Sonnenstrahlen, die durch die Ritzen der Hütte fallen. Wieso ist es so hell? Instinktiv taste ich nach Imelda, nach meiner Schwes-ter. Aber meine Finger greifen ins Leere, ich finde sie nicht. Auch nicht den kleinen Jomel.

Wo ist Imelda? Ist sie draußen, Arbeit suchen? Wasser holen? Ist sie am Strand? Und der Kleine, hat sie ihn mitgenommen? Er sollte immer zwischen uns liegen, geschützt. So ist es, seit er auf der Welt ist.

Pilita, Imelda und Jomel.

Imelda hat sich noch nie weggeschlichen. Sie sagt mir immer, wohin sie geht. Weil sie Angst hat. Die Angst, die uns alle be-gleitet, seit sie Imeldas Mann Brillante abgeholt haben. Jomels Vater. Seitdem sind wir nur noch zu dritt.

Pilita, Imelda und Jomel.

Wir passen aufeinander auf. Wer weiß, ob sie uns nicht auch holen. Imelda und Jomel. Oder sogar mich.

Ich setze mich auf. Er sollte hier liegen, neben mir, sein kleiner heißer Körper an mich geschmiegt, die Fingerchen umklammern eine meiner Haarsträhnen. Auf seiner anderen Seite der Körper von Imelda. Er soll immer in Sicherheit sein, beschützt.

Mein Herz trommelt gegen die Brust, ich höre mein Blut im Ohr rauschen, weil ich kurz, ganz kurz daran denke, ob sie sie geholt haben. Alle beide, im Schutz der Nacht. Und ich habe geschlafen, habe meine Pflicht verletzt, habe mein Versprechen gebrochen.

Aber dann sehe ich, dass Imeldas Sachen verschwunden sind. Und die Sachen des Kleinen.

Die große Plastiktasche.

Imelda hat mich verlassen.

Jetzt erst sehe ich den Zettel, den meine Schwester am Spiegel befestigt hat.

Ich stehe auf und will es nicht glauben.

Sie hat Angst, schreibt sie, Angst, dass sie sie holen wie Brillante. Und sie hat Angst, uns alle damit zu gefährden, ihre Familie. Mutter und Vater, ihren Sohn, mich und auch meinen Mann Filipe. Deshalb hat sie das Land verlassen. Heimlich, in der Nacht.

Ich lese den Brief, aber ich verstehe nicht, warum sie alleine gegangen ist. Warum sie mir nichts gesagt hat, warum wir nicht zusammen gegangen sind, Jomel in unserer Mitte, so, wie es sein soll.

Pilita, Imelda und Jomel.

Ich fühle mich betrogen, aber das hält mich nicht davon ab, ihr zu folgen. Ich kann sie nicht alleinlassen. Ich werde ihr folgen und sie finden. Gemeinsam werden wir es schaffen, vielleicht in einem anderen Land.

Unsere Zukunft ist Europa. So sagte es Filipe, der in der Welt herumkommt. So steht es in Imeldas Brief geschrieben, und so glaubte auch ich es.

Draußen vor der Tür ertönte das Hupen. Dreimal kurz. Pilita öffnete die Zimmertür, im Gang warteten schon die anderen, und so gingen sie, acht Frauen, gemeinsam die Treppe hinunter und verließen das Haus. Öffneten die Tür des Kleinbusses und setzten sich stumm auf ihre Plätze.

Råbjerg Mile

Außentemperatur 2 Grad

Helle brauchte keine fünf Minuten, um den Parkplatz in der Nähe der Wanderdüne zu erreichen. Amira hatte sich ihr angeschlossen, sie waren, ohne ein Wort miteinander zu wechseln, im höchsten Tempo, zu dem Helles Volvo imstande war, dorthin gerast. Das Blaulicht strahlte ihnen schon von weitem entgegen.

Jan-Cristofer stieg aus seinem Wagen, als Helle neben ihm parkte. Er war ebenfalls in Zivil. Sofort nahm er Amira in den Arm und drückte sie fest.

»Ole ist am Fundort.«

Helle beschloss, schon einmal vorzugehen, sie wusste, dass die beiden gerne ein paar Worte alleine sprechen wollten. Auch Jan-Cristofer hatte bei dem Fall um den Toten im Tivoli Schaden an Körper und Seele erlitten, auch er hatte erst einmal eine Auszeit nehmen müssen. Aber nicht nur das verband die beiden miteinander. Amira hatte im selben Haus gelebt wie Jan-Cristofer, der ihr die Wohnung dort besorgt hatte. Er war doppelt so alt wie sie, geschieden und hatte einen Sohn, Markus. Um Amira hatte er sich immer wie ein Vater gekümmert, sie war wie Familie für den alleinstehenden Kollegen.

Helle stapfte los. Sie hatte ihre Stablampe mitgenommen, die einen Strahl gleißenden Lichts in die Regennacht schickte. Zur Kirche, die Jahr für Jahr ein Stück mehr vom Sand verschluckt wurde, führte ein Weg quer durch die Dünenlandschaft. Im Sommer waren hier viele Touristen unterwegs, im Herbst und Winter trafen sich lediglich ein paar Hundebesitzer und Jogger.

Aber mitten in der Nacht? Bei strömendem Regen?

Kurz vor der Kirche sah Helle in Richtung des Meeres helles Licht.

Sie wollte den Weg verlassen und direkt darauf zulaufen, aber dann hielt sie inne. Sie würde Spuren hinterlassen und damit der Spurensicherung ihre bei diesen Bedingungen ohnehin fast unmögliche Arbeit noch erschweren. Sie griff zum Handy und rief Ole an, der nur ein paar Meter entfernt stand.

»Sag mal, wo seid ihr langgegangen? Ich will nicht auch noch ...«

»Vergiss es«, fiel Ole ihr ins Wort. »Das ist ne alte Leiche, die liegt schon lange hier, Spuren gibt's nicht mehr.«

Helle seufzte, schob das Handy in die Tasche ihres Ölzeugs und stapfte los. Als die Nachricht von Ole gekommen war, hatte sie sich gottlob nicht wieder irgendetwas übergeschmissen, sondern ausnahmsweise auf Bengt gehört, der ihr seine Fahrradregenhose, den gelben Friesennerz und Gummistiefel aufgedrängt hatte. Ihre Jogginghose und den Hoodie hatte sie darunter anbehalten, sie sah aus wie ein Hochseefischer im Sturm, aber immerhin blieb sie trocken und einigermaßen warm.

Sie erreichte den Strand und lief entlang der Abbruchkante einer Düne auf die Fundstelle zu. Ole stand mit hochgezogenen Schultern inmitten eines abgesperrten Quadrats, drei Halogenlampen erhellten die gespenstische Szenerie.

Helle stieg über das Flatterband. Sofort fiel ihr Blick auf das *Corpus Delicti*: Eine Hand ragte aus dem Sand. In etwa einem Meter Höhe. Sie hing dort zusammenhanglos in der Luft und wirkte wie ein makabrer Garderobenhaken.

Ole folgte ihrem Blick.

»Krass, oder?«

Helle nickte. »Wer hat das gemeldet?«

Sie sah sich um. Keine Zeugen. Sie hoffte auf einen anonymen Anrufer. Das wäre schon ein erster Hinweis, denn das würde bedeuten, dass jemand gewusst hatte, dass sich hier eine Leiche befand.

31

»Ansgar.«

»Norborg?«

Ole nickte, und Wasser schwappte von seiner Uniformmütze.

»Was zum Teufel macht der hier? Um die Zeit, bei dem Wetter?«

»Als er die Leiche gefunden hat, war es gerade erst dunkel, aber bis er auf der Wache war und ich mit ihm hier rausgefahren bin ...«

»Moment! Nur, dass ich das verstehe.« Helle war ungehalten. »Ansgar treibt sich also hier herum und sieht mal eben zufällig eine Hand. Dann geht er in aller Ruhe zurück und denkt sich ...«

»Er hat trainiert«, unterbrach Ole wieder. »Er ist gelaufen. Ohne Handy. Er trainiert für den Ironman. Und deshalb läuft er hier um die Nordspitze.«

Helle nickte nur, war aber in Gedanken schon woanders. Obwohl es eine Menge Sachen gab, die besser waren, als hier im eiskalten Novemberregen an der jütländischen Küste herumzustehen und sich mit einer Leiche zu befassen, durchströmte sie Energie. Denn war es nicht das, nach was sie sich so dringend gesehnt hatte? Ein Fall. Ein echter Fall, hier in Skagen, dort, wo man sich mit Ladendieben und Falschparkern herumschlug.

Seit dem Mord an Gunnar Larsen Anfang des Jahres hatte Helle immer wieder darüber nachgedacht, ob Bengt nicht recht hatte. Er glaubte, dass sie unterfordert war mit ihrer kleinen Skagener Polizeiwache. Sie war erst fünfzig, im besten Alter, um Verantwortung zu übernehmen. Wenn du es noch mal wissen willst, hatte er mehr als einmal zu ihr gesagt, dann jetzt. Aber Helle war unsicher. Mehr zu wollen hätte bedeutet, aus Skagen wegzugehen. Ein Angebot der Mordkommission Kopenhagen lag auf dem Tisch. Aber sie wollte eigentlich nicht weg. Nicht von Bengt und Emil, ihrem Haus, dem Meer und den Dünen. Ihrer *Comfort Zone*.

Helle starrte auf die Hand. Das war ein Fall. Ihr Fall.

»Wo ist Ansgar jetzt?«

»Ich habe seine Aussage aufgenommen und ihn nach Hause geschickt.« Ole fröstelte.

Helle zog aus ihrer Manteltasche eine kleine Thermosflasche. Die hatte Bengt ihr zugesteckt, und nun gab sie sie Ole.

»Nimm. Heiße Brühe.«

Ole nahm dankbar die Flasche entgegen. Seine Hände waren rotgefroren, und er zitterte.

»Du hast das toll gemacht, Ole«, lobte Helle ihn endlich. Besser spät als nie. »Wie im Lehrbuch.«

Ole schüttelte den Kopf, während er versuchte, das heiße Getränk in den kleinen Becher zu gießen, ohne etwas zu verschütten.

»Doch, doch. Es ist dein erster Tatort.« Helle zeigte um sich herum. »Gut gesichert, alles organisiert, die Richtigen benachrichtigt ...«

Ole schlürfte vorsichtig die Brühe, guckte Helle über den Becherrand an und schüttelte vorsichtig den Kopf.

»Ich habe mir etwas Zeit gelassen, bevor ich Ingvar informiert habe.«

Sie sahen sich an. Helle verstand sofort, was Ole ihr damit sagen wollte. Er wusste genau, dass niemand mehr etwas zu melden hatte, wenn Ingvar erst hier aufkreuzte. Er war ihr Vorgesetzter und würde die Ermittlungsarbeit sofort an sich reißen, sobald er witterte, dass aus diesem Fall etwas Größeres werden könnte.

Und das würde es, ganz ohne Zweifel.

Helle warf erneut einen Blick auf die Hand.

»Wann hast du es gemeldet?«

»Du hast eine Viertelstunde Vorsprung. Sie müssten gleich hier sein.«

Helle nickte und beschloss, keine Zeit zu verlieren. Ole hätte sofort in Fredrikshavn anrufen müssen. Bei einem Kapitalverbrechen war es seine Dienstpflicht, die übergeordnete Stelle zu benachrichtigen. Stattdessen hatte er sie informiert. Sie zog ihr Smartphone aus der Tasche und machte Fotos von der Hand und der Umgebung, die sie mit ihrer Stablampe ausleuchtete.

Die Hand war in erstaunlich gutem Zustand, entweder war der dazugehörige Mensch noch nicht lange tot, oder aber Sand konservierte ausgezeichnet.

Jetzt hörten sie die Polizeisirenen. Ingvar kam also mit Getöse und Aufgebot. Die Kollegen kamen näher, das Licht ihrer Stablampen zuckte über den nachtschwarzen Strand, Helle und Ole hörten ihre Rufe.

Da ragte auch schon Ingvars großer Oberkörper uber die Dünenkante.

»Das eiskalte Händchen«, er lachte laut. »Na, so was haben wir hier auch noch nicht gehabt.«

Er stapfte zu ihnen hinunter und tauchte in dem abgesperrten Bereich auf, nickte Ole zu und klopfte Helle auf die Schulter. »Na, mein Mädchen, was habt ihr da aufgetan?«

Ohne eine Antwort abzuwarten, beugte er sich nah zu der Hand und nahm sie in Augenschein. Er pfiff durch die Zähne.

»Donnerwetter. Wie es aussieht, hängt da noch mehr dran.«

Er wandte sich wieder an Helle, während hinter ihm nach und nach Kollegen aus Fredrikshavn auftauchten, die sich nun alle neugierig um den makabren Fund drängten.

Helle referierte, was sie von Ole wusste. Dass Ansgar Norborg, der Apotheker, der für den Ironman trainiert hatte, die Entdeckung gemeldet hatte.

»Offensichtlich hat der Dauerregen der letzten Woche dazu geführt, dass hier ein Stück von der Dünenkante abgewaschen wurde.« Helle zeigte auf den langgestreckten Sandhaufen, der sich am Fuß der Düne über ein paar Meter erstreckte.

»Dadurch wurde die Hand freigelegt. Sonst hätte man die Leiche vermutlich nie gefunden.«

Ingvar nickte und nahm die Gesamtsituation in Augenschein.

Ein Kollege hatte inzwischen eine Kamera hervorgeholt und machte Fotos.

»Als Erstes brauchen wir ein Zelt, um den Fundort vor dem Regen zu schützen. Habt ihr eins?«

Helle nickte, und Ingvar schien zufrieden.

»Pia, du rufst in Aalborg an. Die Spurensicherung soll ihren Arsch hierherbewegen, und zwar schnell. Und Dr. Holt benachrichtigen, der soll auch sofort kommen. Vielleicht kann er schon etwas darüber sagen, wie lange der Körper sich hier befindet.«

»Wie lange der Mensch tot ist«, fiel Helle ihm ins Wort. »Vielleicht wurde er oder sie woanders getötet und dann hier versteckt. Und Dr. Holt ist vielleicht nicht der Richtige, er …«

»Willst du mir meinen Job erklären?« Ingvar knurrte verärgert. Auf Dr. Holt, Allgemeinmediziner aus Fredrikshavn, mittlerweile in Rente, ließ er nichts kommen, es war einer seiner Weggefährten von Anfang an. Er spielte Rechtsmediziner und leistete die ersten Begutachtungen bei Unfällen und kleineren Gewaltdelikten. Bei Mord war er hoffnungslos überfordert.

»Aber schön, dass du so viel von mir gelernt hast«, schickte Ingvar hinterher.

Einer der Fredrikshavner Kollegen feixte. Helle streckte ihm die Zunge raus.

»Skagen, schaut euch an, wer als vermisst gemeldet wurde. Vielleicht passt etwas zu unserem Fund hier.« Ingvar richtete sich auf und blickte streng wie ein Herbergsvater in die Runde. »Sagen wir mal die letzten zwei Jahre.«

»In Skagen und Fredrikshavn?«, erkundigte sich Ole. »Ich glaube nicht …«

»In Dänemark! Herrgott noch mal, Halstrup! Wie beschränkt bist du?« Ingvar schüttelte genervt den Kopf.

Ole sah beschämt zu Boden.

»Ole ist nicht …«, wollte Helle sich vor ihren jungen Kollegen stellen, aber Ingvar sprach einfach weiter, als existierte sie nicht.

»Am besten wird es sein, wenn du das selbst machst, Helle. Die Vermissten durchgehen. Du bleibst hier am Tatort, Halstrup. Mit Amira, wenn sie schon mal da ist.«

Den Seitenhieb konnte Ingvar sich nicht verkneifen. Er sah seine Autorität untergraben – schließlich hatte er die Digitalisierung der Skagener Wache abgelehnt, und dass Sören Gudmund sie beim Polizeipräsidenten doch für Helle durchgedrückt hatte, erregte sein Missfallen. Und das ließ er Helle bei jeder Gelegenheit spüren. Allerdings hatte sie beschlossen, auf Durchzug zu schalten. »Linn, du gibst eine Pressemitteilung raus. Vielleicht kommt das noch morgen in die Blätter, und es melden sich Zeugen.«

Helle konnte förmlich sehen, wie Ingvar zu Höchstform auflief. Er schien regelrecht ein paar Zentimeter zu wachsen. Sie verzichtete auf den Einwand, dass es nicht besonders klug war, die Presse zu benachrichtigen, bevor irgendetwas über die Leiche in der Düne bekannt war. Ein Zeitungsbericht würde nämlich vor allem Neugierige und Gaffer auf den Plan rufen. Und ein paar Spinner, die irgendeine Nebensächlichkeit beobachtet hatten und sich wichtigmachen wollten.

»Da wir die Ergebnisse der Spurensicherer und des Rechtsmediziners abwarten müssen, treffen wir uns erst morgen um elf. In meinem Büro.«

Er drehte sich zu Helle und Ole um. »Es reicht, wenn einer von euch kommt. Am besten du, Helle. Dann kannst du uns die Ergebnisse deiner Recherche mitteilen.«

»Übernimmst du den Fall?« Helle kannte die Antwort, aber sie musste trotzdem fragen.

»Natürlich. Es ist ja meine Zuständigkeit.« Ingvar sah sie milde lächelnd an. »Ich weiß gar nicht, warum du fragst.«

Damit wandte er sich ab und machte seinen Leuten ein Zeichen, den Tatort zu verlassen. Helle und Ole blieben im strömenden Regen in der Dunkelheit zurück.

»Du gehst nach Hause, nimmst eine heiße Dusche und legst dich aufs Ohr«, wies Helle Ole an.

»Aber …«

»Ist mir scheißegal. Ich brauch dich lebendig und nicht mit einer Lungenentzündung. Hol dir eine Mütze Schlaf, dann treffen wir uns in der Wache. Sagen wir um sieben. Ich halte hier die Stellung.«

Ingvar würde gar nicht merken, dass sie seiner Anweisung nicht Folge leisteten, dachte Helle. Hauptsache, es wartete hier jemand auf die Leute aus Aalborg und sorgte dafür, dass der Tatort gesichert blieb. Sie gab Ole noch ein paar weitere Instruktionen, dann verließ der junge Mann sichtlich erleichtert den Strand.

Helle kauerte sich in die Hocke, zog den Südwester noch tiefer in die Stirn, goss sich einen Becher heiße Brühe ein und starrte auf die gespenstisch erleuchtete Hand.

Sie hörte durch den Regen, der ihr auf Kopf und Schultern prasselte, die Wellen an den Strand branden. Roch den nassen Sand, frisch und sauber, den salzigen Tang, muffiges Treibholz.

Helle spürte, wie sie ruhig wurde. Und fokussiert. Es war gerade gut, so wie es war. Allein hier in der Nacht in der Düne. Mit einer Hand. Niemand quatschte, keiner lenkte sie von ihren Gedanken ab.

Unter dem Regenzeug war Helle trocken und warm, die depressive Stimmung, die sie in den letzten Tagen und Wochen umklammert gehalten hatte, war verflogen, ihr Herz schlug kräftig und gleichmäßig, sie fühlte sich lebendig und energiegeladen.

Je länger sie die Hand betrachtete, desto sicherer war sie sich, dass sie die Ermittlungsarbeit nicht allein Ingvar und seinem Team in Fredrikshavn überlassen wollte. Ingvar war kein schlechter Polizist, aber er stand kurz vor der Pensionierung, war starrköpfig und seine Methoden von gestern. Sicher stellte er sich vor, wie er den spektakulären Fall brillant löste und mit einer Auszeichnung vom Polizeipräsidenten in den Ruhestand verabschiedet werden würde.

Helle zog ihr Handy aus der Tasche. Ohne nachzudenken leitete sie die Nachricht von Ole – das Foto mit dem Text »Råbjerg Mile« – weiter.

Sekunden später kam der Anruf.

Skagen

Innentemperatur 19 Grad

»Achthundert Stück.« Mit einem Ächzen stellte der Praktikant den großen Karton neben Kierans Schreibtisch ab. Der warf nur einen kurzen Seitenblick darauf.

»Zähl nach.«

»Was?« Der Praktikant starrte ihn ungläubig an. »Aber ...«

»Wenn ich sage, zähl nach, dann zählst du nach.«

Er hatte keinen Bock, sich mit dem Typen auseinanderzusetzen. Die waren doch alle strohdumm, diese Praktikanten. Und das war noch nicht einmal das Schlimmste. Obendrein waren sie faul. Eine Kombi, die Kieran Jensen verachtete wie nichts sonst. Seiner Meinung nach konnte man gerne entweder das eine oder das andere sein. War man dumm, sollte man zum Ausgleich doppelt so tüchtig sein. Dumme waren gute Arbeiter, er wusste das aus seiner Zeit als Vorarbeiter. War man faul, hatte man bei ihm nichts verloren. Faule konnten an die Uni gehen oder was im kulturellen Bereich machen, da fielen sie nicht auf und richteten keinen Schaden an. Aber in seiner Nationalpartiet, unter seinen Augen hatten Faule nichts verloren.

Frauen zum Beispiel, die konnten sich Faulheit erst recht nicht leisten. Seine Frau wusste das ganz genau. Sie hatte alles im Griff, Haushalt, die Kinder, den Garten. Und Kieran wusste das zu schätzen. Mehr noch: Seine Frau tat es nicht ihm zuliebe. Nicht nur. Sie war fleißig und pflichtbewusst, weil sie es so wollte. Es gefiel ihr, dass sie ihr eigenes Reich so gut unter Kontrolle hatte. Scheiß auf die Emanzipation.

»Na, wird's bald?« Er hatte aus den Augenwinkeln gesehen, dass der Praktikant – er hatte keinen Namen, niemals würde sich Kieran den Namen eines Praktikanten merken – keine Anstalten gemacht hatte, den Karton zu öffnen. »Wenn auch nur einer fehlt, ziehe ich das der Druckerei von der Rechnung ab.«

Der Praktikant starrte in den Karton. Dort lagen die Flyer säuberlich gebündelt nebeneinander.

Es würde kein Flyer fehlen, dessen war Kieran sich sicher. Eventuell waren es sogar ein paar mehr. Er kannte die Druckerei, die Nationalpartiet ließ immer schon dort drucken. Der Inhaber war Mitglied der ersten Stunde. Und Kieran kannte ihn persönlich. Sie waren nebeneinander marschiert, auf den frühen Demonstrationen, als die Nationalpartiet sich gezeigt hatte, als sie aus den Hinterzimmern in die Öffentlichkeit getreten war.

Und jetzt taten sie sich gegenseitig den einen oder anderen Gefallen. Eine Hand wäscht die andere.

Aber es schadete nie, Kontrolle auszuüben, und dieser Praktikant sollte lernen, was er im Leben noch früh genug würde lernen müssen: Es krümmt sich das Häkchen beizeiten, das ein Haken werden will.

Guter Spruch von seiner Großmutter. Er hatte sich immer daran gehalten. Und hatte er tatsächlich mal vergessen, sich danach zu richten, dann setzte es was. Da waren weder seine Großmutter noch sein Vater zimperlich gewesen. Kieran führte das auf seine deutschen Vorfahren zurück. Deutsche waren diszipliniert. Und fleißig. Die Preußen!

Er bewunderte die Deutschen, allerdings hatte das Bild 2015 einen tiefen Riss bekommen. Dass die einfach ihre Grenzen öffneten, das war doch vollkommen verrückt! Und was machten die ganzen Kriminellen? Genau, sie zogen weiter in den Norden. Nach Dänemark.

Wo sie nicht hingehörten.

Keine Diskussion.

Wie die Wildschweine, die durften sie in Deutschland ja auch nicht einfach so schießen. Und jetzt kamen die Schweine über die grüne Grenze. Ganz selbstverständlich, ohne dass das jemand kontrollierte.

Sauerei. Zum Glück hatten sie jetzt den Zaun.

Sein Blick fiel auf Katrine, die von draußen ins Büro kam. Unwillkürlich musste er lächeln. Was für eine Frau. Sie war der Sechser im Lotto, das Pfund, mit dem sie wucherten. Niemals wäre die Nationalpartiet da, wo sie jetzt stand, ohne Katrine. Sie war schön, sie war klug – ein bisschen zu klug für Kierans Geschmack –, und sie war *tough*. Du meine Güte, er hatte sie erlebt, wenn sie so richtig in Fahrt war. Sie war vermutlich härter als manch ein Mann in ihrer Partei. Sie hatte es verdient, gewählt zu werden. Die Kommunalwahl war die Feuertaufe. Diese Hürde würde sie mit Leichtigkeit nehmen. Irgendwann würde sie Ministerpräsidentin werden, da war sich Kieran ganz sicher. Und er wollte helfen, dass es wahr wurde. Dann würde ein für alle Mal Schluss sein. Mit allem, was Kieran nicht passte.

Sie klopfte an den Türrahmen.

»*Knock, knock.*«

»Immer rein in die gute Stube!«

Kieran sprang sofort auf und zog den Drehstuhl für Gäste vor seinen Schreibtisch. Dem Praktikanten gab er einen Klaps auf den Hinterkopf.

»Du kannst nachher weiterzählen.«

»Hundertachtundzwanzig …«

»Nachher! Und jetzt raus.«

Der Praktikant bemerkte erst jetzt, dass Katrine in das Büro gekommen war, und bekam große Augen. So ging es allen, die sie das erste Mal live sahen, dachte Kieran stolz. Sie ist in Wirklichkeit noch schöner und beeindruckender als auf den Plakaten oder im Fernsehen.

Katrine nahm ihm gegenüber Platz, lächelte und schlug die langen Beine übereinander.

»Wie geht es dir, Kieran?«

40

Er wusste, dass es sie einen feuchten Kehricht interessierte, wie es ihm ging. Aber das gehörte zu ihrer Art, sie war jedem gegenüber verbindlich. Sie kannte alle, die für sie arbeiteten, mit Namen. Auch die, die nicht für sie oder sogar gegen sie arbeiteten. Ja, vielleicht wusste sie über die Letzteren besonders viel.

Manchmal beobachtete er, wie sie einen kritischen Journalisten mit Vornamen begrüßte und sich nach irgendetwas Persönlichem erkundigte: Wie geht's deiner Tochter? Geht sie noch in den Kindergarten? Deine Frau hat eine neue Haarfarbe, ich habe sie neulich beim Frisör gesehen. Wie fühlt sich dein Vater im Altenheim, geht es ihm gut?

Nicht selten waren die von ihr Angesprochenen befremdet, sie wussten nicht, wie sie ihre Freundlichkeit und Verbindlichkeit einordnen sollten.

Ging ihm genauso. Kieran hatte das Gefühl, dass es gar nicht so gut war, wenn Katrine zu viel von einem wusste. Das bedeutete, dass sie einen auf dem Radar hatte. Und das war nicht immer ein gutes Zeichen.

Er schauderte kurz und sah, dass sie ihn mit ihren grünen Augen fixierte. Zwischen ihren schmalen Brauen zeichnete sich eine steile Falte ab.

»Kieran, alles in Ordnung?«

»Ja, sorry.« Er schüttelte sich. »Ich war in Gedanken. Magst du einen Kaffee?«

Sie schüttelte den Kopf. »Danke. Ich war gerade im Bürgerzentrum. Ich habe aus Freundlichkeit keinen Kaffee abgelehnt, gefühlt waren das zehn Liter.«

Sie lachte, und er fiel mit ein.

»Wie ist es gelaufen?«, erkundigte er sich.

Katrine zuckte mit den Schultern. »Es war okay. Ich habe mich bemüht, aber das ist natürlich nicht wirklich meine Welt. Die Arbeit für die Kinder und die Alten – das müssen wir unterstützen. Darauf werden wir auch in der Pressemitteilung gehen. Wir haben ein paar schöne Fotos.«

Sie reichte ihm ihr Smartphone über den Tisch. Katrine, strahlend schön und blond, mit einem kleinen Mädchen auf dem Schoß. Es war ebenso blond wie sie, trug dünne abstehende Zöpfe und schien direkt aus einem Buch von Astrid Lindgren entsprungen. Perfekt!

Auf einem anderen Foto sah man Katrine mit drei alten Menschen am Tisch sitzen, sie aßen Kekse – oder taten so – und tranken Kaffee. Katrine umschloss mit ihrer Hand die runzlige Hand einer der Frauen. Wunderbar. Das wollten die Leute sehen. So eine wurde gewählt.

»Super.« Kieran reichte ihr das Handy zurück. »Damit machst du Stimmen.«

Sie lächelte. »Danke. Das ist auch eure Arbeit. Ihr macht das alle großartig.«

Kieran spürte, wie seine Brust anschwoll. Himmel, sie wusste, wie es lief. Ein paar warme Worte hier, ein paar da. Aber wenn es galt, klare Kante zu zeigen, dann war niemand schärfer als sie. Erst letztens war sie überall zitiert worden: »Muslimische Männer, die mit gezückten Messern durch unsere Städte laufen und ihre Frauen unter die Burka prügeln, haben in Dänemark nichts verloren.« Das hatte gesessen! Katrine hatte viel Schelte dafür einstecken müssen, von den »redlichen« Bürgern, aber sie hatte noch viel mehr Applaus von den Richtigen dafür geerntet.

»Wie sehen die Bilanzen aus?«

Kieran nickte. »Gut. Wir haben gut gehaushaltet. Ein paar der versprochenen Spenden stehen noch aus, aber ...«

»Wer?« Sofort wurde ihre Stimme scharf.

»Eckdahl hat noch nichts überwiesen. Du hattest doch gesagt ...?«

Sie nickte. »Typisch. Er reißt immer das Maul auf, und dann kommt nichts. Ich spreche ihn noch einmal an.« Sie tippte etwas in ihr Handy.

Kieran wurde schon wieder mulmig. Er bewunderte ihre Effizienz, aber sie machte ihm auch Angst. Ihm! Er beschloss, dass es besser wäre, keine weiteren Spendensünder beim Namen zu nennen, stattdessen hatte er seine Excel-Tabelle mit den Wahlkampfkosten geöffnet. Er drehte den Bildschirm zu Katrine, und sie studierte konzentriert die Zahlen.

»Für die Plakate haben wir null Kosten gehabt, die hat Markus Ingberg gesponsert. Du weißt schon, die Druckerei. Das hat uns ein bisschen Luft verschafft. Der TV-Spot ist auch günstiger gekommen.« Er deutete mit dem Kugelschreiber auf das entsprechende Kästchen. »Also, du hast noch was zur Verfügung.«

Sie nickte. »Sehr gut. Ich denke, wir könnten in der heißen Phase noch mal nachlegen. Ein Spot oder ein Jingle, ich weiß nicht. Ich werde das mit Signe besprechen.« Sie stand auf. »Sehr gute Arbeit, Kieran, ich sag's gerne noch mal. Weiter so.«

Sie schenkte ihm ein strahlendes Lächeln, und er erwiderte es erleichtert.

»Bevor ich es vergesse«, Katrines Lächeln wurde starr, »meine Schwester möchte, dass du sie anrufst.«

Kieran schluckte. Verdammt.

Katrine musterte ihn. Er nickte. Jetzt bloß nicht rechtfertigen. Nichts erklären.

»Ich ruf sie an.«

»Gut.« Sie drehte sich auf ihren hohen Absätzen um und verließ das Büro. Im Stechschritt, so erschien es ihm. Er schwitzte. Er wusste genau, dass es ihr nicht gefiel, dass er und Elin miteinander zu tun hatten.

Nun, genau genommen gefiel es ihm auch nicht.

»Hast du schon Zeitung gelesen?« Elins Stimme schnappte über.

Kieran hasste das. Er hasste hysterische Frauen. Und diese war eine von der schlimmsten Sorte. Hätte er sich doch bloß auf nichts eingelassen. Die Bürotür hatte er wohlweislich geschlossen. Niemand sollte mitbekommen, dass er mit Katrines Schwester telefonierte. Er benutzte außerdem das Prepaidhandy.

»Überall steht es, sie haben es sogar im Fernsehen gebracht!«

»Wovon redest du?«

Sie senkte die Stimme. »Von der Leiche.«

Ohne dass er wusste, von was sie sprach, brach ihm der Schweiß aus.

»Bei Råbjerg Mile. Sie haben die Leiche einer Frau gefunden. Im Sand.«

Kieran beendete sofort das Gespräch. Die Beine sackten unter ihm weg.

Fuck, dachte er.

Fuck, fuck, fuck.

In was für eine Scheiße war er da geraten?

Råbjerg Mile

Außentemperatur 6 Grad

Helle hatte zu Hause gefrühstückt, geduscht und drei Stunden geschlafen. Danach war sie wie verabredet auf die Wache gefahren und hatte ihre Leute – Marianne und Ole – instruiert, wie sie die Vermisstenfälle zusammentragen sollten. Nebenbei hatte Helle entschieden, dass sie fünf Jahre (und nicht zwei, wie Ingvar angeordnet hatte) zurückgehen sollten. Jan-Cristofer und Amira sollten erst später wieder zum Dienst kommen, da sie bis weit in die Nacht gearbeitet hatten.

Jetzt bog Helle wieder auf den Wanderparkplatz ein, von dem aus man nach Råbjerg Mile laufen konnte. Aber es bot sich ein vollkommen anderes Bild als in der Nacht, als sie von einem Kollegen abgelöst worden und nach Hause gefahren war. Jeder Zentimeter war zugeparkt, sie fand nirgendwo einen Platz für ihren Volvo. Übertragungswagen, Polizeiautos und jede Menge Privatwagen von Journalisten, aber vermutlich auch von Gaffern.

Helle wendete ihre Schrottkiste und stellte sich an die Straße. Am frühen Morgen hatte es endlich aufgehört zu regnen, eine bleiche Sonne versteckte sich hinter Wolken, die regenschwer und drohend über dem flachen Land hingen, die Erde roch dunkel und feucht wie ein vollgesogener Schwamm.

Sie atmete tief ein und wuschelte sich durch ihre halblangen Haare. Einmal ohne Mütze unterwegs sein, herrlich. Ihre Kopfhaut juckte ständig, die dünnen Haare waren fahl und trocken, weil sie unter einer Wollmütze verborgen waren. Und wenn sie die Mütze einmal nicht trug, auf der Wache oder zu Hause, war die Luft dort trocken von der Heizung. Aber jetzt hatte Helle endlich wieder das Gefühl, durch die Kopfhaut atmen zu können.

Trotz des Schlafentzugs fühlte sie sich frisch und motiviert. Das nächtliche Telefonat hatte viel mit ihrer guten Laune zu tun, Helle hoffte, dass es noch im Lauf des Tages Wirkung zeigte.

»Hej.« Der junge Polizist, der am Parkplatz Wachdienst hatte, winkte ihr müde zu.

»Hier ist ja was los«, kommentierte Helle die vielen Autos.

Der junge Mann nickte. »Seit die Meldung rausgegangen ist. Es war noch gar nicht richtig hell, da waren die Ersten schon hier.« Er zitterte vor Kälte.

Helle ließ ihren Blick über die weite Landschaft schweifen. In der Ferne konnte sie mehrere Grüppchen und versprengte Einzelpersonen ausmachen, die kreuz und quer über die riesige Wanderdüne liefen.

»Schwer zu kontrollieren.«

»Die Leute sind überall.« Der Polizist blickte etwas hilflos über die Schulter.

So war das heutzutage, dachte Helle, meistens waren die Gaffer schneller als die Journalisten. Manche schafften es sogar, vor der Feuerwehr oder den Sanitätern an einem Unfallort aufzutauchen.

In der Ferne beobachteten sie gemeinsam eine gebückte Figur mit einem Koffer, die eiligen Schrittes auf den Parkplatz zusteuerte. Helle erkannte sofort Dr. Runstad aus Aalborg. Keiner hatte so einen Buckel wie er. Sie beschloss, ihm entgegenzugehen, klopfte dem jungen Polizisten noch ermutigend auf die Schulter, obwohl es nichts zu ermutigen gab. Er hatte den miesesten Job bekommen, und sein Tag würde schwerlich besser werden.

»Helle!« Der Doktor hob kurz den Kopf und verzog leicht die Mundwinkel. Das war eine überschwänglich herzliche Begrüßung für den Rechtsmediziner, Helle grinste zurück.

»Jens, hej. Lange nicht gesehen.«

»Wie man hört, hast du den letzten Fall mit Hilfe aus Kopenhagen gelöst.«

46

Jens Runstad blieb neben Helle stehen, setzte seinen Koffer ab und kramte aus der Manteltasche ein zerknittertes Päckchen Lexington. Er war Kettenraucher und seit Helle ihn kannte, hatte sie ihn nie ohne Zigarette gesehen. Meistens drückte er eine halbgeraucht aus, während er sich schon wieder die nächste anzündete.

Der Doktor sog den ersten Zug tief in seine Lungen. Er war ein schmächtiger Mann mit eingefallener Brust, ungesunder Hautfarbe und schütterem farblosem Haar. Aber er hatte die klugen und freundlichen Augen einer Haselmaus, und mit diesen musterte er die Kommissarin aufmerksam. In den Augenwinkeln bildeten sich freundliche Fältchen.

»Ist 'ne interessante Sache.« Er deutete mit dem Kopf in Richtung des Fundortes.

»Erzähl mir mehr.« Helle streckte den rechten Arm in seine Richtung aus und spreizte auffordernd Zeige- und Mittelfinger. Runstad reichte ihr seine Zigarette. Sie nahm einen tiefen Zug und gab sie ihm zurück. Igitt, war das widerlich. Sie hatte vor Sinas Geburt mit dem Rauchen aufgehört, aber manchmal, meistens wenn sie betrunken, erschöpft oder besonders übermütig war, so wie jetzt, überkam sie die alte Sehnsucht. Wann immer sie ihr jedoch nachgab, reute es sie. Der Rauch biss am Gaumen, legte sich wie Teer auf die Zunge und trübte ihre Geschmacksnerven für mindestens vierundzwanzig Stunden.

Runstad lachte und schüttelte den Kopf. »Kann ich nicht. Ich fahre wieder zurück. Die müssen sie erst mal freilegen, das dauert.«

»Sie? Du meinst, es ist eine Frau?«

»Die Leiche!« Der Rechtsmediziner packte sein Köfferchen, schmiss die brennende Kippe in den nassen Sand und sagte im Gehen über die Schulter. »Ich hab schon zu viel gesagt. Ihr bekommt den Bericht.«

Helle verkniff sich die Frage, wann das sein würde. Sie wusste, dass Runstad niemals Informationen preisgab, bevor er seiner

Sache nicht vollkommen sicher war. Dafür war er besonders gründlich und gut. Seine Befunde hielten jedem Gericht stand, niemals konnte etwas angezweifelt werden, er irrte sich unter keinen Umständen. Er war der Mann für alle schwierigen Fälle. War man sich unsicher, zog man Runstad hinzu, den »Leichenleser«, wie Ingvar ihn einmal treffend genannt hatte.

Helle war erleichtert, dass er mit im Boot war und Ingvar sich nicht durchgesetzt und Dr. Holt hinzugezogen hatte. Vielleicht war auch das ein Resultat ihres nächtlichen Anrufs.

Sie bückte sich, um die Kippe des Mediziners aufzuheben, und steuerte dann den Fundort der Leiche an. In der Nacht hatte sie kaum Orientierung gehabt, aber nun musste sie nur in die Richtung der Menschenansammlung gehen.

Kaum war sie auf wenige Meter an die Gruppe der Neugierigen und Journalisten herangekommen, wurde sie auch schon belagert. Die meisten der Presseleute kannte sie, aber es waren auch einige darunter, die sie noch nie gesehen hatte. Die kamen nicht aus Fredrikshavn, sondern waren von den großen Sendern und Zeitungen. Jemand hielt ihr ein Mikro vors Gesicht.

»Weißt du, wer der Tote ist? Ist es ein Mann oder eine Frau? Wer hat die Leiche gefunden?«

Helle schüttelte nur lächelnd den Kopf und versuchte, sich mit den Ellenbogen durch die Menge zu drücken. Eine Kollegin, die die Absperrung zum Fundort überwachte, hob das Flatterband für Helle an, und sie schlüpfte darunter hindurch.

Die Leiche aus der Wanderdüne – so hatten beinahe alle Medien heute früh getitelt – war mit Planen abgeschirmt, außerdem hatten Helle und die Kollegen bereits in der Nacht ein Zelt über dem Fundort aufgebaut, damit nicht alle Spuren vom Regen weggewaschen werden konnten.

Zwei Spurensicherer machten sich mit Löffelchen und Pinselchen und was sie sonst noch an Spezialwerkzeug hatten, daran, die Leiche Millimeter für Millimeter vom Sand zu befreien. Allerdings war noch nicht viel geschehen, der zur Hand gehörende

Unterarm lag frei, man erkannte einen Teil der Kleidung, es sah aus wie der Ärmel eines wattierten Anoraks.

In einigem Abstand standen sich zwei Kollegen – Linn und Bjarne aus Fredrikshavn – die Beine in den Bauch, pusteten in ihre Kaffeebecher und schlugen die Zeit tot.

»Hej Helle. Kaffee?« Linn deutete auf eine große Thermoskanne.

Kaffee war ein Angebot, das Helle niemals ausschlug. Sie pumpte die braune Flüssigkeit in einen Becher und stellte sich dann zu ihren Kollegen.

»Hast du den Leichenleser getroffen?« Bjarne zwinkerte ihr zu.

Helle nickte. »Aber er hat nichts rausgelassen.«

»Er war dreißig Sekunden hier. Hat einen Blick auf die Hand geworfen, eine halbe Kippe geraucht, und dann war er wieder weg«, kommentierte Linn.

»Er wollte warten, bis die Leiche freiliegt.«

»Das dauert noch 'ne Zeitlang«, sagte Björn seufzend.

Sie blickten nun alle drei zu den beiden Leuten von der Spurensicherung hinüber. Die Kollegen trugen weiße Overalls und waren völlig vertieft in ihre Arbeit. Sie befreiten den in der Düne steckenden Körper peu à peu vom Sand und sahen dabei aus wie Archäologen, die jahrtausendealte Mumien freilegen.

Als sie die Blicke in ihrem Rücken spürten, drehte sich einer der beiden zu ihnen um.

»Davon geht es auch nicht schneller«, grummelte er missgelaunt.

»Glaubst du, mir macht es Spaß, dir dabei zuzugucken?«, gab Bjarne nicht minder übellaunig zurück.

»Kaffee?«, ging Helle nun dazwischen und hielt dem Spusi ihren Becher entgegen.

»Drei Löffel Zucker und viel Milch.«

Helle nickte und zapfte ihm einen Becher.

»Fährst du gleich zum Meeting?«, erkundigte sich Linn bei ihr.

»Würdest du mich mitnehmen?«

»Klar.« Helle reichte dem Kollegen von der Spurensicherung den Becher und besah sich bei der Gelegenheit die Hand genauer. Es war eine zierliche Hand, eine Frauenhand. Die Hautfarbe war ziemlich dunkel, aber Helle konnte nicht einschätzen, inwieweit das auf die Verwesung oder Mumifizierung zurückzuführen war. Der Sand schien den Körper gut konserviert zu haben – oder der Mensch in der Düne war noch nicht lange dort versteckt.

»Sieht mumifiziert aus.« Der Spurensicherer kam zu Helle, nahm ihr dankend den Becher ab und streifte sich die Kapuze vom Kopf. Ein junger Mann in den Zwanzigern kam zum Vorschein, blasse Haut, dunkle Haare.

»Rami.« Er lächelte Helle an. »Wir kommen aus Aalborg.« Der andere weiß verpackte Spurensicherer nickte kurz zu Helle herüber, widmete sich dann aber wieder der Leichenfreilegung.

»Helle. Ich bin von der Wache in Skagen. Freut mich, Rami.«

»Leitest du hier die Ermittlungen?«

»Nein. Das macht Ingvar aus Fredrikshavn. Er ist unser Vorgesetzter.«

Rami dachte nach und kratzte sich ausgiebig am Kopf. »Ich dachte nur, weil …«

Helle unterbrach ihn rasch. »Was meinst du mit mumifiziert?«

»Sand konserviert.«

Rami ging zu dem aus der Düne ragenden Unterarm und zeigte auf die dunkle, lederartige Haut. »Er schließt den Körper luftdicht ab, dadurch bleibt dieser weitestgehend erhalten, er trocknet lediglich aus. Ein Dörrsystem.«

Helle schauderte. Sie dachte an den Dörrapparat, den Bengt sich vor ein paar Jahren zugelegt hatte. Er hatte alles Mögliche darin getrocknet – Pilze, Kräuter, Obst, aber auch Streifen von Fleisch. Hirsch vor allem. Die lederartigen Streifen sahen der Haut der toten Hand ekelerregend ähnlich.

»Ich habe kaum Ahnung von Rechtsmedizin«, fuhr Rami fort, »aber ich vermute erstens, dass die Leiche schon länger hier vergraben ist. Und zweitens könnte ich mir vorstellen, dass sie ziemlich gut erhalten ist.«

Auch Bjarne und Linn waren nun näher gekommen und hörten dem Spurensicherer zu.

»Der Sand ist in den tieferen Schichten trotz der vielen Unwetter in den letzten Wochen weitestgehend trocken geblieben – oder zumindest haben die feuchten Sandschichten den Körper noch nicht erreicht.«

»Und wenn doch?«

»Dann würde der Körper verfaulen, und es wäre vermutlich nur noch das Knochengerüst vorhanden.«

Sein Kollege wies auf den feuchten Sand oberhalb der Hand.

»Ich vermute, dass ihr Kopf irgendwo da ist. Wenn wir Pech haben, dann ist die Feuchtigkeit schon bis dorthin durchgedrungen.«

»Und dann wäre von ihrem Gesicht nicht mehr viel übrig«, ergänzte Helle den Gedankengang.

Der Spurensicherer nickte.

Bjarne verzog leicht angewidert das Gesicht.

»Wir denken alle, dass es eine Frau ist, oder?«, fragte Linn interessiert.

Rami zog die Schultern hoch. »Wenn der Leichenleser das hört, macht er mich einen Kopf kürzer – aber ja, ich denke schon.«

Bjarne wandte sich an Helle. »Ihr geht die Vermisstenfälle durch, oder? Habt ihr schon was?«

»Weißt du, wie bescheuert das ist?« Helle war im Nu auf hundertachtzig, was einen überfallartigen Schweißausbruch hervorrief. »Ausgerechnet wir sollen die Vermisstenfälle im Land durchgehen, dabei haben wir die lahmsten Computer und sind noch nicht mal im Zentralsystem. Wir müssen die Distrikte einzeln anfragen!« Sie zog mit einem Ruck den Reißverschluss ihrer Wachsjacke herunter, weil sie das Gefühl hatte, keine Luft mehr zu bekommen. »Wir brauchen ewig und drei Tage! Und Ingvar beschwert sich, weil es ihm nicht schnell genug geht. Aber ja. Meine Leute sind dran.«

Bereits am frühen Morgen hatte Helle mit Ole, Jan-Cristofer und Marianne gesprochen, die sich bemühten, die Vermisstenfälle der letzten fünf Jahre zusammenzutragen. Helle hoffte inständig, dass die Leiche nicht schon zehn, zwanzig oder noch mehr Jahre hier verborgen war, da würde einiges zusammenkommen. Sie pustete sich die Haare aus der Stirn und zerrte den dicken Schal von ihrem Hals. Skagen und die Digitalisierung, das war ihr Reizthema. Oder einfach nur Ingvar. Ingvar war das eigentliche Problem.

Manchmal begriff Helle selbst nicht, warum ihr Chef auf einmal so ein rotes Tuch für sie war. Bengt meinte, sie hätte sich endlich aus dem Schatten ihres Übervaters gelöst und ihn mit dem Fall um den toten Gymnasiallehrer, den Helle gelöst und dafür viele Meriten eingeheimst hatte, überflügelt. Tatsächlich war Ingvar seitdem nicht mehr so gut auf Helle zu sprechen, »sein Mädchen«, dem er alles beigebracht hatte. Anstatt stolz auf sie zu sein, bremste er sie aus. Und Männer, die sich ihr in den Weg stellten, hatten Helle Jespers immer schon zur Gegenwehr gereizt. Wenn einer daherkam und einzig und allein qua seiner Autorität oder eines höheren Dienstgrades meinte, ihr Anweisungen geben zu müssen, dann fuhr sie die Krallen aus.

Wie auch immer, ob es nun an ihrem Ärger über Ingvar lag oder daran, dass sie zu dick angezogen war, der Schweiß brach Helle jetzt aus allen Poren, stand auf der Oberlippe, klebte auf der Stirn und sammelte sich unter den Achseln.

»Wir müssen los«, sagte Helle schroff zu Linn, sie wollte jetzt weg hier, musste wieder Luft bekommen. Der heiße Kaffee, die hellen Lampen, die die Spurensicherung aufgestellt hatte, die vielen Leute – Helle fühlte sich bedrängt, am liebsten hätte sie sich an Ort und Stelle sämtliche Klamotten vom Leib gerissen.

Bevor sie den Fundort verließ, machte Rami noch ein Foto von den bisher freigelegten Leichteilen und schickte es an das Kommissariat in Fredrikshavn, um den Stand der Freilegung zu dokumentieren.

Helle und Linn bahnten sich stumm einen Weg durch die Gruppe von Journalisten, die ihnen die gleichen Fragen stellten wie zuvor, und gingen nebeneinanderher zum Parkplatz.

Als Helle ihrer Kollegin die Beifahrertür zum Volvo öffnete, lachte Linn.

»Nicht dein Ernst!«

»Ist ja nicht mein Dienstfahrzeug«, gab Helle zurück und räumte die Tüte mit den leeren Flaschen, die sie seit ein paar Tagen mit sich herumfuhr, weil sie es nicht zum Altglascontainer schaffte, aus dem Fußraum.

Linn setzte sich grinsend und hielt sich die Nase zu.

»Wie hältst du das aus?«

Helle schüttelte nur den Kopf, drehte Joni Mitchell noch lauter und fuhr los.

Die Sonne kam hinter den Wolken hervor. Das flache Land, weiße Dünen, Heideland, vereinzelte Kiefernwäldchen, alles strahlte nun im Licht der Herbstsonne, die erstaunlich kräftig war. Das Meer im Osten reflektierte die Sonnenstrahlen und erzeugte ein magisches Leuchten.

»*They paved paradise and put up a parking lot.*«

Die Fahrt von Råbjerg Mile bis Fredrikshavn dauerte eine Dreiviertelstunde, Linn gewöhnte sich währenddessen an den Hundegeruch im Wagen, vielleicht hatte aber auch Jonis Stimme – hell, mädchenhaft und doch streng – sie versöhnt. Linn war erst ein paar Jahre in Fredrikshavn, sie war aus Aalborg dorthin gekommen und eine Jütländerin durch und durch. Erdverbunden, so nannte es Bengt. Bäuerisch, würde Helle sagen. Eine Frau Mitte dreißig, freundlich, gut gelaunt, Doppelbödigkeit war ihr fremd. Sie sagte, was sie meinte, und dahinter gab es keinen Interpretationsspielraum. Helle hielt sie für eine gute Polizistin, glaubte aber nicht, dass Linn das Zeug zu einer guten Ermittlerin hatte, weil sie sie nicht für phantasiebegabt hielt. Vermutlich hatte Linn auch keinerlei Ambitionen in diese Richtung.

Sie hatten sich ein bisschen über Ingvar unterhalten, aber

Helle war es nicht gelungen, ihrer Beifahrerin auch nur das allerkleinste skeptische Wort über ihren Vorgesetzten zu entlocken. Sie stand felsenfest zu ihm, so wie es auch Helle ihre gesamte Dienstzeit über getan hatte. Jetzt aber fand sie, dass es Zeit für ihn war, sich in den Ruhestand zu verabschieden. Nur noch zwei Monate, dann würde er Platz machen für einen Nachfolger.

Oder eine Nachfolgerin.

Die Polizeiwache in Fredrikshavn war fünfmal so groß wie die kleine Skagener Station. Dreißig Polizisten, darunter fast die Hälfte Frauen, externe Festangestellte für Sekretariat und Empfang, vier Arrestzellen und ein Archiv. Sie hatten sogar eine Art Asservatenkammer in einem umfunktionierten Abstellraum.

Das von Ingvar anberaumte Treffen fand in einem Sitzungszimmer statt, in dem alle Polizisten Platz fanden. Es gab ein Whiteboard, einen Beamer und jemanden, der das alles bedienen konnte. Dieser Jemand war selbstverständlich nicht Ingvar selbst, wie Helle amüsiert feststellte.

Nach den üblichen Begrüßungsfloskeln rekapitulierte der Chef, was sie bisher hatten. Und das war nichts – außer der Hand.

»Solange Runstad uns keine Einschätzung gibt, solange die Leiche noch nicht freigelegt wurde, wissen wir nichts und können im Prinzip auch nicht wirklich mit den Ermittlungen loslegen.« Ingvar sah nicht sehr glücklich aus, als er seinen Leuten den Stand der Dinge zusammenfasste.

»Skagen arbeitet an den Vermisstenfällen der letzten fünf Jahre, aber das bringt uns im Moment noch nicht viel weiter. Vielleicht liegt die Leiche dort seit zwanzig Jahren oder länger. Wir wissen nicht einmal, ob es sich um einen Mann oder eine Frau handelt. Oder ob ein Gewaltverbrechen zugrunde liegt. Kurz gesagt: Wir haben absolut keinen Anhaltspunkt.«

»Was ist mit dem Zeugen?«, fragte einer der Kollegen.

»Danke, Oliver.« Ingvar nahm einen Schluck Kaffee, bevor er fortfuhr. »Ja, also, der Mann …«

Hinter ihm erschien auf dem Whiteboard ein Foto von Ansgar Norborg sowie eine Kurzzusammenfassung seiner Biographie, Adresse und der Aussage. Ingvar drehte sich irritiert um, als er merkte, dass alle Augen nicht länger auf ihm, sondern auf dem Whiteboard ruhten.

»... ist meines Erachtens völlig unverdächtig. Die Leiche ist ja wahrscheinlich nicht erst gerade eben dort platziert worden, und es ist nicht anzunehmen, dass Ansgar jemanden umbringt, verbuddelt und sich Monate, wenn nicht sogar Jahre später bei uns meldet, weil die Leiche aus der Düne herausragt.«

»Alles schon vorgekommen!«, rief einer aus dem Plenum, und alle lachten. Ingvar grinste ebenfalls, fuhr dann aber fort.

»Er stand noch ziemlich unter Schock, als ich mit ihm gesprochen habe. Allerdings, er trainiert regelmäßig, läuft jeden zweiten Tag an dieser Stelle vorbei und schwört Stein und Bein, dass er die Hand bemerkt hätte, wenn sie schon vor zwei Tagen da herausgeguckt hätte. Was sagt uns das? Smilla?«

Er zeigte auf eine junge Frau in der ersten Reihe. Wie in der Schule, dachte Helle empört, aber diese Smilla schien das gar nicht zu stören, stattdessen antwortete sie fröhlich: »Dass der Regen den Sand an der Stelle weggewaschen hat.«

»Sehr gut.« Ingvar brummte zufrieden, und Helle ärgerte sich noch ein bisschen mehr über dieses oberlehrerhafte Getue.

»Wir haben uns mit dem Küstenschutz darüber unterhalten. Henning?«

Der Mann, der neben Ingvar vorne am Pult saß, tippte auf seinen Laptop, und sofort erschien auf dem Whiteboard ein Mann im Anorak, die Mütze tief im Gesicht. Er stand am Strand vor dem abgesperrten Tatort. Es schien sich um die Aufzeichnung eines Skype-Gesprächs zu handeln, in dem der Mann vom Küstenschutz etwas über Erosion und die Bewegungen der Wanderdüne erzählte.

Man konnte kaum etwas verstehen, weil der Wind im Mikro Knattern und Rauschen verursachte. Aber Helle war eigentlich auch egal, was der Typ sagte. Er referierte über die Bewegungen der Wanderdüne, wann sich Råbjerg Mile von wo nach wo verschob. Das interessierte sie viel weniger als die Tatsache, dass Ingvar hier in seiner Station in Fredrikshavn auf dem modernsten Stand der Technik war – für ihn offenbar ein Buch mit sieben Siegeln –, ihr aber Laptops und neue Computer verweigert wurden.

Nach der Video-Einspielung sprach Ingvar noch ein wenig davon, dass man nichts wisse, nichts wissen konnte und folglich auch nicht ermitteln konnte. Dann fasste ein Kollege all die Anrufe zusammen, die bei den Polizeistationen eingegangen waren, seit die Meldung über den Ticker gelaufen war. Natürlich war nicht ein einziger wirklich sachdienlicher Hinweis dabei.

Helle schaltete ab und blickte aus dem Fenster. Sie dachte, wie dumm jemand sein musste, wenn er die Leiche im Westen der Düne vergraben hatte. Jeder, der in der Umgebung wohnte, wusste, dass sich die Düne nach Osten bewegte. Wenn man also wollte, dass der Körper in den nächsten Jahrzehnten nicht mehr aus dem Sand auftauchte, hätte man die Leiche am Ostrand der Düne verbuddeln müssen, dort, wohin sich Råbjerg Mile Jahr für Jahr um fünfzehn Meter verschob.

Das ließ nur drei Schlüsse zu: Die Leiche müsste entweder seit mehr als zwei Jahrhunderten dort stecken, nämlich seit einer Zeit, als an der Stelle noch keine Düne gewesen war. Dagegen sprach der Anorak. Oder der Mörder war nicht von hier. *Last but not least*: Es gab keinen Mörder, sondern es war ein schrecklicher Unfall gewesen.

»Helle?«

Ingvars Stimme, lauter als zuvor, riss sie aus ihren Gedanken. Alle im Raum hatten sich zu ihr umgedreht und starrten sie an. Helle starrte zurück.

»Fünfzehn Uhr. Pressekonferenz.« Ihr Chef am anderen Ende des Raumes tippte ungehalten auf seine Armbanduhr. »Ist das klar?«

Sie zuckte mit den Achseln. »Von mir aus. Muss ich dabei sein?«

Vereinzelte Lacher und genervtes Gestöhne einiger Kollegen.

»Du leitest die Sonderkommission ›Düne‹. Ich denke, du solltest dabei sein.« Verärgert steckte Ingvar einen Stift in seine Brusttasche und verließ als Erster den Raum, ohne sie noch einmal anzusehen.

Es hätte ein großer Moment für sie werden sollen, ein Triumph, Genugtuung, so hatte Helle es sich vorgestellt. Stattdessen hatte sie den großen Moment verpasst, indem Ingvar verkündet hatte, dass nicht er – wie alle erwartet hatten –, sondern Helle Jespers aus Skagen die Sonderkommission leiten würde. Jetzt spürte sie einen Stich in ihrem verräterischen Herzen, als sie ihren ehemaligen Mentor abserviert aus dem Raum gehen sah.

War sie zu weit gegangen?

Aalborg

Innentemperatur 22 Grad

Elins Hände waren schweißnass, während sie über die Tasten huschten. Sie konnte nicht aufhören, nach neuen Schlagzeilen zu suchen. Immer und immer wieder aktualisierte sie die Google-Seite, klickte sich durch die News, die sie schon auswendig kannte. Aber es gelang ihr nicht, mehr zu erfahren. Überall die gleichen Informationen, die Polizei schien nicht viel zu wissen.

Mehr würde sie im Moment nicht erfahren. Heute nicht, aber es war nur eine Frage der Zeit, bis man herausgefunden hatte, wer die Leiche in Råbjerg Mile war.

Angeblich wusste die Polizei noch nicht, ob es sich um einen Mann oder eine Frau handelte.

Elins Herz pochte. Pochte so laut, dass sie meinte, es hören zu können. Vielleicht war *sie* es ja gar nicht? Vielleicht spuckte die Wanderdüne alle paar Jahre eine Leiche aus? Konnte das nicht sein?

Wie gerne hätte sie daran geglaubt, aber Elin wusste, dass dem nicht so war. Die Wanderdüne war kein Friedhof.

Råbjerg Mile war das Grab von Imelda.

Es konnte nur Imelda sein, die man gefunden hatte. Es hatte gar keinen Sinn, das zu leugnen, es war die Stelle, die Kieran beschrieben hatte. Die Stelle, an der sie seitdem immer und immer vorbeigegangen war, um nachzusehen, ob man etwas erkennen konnte. Ob Imelda sich zeigte.

Aber es war wie ein später Triumph, dass sie sich erst offenbarte, als alle sie schon fast vergessen hatten.

Als die Spuren vernichtet, die Erinnerung getilgt war.

Als Elin alles geregelt, sogar das Unbehagen von Sven zerstreut hatte.

Imelda hätte gesagt, dass das ein Zeichen aus dem Reich der Toten war. Sie hatte an alle möglichen Götter und Dämonen geglaubt.

Sie hatte aber nicht daran geglaubt, dass die Götter sie beschützen würden. Deshalb wollte sie zur Polizei gehen.

Elin sah noch immer, wie Imelda das Haus verlassen hatte. Wütend. Sie hatte versucht, sie aufzuhalten, aber Imelda war fest entschlossen gewesen.

Was hätte Elin schon ausrichten können? Sie war so schwach. Und so hatte sie Kieran angerufen.

Er sollte das in Ordnung bringen.

Imelda zurückholen.

Mehr nicht.

Niemand hatte gewollt, dass das passierte.

Würde die Polizei herausfinden können, wie lange der Körper schon im Sand verborgen war?

Elin hätte es ihnen sagen können.

Auf den Tag genau.

Jetzt drückte sie eine Valium aus dem Blister und spülte sie mit dem Latte macchiato runter. Das Schlucken fiel ihr schwer, ihr Hals war trocken. Ihr Körper aber war nass, kalter Schweiß, überall. Und das Herzrasen. Sie hätte sich keinen Kaffee machen sollen. Aber sie war nicht fähig, auch nur einen klaren Gedanken zu fassen, seit sie die Nachricht gelesen hatte.

Was sollte sie tun? Konnte sie etwas tun? Sie musste noch einmal mit Kieran reden. Oder mit ihrer Schwester?

Nein. Elin schüttelte den Kopf. Auf keinen Fall. Es war ein Geheimnis zwischen ihr und Kieran. Und das musste es bleiben. Niemand durfte erfahren, dass sie wusste, dass Imelda sich dort im Sand verbarg.

Am allerwenigsten Sven.

Bei dem Gedanken an ihren Mann wurde Elin augenblicklich schlecht. Sie schaffte es gerade noch ins Bad und beugte sich über das Waschbecken. Würgte. Da kam nicht mehr viel, nur noch Kaffee und Galle.

Elin sank auf den Badvorleger. Sie drückte ihre heiße Stirn an das kalte Porzellan der Kloschüssel.

Seit heute Morgen, seit sie die Eilmeldung auf ihrem Smartphone gesehen hatte, hing sie über dem Waschbecken. Dazu der kalte Schweiß. Und ihre Stirn so glühend heiß.

Sven hatte sich natürlich Sorgen gemacht, als er sie in dem Zustand gesehen hatte, er hatte befürchtet, Elin würde ihn oder den Kleinen anstecken. Deshalb hatte er ihn zu seiner Mutter gebracht. Elin hätte gerne protestiert, aber sie war zu schwach, zu konfus, und sie wusste natürlich, dass Sven recht hatte.

Wie immer.

Im Moment war sie froh, dass ihr Sohn nicht hier war, sie hätte sich mit ihm beschäftigen, mit ihm spielen, spazieren gehen müssen. Ihm etwas kochen, ihn füttern, vorlesen. Dazu war sie nicht in der Lage. Aber sie vermisste ihn. Ganz fürchterlich vermisste sie ihn. Sobald sie sich einigermaßen eingekriegt hatte, würde sie ihn abholen.

Elin schloss die Augen und dachte an das weiche, glänzende Haar ihres Sohnes. Am Anfang hatte er nicht viel mehr als Flaum auf dem Kopf gehabt, aber jetzt wuchsen die schwarzen Haare, sie wurden richtig dicht. Und glänzten. Sie musste ihm ständig über den Kopf streicheln, so stolz war sie auf ihn. Das wundervolle Haar, die großen runden Augen, sein glucksendes Lachen. Der erste Zahn!

Er war ein Wunder. Ihr Sohn.

Bertram bedeutete alles für Elin. Für ihn würde sie töten.

Könnte Sven ihn doch auch so lieben, wie sie es tat. Manchmal beobachtete sie Sven, wie er ihren Sohn ansah. Ihrer beider Sohn. Auf der Stirn eine steile Falte. Nachdenklich. Besorgt? Kritisch?

Er sollte sich doch auch freuen, dass sie nun endlich eine richtige Familie waren.

Nichts anderes hatten sie und Sven sich gewünscht. Viele Jahre lang.

Es war ein so übermächtiger wie vergeblicher Wunsch gewesen, und jetzt war er endlich wahr geworden.

Elin wollte alles dafür tun, dass dieses Glück nicht bedroht wurde.

Sie hatte alles dafür getan.

Niemand durfte dieses Glück zerstören. Imelda hätte es beinahe geschafft, sie war eine Bedrohung gewesen, und jetzt sollte sie endlich Ruhe geben.

So sah Elin das.

Sie setzte sich auf und zog sich schließlich am Waschbecken hoch. Spritzte sich kaltes Wasser ins Gesicht. Ein paar Spritzer von dem Hyaluron-Feuchtigkeits-Booster hinterher und auf die Augen kühlende Pads, dann würde sie einigermaßen okay aussehen. Man durfte ihr die Panik nicht anmerken. Sie durfte sich jetzt nicht gehenlassen.

Was war der Plan? Hatte sie einen Plan? Es war nicht vorgesehen, dass Imelda plötzlich wieder auftauchte. Elin hatte es in den letzten Monaten fast geschafft, nicht mehr daran zu denken.

Sie ging auf wackligen Beinen zum Küchenblock, goss sich Wasser aus der Karaffe ein und bemühte sich, die Atmung unter Kontrolle zu bekommen und ihre Gedanken zu ordnen.

Ganz ruhig. Keine Panik schieben.

Elin blickte auf ihre zitternden Hände. Sie ging in den großen Wohnraum, legte sich auf die Chaiselongue und drückte sich die Pads auf die Augen. Dann zwang sie sich nachzudenken.

Wenn die Polizei Imelda aus dem Sand geholt hatte, würde sie doch nicht mehr zu erkennen sein, oder? Wen konnte sie das fragen? Ihre Schwester kannte Leute. Den Polizeipräsidenten. Der wusste so etwas kaum, aber vielleicht war es möglich …

Sie verwarf den Gedanken.

Ob Kieran jemanden bei der Polizei kannte?

Wie auch immer, es würde lange dauern, bis man die Tote identifiziert hatte. Sie war nicht in Dänemark gemeldet, hatte keine Papiere, außerdem hatten sie dafür gesorgt, dass Imelda nicht unter Leute ging. Was sie natürlich doch getan hatte, und das war ein Teil des Problems gewesen.

Gottlob lebten sie in einer Großstadt, die Nachbarn interessierten sich nicht füreinander. Und hier, in den Neubauvillen, guckten die Leute einander auch nicht ständig über den Zaun. Elin wusste noch nicht einmal, wie die Leute, die neben ihnen wohnten, hießen. Zur Linken eine Diplomatenfamilie, Chinesen, die bekam man nie zu Gesicht.

Die Villa zur Rechten war erst kürzlich fertiggestellt worden, Sven meinte, ein kinderloses Paar sei dort eingezogen, aber die beiden schienen immer zu arbeiten. Licht sah man nur am späten Abend. Nein, von den Nachbarn hier in Aalborg drohte wohl keine Gefahr.

Ein philippinisches Hausmädchen, wer scherte sich darum?

Natürlich würde es Menschen geben, die Imelda erkennen könnten – vorausgesetzt, es gab noch etwas zu erkennen.

Wie war das eigentlich mit Gesichtsrekonstruktion, fragte sich Elin, zog die Pads von ihren Augen und setzte sich auf. Heutzutage konnten Computer doch schon von nackten Schädeln ablesen, wie ein Gesicht ausgesehen haben musste. Von Menschen, die seit Jahrhunderten tot waren.

Keine Frage, sollte die Polizei ein wie auch immer geartetes Phantombild von Imelda veröffentlichen, würde irgendjemand sie auch erkennen. Ihre Schwester, die Schwiegermutter und wer weiß wer noch.

Was würde Sven sagen, wenn er erfuhr, dass ihre Leiche aufgetaucht war?

Elin schauderte.

Normalerweise war er auf Reisen, hielt Reden auf diesem Kongress und jenem, ständig, nur in dieser Woche, da war er ausnahmsweise hier.

Als Imelda bei ihnen anfing, war Sven alles andere als begeistert gewesen – nicht ganz zu Unrecht, wie sich herausstellte. Er war sofort skeptisch gewesen, ob es eine gute Idee war. Schließlich war es Elins Idee und nicht seine.

Wenn alles gut lief, dann würde die Polizei in dieser Woche kein Phantombild veröffentlichen. Dann blieb die Leiche aus der Wanderdüne eine unbekannte Leiche. Vermutlich würde die Polizei erst einmal die Vermisstenfälle abarbeiten.

Der Gedanke tröstete Elin, und sie beschloss, alles auf diese Karte zu setzen. Einfach so weiterzumachen. Nicht nervös zu werden.

Sie durfte nicht zulassen, dass ihre Gedanken wieder verrücktspielten, sich im Kreis drehten, immer schneller, sodass sie den Überblick verlor. Das war ihr einmal im Leben passiert, und es hatte nicht besonders gut geendet.

Wie sagte ihre Freundin Sara? Aufstehen, Krönchen richten, weitermachen.

Elin kicherte. Genau so würde sie es machen. Und jetzt würde sie Bertram von ihrer Schwiegermutter abholen. Mit ihm in ein Café gehen und sich etwas gönnen. Ein kleines Törtchen, ein Petit Four oder Macarons. Ein Gläschen Champagner. Und für Bertram würden sie ein hübsches Bilderbuch kaufen, in der Buchhandlung direkt gegenüber dem Café.

Herrlich.

Das Leben konnte so schön sein.

Fredrikshavn

Innentemperatur 15 Grad

»Könnte es sich um einen Vermissten aus der Gegend handeln?«
»Warum hat man dir die Ermittlungen anvertraut?«
»Steht die Leiche im Zusammenhang mit der Mordserie vom
Februar?«
»Geht ihr davon aus, dass sich noch mehr Leichen in der Düne
verbergen?«
»Muss es hier drin so scheißkalt sein?«
Alle lachten, und Helle war dankbar für die kleine Atempause,
die ihr der Lokalreporter der *Nordjyske Stiftstidende* mit seiner
Frage verschaffte.
Ihre erste Pressekonferenz. Der große Konferenzraum der
Fredikshavner Polizei platzte aus allen Nähten, einige Reporter
mussten sogar auf dem Gang stehen. Helle blickte von ihrem
Platz aus in ein Meer aus Mikrophonen und Kameras. Sie wusste,
dass sie live an alle Sendeanstalten des Landes übertragen wurde,
und natürlich war sie nervös. Das war auch der Grund, warum sie
darauf bestanden hatte, alle Heizungen hinunterzudrehen und die
Fenster offen zu lassen. Sie hatte Angst vor einer ihrer berüchtig-
ten Hitzewallungen, und tatsächlich half ihr die kühle Luft über
das Schlimmste hinweg. Sie trug lediglich ihr hellblaues Uniform-
hemd, aufgeknöpft, und hatte eine halbe Stunde vor dem Termin
ein Johanniskrautdragee genommen. Ihre gute Seele Marianne,
die Sekretärin der Skagener Wache, hatte es ihr wohlweislich zugesteckt sowie vorsorglich gemahnt: »Und keinen Kaffee!«
Nüchtern und knapp hatte sie die Journalisten über den Stand

der Ermittlungen informiert, was nicht weiter schwer war, denn bis jetzt gab es: nichts.

Damit war die anwesende Presse natürlich nicht zufrieden, wo nichts ermittelt wurde, gab es nichts zu schreiben. Also prasselten jetzt all die Fragen auf Helle herab, und die spürte, dass ihr Körper erste Warnsignale in Richtung Schweißausbruch sandte. Es galt also, die Versammlung so schnell wie möglich aufzulösen, damit sie nicht mit schweißnassem Kopf und dunklen Flecken unter den Armen in die Wohnzimmer Dänemarks flimmerte.

Die Fredrikshavner Polizei, die zwar um einiges größer und besser ausgestattet war als Skagen, hatte keinen Pressesprecher, und Ingvar verzichtete tatsächlich darauf, sich als Chef der Soko »Düne« zu präsentieren, sodass Helle allein auf dem Podium saß und Rede und Antwort stehen musste. Das würde sich freilich ändern, sobald erste positive Ermittlungsergebnisse vorliegen würden, darüber machte sie sich keine Illusionen.

Sie gab sich Mühe, die absurden Fragen der Journalisten allesamt zu beantworten – stets mit »Nein« –, und warf einen Blick zu Ingvar, der sich in eine hintere Ecke des Raumes gestellt hatte und die Konferenz verfolgte. Sie spürte ihr Handy in der Hosentasche, ständig zuckte ihre Hand dorthin, sie musste sich Mühe geben, sich auf das Geschehen vor Ort zu konzentrieren, weil sie wusste, dass die Musik gerade woanders spielte. Rami, der Spurensicherer, hatte ihr in der Sekunde, als die PK begonnen hatte, eine Nachricht geschickt: *Wir haben jetzt den Kopf. Kommst du?*

Helle konnte es kaum erwarten, sich davonzumachen und wieder nach Råbjerg Mile zu fahren. Sie hoffte, dass Rami auch Dr. Runstad benachrichtigt hatte und dieser ihr nun endlich mehr Informationen liefern konnte.

»Hast dich wacker geschlagen, mein Mädchen.« Ingvar klopfte ihr wohlwollend auf den Rücken, als Helle mit den Journalisten aus dem Raum strebte. Sie nickte Linn zu, zum Zeichen, dass sie schon mal zum Auto gehen und sich zum Aufbruch bereithalten solle.

»Danke, Ingvar. Ich hätte lieber ein paar Fakten in der Hand gehabt.«

Ingvar lächelte sie an. Ganz offen strahlten seine Augen sie an, die vielen Fältchen kräuselten sich in seinem Gesicht, und er sah wieder aus wie der freundliche Papa-Ersatz, der er für Helle so lange gewesen war.

Die freundschaftliche Geste verursachte Helle Unbehagen. Sie fühlte sich elend, weil sie ihn ausgebootet hatte. Das war alles andere als fair gewesen, und sie wusste darum.

Andererseits: Sören Gudmund hatte sich nach ihrem nächtlichen Anruf umgehend dafür eingesetzt, dass sie den Fall bekam – und das hätte er doch nicht getan, wenn er geglaubt hätte, Ingvar sei der richtige Mann dafür, oder? Und erst der Polizeipräsident, der offenbar sofort bereit gewesen war, Helle an die Spitze der Soko zu setzen. Und trotzdem ... Das schlechte Gewissen nagte an ihr, und Ingvars Freundlichkeit machte es nicht besser.

Sie zog ihren Vorgesetzten am Arm in die kleine Kaffeeküche.

»Ich fahre mit Linn wieder rüber, die Spurensicherer haben den Oberkörper freigelegt«, informierte sie ihn. »Willst du mitkommen?«

Ingvar schüttelte den Kopf. »Es ist dein Fall. Aber halte mich auf dem Laufenden.« Damit ging er und ließ sie allein zurück.

Helle sammelte sich noch einen Moment in dem Kabuff und ließ auch die letzten Presseleute an sich vorüberziehen, bevor sie die Kaffeeküche verlassen wollte. Aber dann trat ihr ein Kollege in den Weg, Helle kannte ihn nicht besonders gut, er war erst kürzlich nach Fredrikshavn versetzt wurden. Er hieß Lars oder Nils, so genau wusste sie es nicht.

»Darf ich dich mal was fragen?« Der Typ baute sich breitbeinig vor ihr auf, verschränkte die Arme vor der Brust und nahm so den gesamten Türrahmen ein.

Helle brach sofort der Schweiß aus – nicht aus Angst, sondern wegen des klaustrophobischen Gefühls, das sich augenblicklich einstellte, und das machte sie stocksauer. Was dachte sich dieser Nils-Lars eigentlich bei so einer Geste? Seine männliche Dominanz so auszuspielen – das ging gar nicht.

»Wenn du dich benimmst, bekommst du auch eine Antwort«, knurrte sie und trat so nah an ihn heran, dass er einen Schritt zurückweichen musste.

Nils-Lars guckte sie verdattert an. »Was meinst du?«

»Glaubst du etwa, das ist okay?« Helle leckte sich den Schweiß von der Oberlippe. »So wie du dastehst, ist das schon fast Nötigung.«

Er sah sie immer noch verständnislos an, ließ die Arme sinken und trat dann einen Schritt zur Seite, damit Helle aus der Kaffeeküche herauskonnte. Sie drückte sich an ihm vorbei und ging ein paar Schritte in den Gang, seinen bohrenden Blick im Rücken.

»Was wolltest du fragen?« Sie drehte sich zu ihm um.

»Wann du dein Team bildest.« Er drehte hilflos die Handflächen nach oben und erschien Helle plötzlich kindlich und gar nicht mehr bedrohlich. »Ich wär gern dabei.«

Sie lachte. »Ich fahr jetzt an den Tatort. Dann noch mal nach Skagen. Da mache ich mir ein paar Gedanken, wie ich verfahren will.«

Er nickte.

»Wie heißt du?«

»Christian.«

Helle stutzte kurz. »Okay, Christian. Teamsitzung morgen um acht. Du bist dabei.«

Er strahlte und führte eine Hand flach an die Stirn. »*Aye, aye, captain.*«

»Wie ist dieser Christian so?«, erkundigte sich Helle bei Linn, während diese den Motor startete. Sie konnten einen Polizeiwagen aus der Flotte nehmen, einen neuen BMW – Luxus, den sie in Skagen nicht kannten.

Linn gab Gas und bog vom Polizeiparkplatz in die Skippergade ein. »Ich glaub, er ist okay.« Die blonde Jütländerin überlegte. »Harmlos. Bisschen alte Garde vielleicht.«

Helle nickte. »Ich nehme ihn ins Team.«

Linn sagte nichts und blickte konzentriert auf die Strecke. Langsam wurde das Licht fahl, die Umrisse verschwammen, die Dämmerung würde bald hereinbrechen. Sie mussten sich beeilen, wenn sie die Leiche noch bei Tageslicht sehen wollten.

»Ich muss ein paar Leute aus Fredrikshavn in meine Truppe nehmen«, fuhr Helle fort, nicht ohne Linn aus den Augen zu lassen. »Ich kann nicht alle von meinen Leuten miteinbeziehen, es muss sich auch jemand um das Tagesgeschäft kümmern.«

Jetzt verzog die blonde Kollegin den Mund zu einem Lächeln. »Als ob!«

»Was meinst du?«

»Was passiert denn schon um diese Jahreszeit bei euch da oben? Tagesgeschäft ...«

Linn warf Helle einen flüchtigen Seitenblick zu und lachte auf, bevor sie sich wieder auf die Strecke konzentrierte.

»Ich denke, ich nehme Ole mit in die Soko«, dachte Helle laut nach, ohne auf Linns Provokation einzugehen. »Jan-C. hat das letzte Mal schon genug Federn gelassen.«

»Ich wäre auch gern dabei«, sagte Linn nun.

Helle nickte. Das schätzte sie an Linn. Dass sie geradeheraus war, total unverstellt. »Sowieso.«

»Warum besprichst du das nicht mit Ingvar? Der kennt seine Truppe doch am besten.«

»Ja, ich weiß. Vermutlich sollte ich das tun.« Helle blickte aus dem Fenster. Sie hatten die kleine Stadt nun hinter sich gelassen und fuhren auf dem geraden Skagensvej nach Norden. Zur Linken sah Helle die Anlagen des Golfklubs, zur Rechten die flachen Felder und kleine Wäldchen. Dahinter war das Meer, das Licht war anders dort im Osten. Leuchtend, transparent, leicht. Sie dachte an ihr schönes Haus in den Dünen, das sie zu dieser Jahreszeit nur noch selten bei Licht sah. Morgens um sechs, wenn sie ihre erste Runde mit Emil am Strand drehte, war es dunkel. Und wenn sie nach der Arbeit nach Hause kam, schon wieder. In der nächsten Zeit würde sie kaum nach Hause kommen, das ahnte Helle. Was würde Bengt dazu sagen? Und erst Emil, der sie schon vermisste, wenn sie nur in den Keller ging.

Den Rest der Fahrt schwiegen sie. Hingen ihren Gedanken nach, jedenfalls Helle. Sie dachte an den Toten oder die Tote dort im Sand. Jede Leiche bedrückte sie und schon gar jeder Mensch, der durch Gewalt ums Leben gekommen war. Aber die Vorstellung, dass jemand dort draußen lag, ganz allein, unter Tonnen von Sand begraben, eng, dunkel, kein Licht, keine Luft – sie hoffte so sehr, dass der Mensch bereits tot gewesen war, bevor er in seinem kühlen Grab eingeschlossen wurde.

Auf einmal fiel ihr eine Geschichte von Hans Christian Andersen ein. Helle hatte vergessen, wie sie hieß, aber sie handelte von einem armen glücklosen jungen Mann, der viele Tote zu beklagen hatte, und zum Schluss fand er sein Grab in der Versandeten Kirche. Eine bedrückende Geschichte, die sie in der Schule hatte lesen müssen, wie vermutlich Generationen von jütländischen Schulkindern. Sie hatte sich ziemlich gegruselt und immer wieder davon geträumt.

Nun wurde dieser Albtraum wahr.

Der Parkplatz war nicht mehr ganz so voll wie noch am Morgen, offenbar hatte sich das Interesse woandershin verlagert, zu einer anderen Sensation. Aber vor der Absperrung des Tatorts standen sich noch immer einige frierende Presseleute die Beine in den Bauch. Ein findiger Mensch hatte einen kleinen Tisch aufgebaut, darauf standen große Thermoskannen mit Heißgetränken und Hotdogs. Er machte vermutlich auf diese Art das Geschäft seines Lebens.

Jens Runstad war schon vor ihnen angekommen, seine Augen funkelten freudig, während er zwischen den gierigen Zügen an seiner Zigarette Sprachmemos mit seinem Handy aufnahm. Helle und Linn nickte er kurz zu.

Rami und sein Kollege standen etwas abseits, sie aßen jeder ein Hotdog. Als Helle kam, legte Rami seines zur Seite und stellte sich neben Helle, um ihr seine Arbeit an der Toten zu erläutern. Denn dass es sich um eine Frau handelte, war unverkennbar. Ihr schmaler, in einen dunklen Anorak gekleideter Oberkörper duckte sich hinter den linken Oberarm, den sie wie in Abwehr schützend über den Kopf hielt. Oder versucht hatte zu halten.

Helle blieb fast der Atem stehen, so unversehrt sah die Tote aus. Beinahe, als sei sie erst vor kurzem in diese grauenvolle Notlage geraten. Das Haar war dünn, stumpf und von fahlem Schwarz und fiel über das Gesicht und die schmalen Schultern, die Haut der Toten war ledrig braun, aber es gab auf den ersten Blick keine Spuren sichtbarer Verwesung.

»Herrlich, oder?« Jens Runstad, der Leichenleser, zwinkerte Helle lächelnd zu.

Sie schüttelte nur stumm den Kopf.

»Weibliche Leiche, Asiatin, Anfang zwanzig bis Anfang dreißig. Keine sichtbaren Zeichen grober Gewalteinwirkung dem ersten Augenschein nach. Damit kannst du schon mal etwas anfangen, oder?«

Helle nickte. »Danke dir.«

»Wenn wir sie freigelegt haben, kommt sie ins Institut nach Aalborg. Meinen Bericht bekommst du ein paar Tage später.«

Helle öffnete den Mund, um etwas zu entgegnen, aber Jens kam ihr zuvor.

»Nein, schneller geht es wirklich nicht. Sie ist meine erste Sandmumie. Ich muss mich erst einmal einlesen und damit vertraut machen. Ein deutscher Kollege von mir arbeitet in München an dem Thema.«

»Kann ich vielleicht etwas vom Gesicht sehen?«, wandte sich Helle jetzt an Rami.

Er nickte und strich die Haare der Toten sehr behutsam zur Seite. Durch die verkrümmte Haltung war nicht viel zu erkennen, aber immerhin gewann Helle einen vagen Eindruck. Die Augen waren geschlossen, ebenso der Mund. Die Züge waren dennoch verzerrt, wie in großem Schmerz. Oder heller Panik.

Helle richtete sich wieder auf und sah Jens Runstad an. »Kann sie erstickt sein?«

Er nickte. »Natürlich kann ich nicht sagen, was die Todesursache ist. Dazu muss ich sie eingehend untersuchen. Aber möglich ist es. Mehr kann ich dir nicht sagen.«

»Wie lange?«

Er trat näher an die Leiche und zeigte auf den sichtbaren Teil des Körpers. »Die Mumifizierung ist noch nicht gänzlich abgeschlossen. Ich vermute unter der Epidermis noch Reste von Fettgewebe. Grob würde ich den Zeitpunkt auf maximal ein Jahr schätzen. Allerdings ist das eine vorsichtige Vermutung. Ich habe keine Ahnung, wie gut der Sand sie konserviert hat.«

»Das reicht mir aber schon. Ich kann die Vermisstensuche auf die letzten maximal zwei Jahre eingrenzen«, entgegnete Helle. Sie drehte sich zu Linn. »Morgen früh soll ein Zeichner kommen und schauen, ob er etwas Brauchbares zustande kriegt.«

Rami mischte sich ein. »In Aalborg haben wir einen genialen Typen. Wenn du magst, schicke ich ihm meine Fotos schon mal zu.«

Helle nickte und hielt den Daumen hoch. »Und ihr macht Feierabend. Ihr wart den ganzen Tag hier und habt super Arbeit geleistet.«

Rami und sein Kollege bedankten sich. Sie sahen erschöpft aus, aber auch euphorisch – so eine Aufgabe bekamen sie nicht alle Tage.

»Braucht ihr ein Hotelzimmer? Oder fahrt ihr nach Aalborg zurück?«

Die beiden wechselten einen Blick. »Hotel ist cool«, grinste Rami. »Ist ein bisschen wie Urlaub.«

»Verdient«, Helle lächelte ihn an.

»Okay, ich kümmere mich darum«, sagte Linn und zog gleich ihr Handy aus der Tasche.

71

»Und was ist mit mir?« Der Rechtsmediziner spielte Empörung, dabei wusste Helle, dass er nichts lieber wollte, als möglichst schnell in sein Institut zurückzukehren.

»Ich würde gerne nach Aalborg kommen, wenn du die Leiche untersuchst. Darf ich?«, erkundigte Helle sich anstelle einer Antwort.

Jens fummelte eine neue Zigarette aus dem zerknautschten Päckchen, zögerte kurz, stopfte sie wieder zurück und hielt Helle die Packung hin. »*Ladies first.*«

Als Helle dankend abwinkte, nahm er sich selbst eine, steckte sie an und sagte: »Du darfst mich jederzeit besuchen. Ich freu mich über eine schöne Flasche Gin.«

Der Leichenleser zwinkerte, nahm seinen kleinen Arztkoffer – den er noch niemals in ihrer Gegenwart geöffnet hatte, fiel Helle nun auf – und ging grußlos. Sie alle starrten seinen buckligen Rücken an, bis der Doktor hinter der Absperrung verschwand.

Helle regelte noch die weitere Beaufsichtigung des Tatorts, dann ließ sie sich von Linn nach Skagen auf ihre Wache bringen.

Als sie die Eingangstür öffnete, schlug ihr der Geruch von Zimt, Nelken und Hering entgegen. Marianne saß gemeinsam mit Amira hinter dem Empfangstresen, auf dem sich in verschiedenen Plastikboxen Smørrebrod und süße Teilchen stapelten. Die beiden schauten auf Mariannes Handy, offenbar zeigte sie Bilder von ihrem frisch geborenen Enkelkind.

»Sag bloß, schon Feierabend?« Helle zog ihre Jacke aus, warf sie auf die Wartebank neben der Eingangstür und inspizierte interessiert die Brote. Sie wählte eines mit Matjes und eingelegten Apfelringen. Mariannes Spezialität.

»Ole hat sich noch mal aufs Ohr gelegt. Ich soll ihn anrufen, wenn du kommst«, berichtete diese.

Helle nickte und wollte sich nach den Vermisstenfällen erkundigen, hatte aber den Mund voll.

72

Amira kam ihr zuvor. »Die Vermisstenfälle der vergangenen fünf Jahre haben wir fertiggestellt.« Sie zeigte auf einen großen Stapel Papier. »Leider mussten wir es ausdrucken.« Bedauernd hob sie die Schultern. »Wo sind die neuen Tablets? Und die Computer? Ich hätte schon mal anfangen können, die Programme zu installieren.«

»Hängt alles noch in Aalborg«, gab Helle zurück. Das Fischbrot hatte sie verputzt und hätte es gerne mit einem Schluck Bier runtergespült. »Es hieß, die formatieren das vor und spielen schon mal alles Mögliche drauf oder so.«

Sie griff nach dem Stapel mit den Fällen. Es waren ziemlich viele, mehr als sie erwartet hatte.

»Wisst ihr aus dem Stand, ob eine asiatische Frau darunter ist?«

Marianne zog die Brauen zusammen. »Ich weiß nicht ...« Sie sah zu Amira, die nickte. »Ja, eine ältere Chinesin. Und dieser kleine Junge. Du weißt schon, Richard, der Thai.«

»Oje.« Helle erinnerte sich. Es musste ungefähr vier Jahre her sein, da verschwand ein Achtjähriger im Hafen von Kolding. Die Eltern wollten auf die Fähre, eben war er noch an der Hand seiner Mutter gewesen, im nächsten Augenblick wie vom Erdboden verschluckt. Man hatte ihn nie mehr gesehen. Taucher hatten das Hafenbecken abgesucht, die schwedischen Behörden hatten ihrerseits eine Suche initiiert, falls der Junge doch irgendwie auf die Fähre gelangt war. Doch alles ohne Erfolg. Aber wie auch immer – mit ihrer Toten in Råbjerg Mile hatte der Fall wohl nichts zu tun.

Helle nahm sich den Papierstapel, schnappte sich noch ein weiteres Brot, dieses Mal mit einem herrlich weichen Rohmilchkäse, und ging in ihr Büro. Als sie bei Jan-Cristofer vorbeikam, stoppte sie. »Hej!«

Ihr Freund und Kollege war in irgendetwas auf dem Bildschirm vertieft und sah auf. Er lächelte. »Hej!«

Helle entschied sich zu einer kurzen Plauderei, betrat das Zimmer und setzte sich ihm gegenüber. Jan-Cristofer sah erholt aus.

73

Glatt. Er war seit einem halben Jahr trocken, und es schien, als ginge es ihm damit sehr gut.

»Hör mal«, Helle suchte nach Worten. »Du weiß ja, dass ich die Soko leite.«

»Gratulation! Das ist wirklich toll für dich.«

Jan-C. strahlte sie an. Er war in Helles Alter, sie hatten beide viele Jahre gemeinsame Polizeiarbeit auf dem Buckel, und Helle durfte ihren Kollegen als engen Freund der Familie bezeichnen. Aber bei der gemeinsamen Polizeiarbeit hörten die biographischen Parallelen auch auf. Jan-Cristofers Leben hatte schon früh eine andere, traurige Abzweigung genommen. Im Gegensatz zu Helle und Bengt war er nicht mehr verheiratet, die Ehe mit seiner Frau Ina hatte sich schnell als Irrtum herausgestellt. Sie betrog ihn erst mehrfach, und als ein aussichtsreicher Kandidat erschien, verließ sie ihn. Den gemeinsamen Sohn Markus nahm sie mit. Jan-Cristofer verlor den Halt und fing an zu trinken. Bis zu jenem denkwürdigen Tag Anfang des Jahres, als er beinahe Opfer eines psychisch kranken Mörders geworden war. Er hatte schwer verletzt überlebt, war lange in Krankenhaus und Reha gewesen und hatte dort einen Entzug gemacht. Es hatte der intensiven Fürsprache von Helle und auch Sören Gudmund bedurft, dass er im Polizeidienst bleiben durfte. Umso mehr freute es Helle, dass sich Jan-Cristofer offenbar wirklich gefangen hatte. Umso weniger wollte sie ihm nun die schlechte Nachricht überbringen, dass er nicht Teil der Soko »Düne« werden würde.

»Also, ich stelle gerade mein Team zusammen, und ich hab mir gedacht, dass ich es besser finde, wenn du nicht schon gleich voll einsteigst.«

Sie hielt inne und sah ihren Freund an. Er erwiderte den Blick, unbewegt. Dann schüttelte er den Kopf.

»Du musst dich nicht entschuldigen, Helle.« Er lächelte. »Das ist okay für mich. Oder, ehrlich gesagt, sogar mehr als okay.«

Helle guckte fragend.

»Markus will zu mir ziehen. Schon ab Dezember.«

»O wow! Das sind gute Nachrichten!«

Jan-Cristofer lachte, und Helle glaubte zu sehen, dass er sogar ein bisschen rot vor Freude wurde.

»Ja, stimmt. *Really.*«

»Wie kommt's?«

»Er fängt eine Ausbildung in Skagen an. In Foldens Hotel.«

Helle war aufrichtig überrascht. Markus hatte bislang das Gymnasium in Fredrikshavn besucht, so wie ihre eigenen Kinder. Und ebenso wie ihr Sohn Leif, tat sich Markus schwer in der Schule.

»Was sagt Ina?«

»Die ist stocksauer und macht ihm das Leben zur Hölle.« Jan-Cristofer nahm einen Schluck aus seinem Wasserglas. »Aber ich finde es gut. Er hat richtig Bock. Hotelfachlehre und später vielleicht den Abschluss nachholen und Management studieren. Oder Touristik oder so.«

»Verstehe. Toll, dass du ihn unterstützt.« Helle stand auf. »Darauf stoßen wir an, okay?«

Jan-Cristofer grinste gequält.

»Mit Wasser und Saft«, fügte Helle hinzu, »wofür hältst du mich?«

Helle nickte ihm zu und verließ den Raum. In ihrem Kopf hatte sich der Gedanke an ein frisches kühles Bier festgesetzt, sodass sie kaum noch in der Lage war, an etwas anderes zu denken. Vor allem nicht an Wasser und Saft.

Doch zunächst verschanzte sie sich mit dem Stapel Vermisstenfälle in ihrem Büro.

Nach einer knappen halben Stunde hatte sie alle Fälle durchgesehen. Es ging so schnell, weil so gut wie keine der Beschreibungen auf ihre Tote zutraf. Selbst wenn sie das Merkmal »Asiatin« und das Alter ignorierte, blieben gerade mal zwei Fälle übrig. Die ältere Chinesin, die allerdings bereits über sechzig war und auf dem Foto kurze schüttere Haare trug, sowie eine neunzehnjährige Schülerin aus Kalundborg. Diese war blond, aber vielleicht

75

würde sich ja herausstellen, dass die Haare der Leiche aus der Düne gefärbt waren.

Alle anderen Vermissten waren entweder männlich oder Kinder, sehr alte Menschen oder Frauen, die von der Statur her – deutlich größer oder korpulenter – nicht annähernd passten.

Helle beschloss, es für diesen Tag gut sein zu lassen. Bevor sie nicht irgendeinen Anhaltspunkt zu der Leiche bekam, waren ihr und dem Team die Hände gebunden. Sie brauchten mehr Angaben, ein Phantombild, eine Eingrenzung des Todeszeitpunkts und Genaueres zur Todesursache, besondere Merkmale, das Zahnbild, die Marken der Kleidung – kurz: Die Leiche musste erst einmal raus aus dem Sand, bevor die Polizeiarbeit wirklich beginnen konnte.

Sie schrieb ein kurzes Memo, dass die Soko »Düne« zunächst aus Christian, Linn, Ole und ihr selbst bestehen würde. Sie hätte zu gerne Amira noch mit dazu genommen, aber die war ja leider offiziell nur ausgeliehen, um die Digitalisierung auf den Weg zu bringen.

Außerdem umriss sie kurz, was sie bisher an spärlichen Ergebnissen hatten, dass ein Zeichner darauf angesetzt wurde, ein Bild der Frau anzufertigen, und dass sie am kommenden Tag um zehn in Skagen zusammenkommen sollten.

Mittlerweile war es halb sieben, sie würde jetzt einfach Feierabend machen. Helle war sich sicher, dass sie in der nächsten Zeit kaum noch einmal so früh nach Hause käme. Bengt würde sich bestimmt über einen gemeinsamen Abend freuen. Sie hatte ihn in der letzten Zeit am ausgestreckten Arm verhungern lassen.

Draußen am Empfang stand Ole, der gerade hereingekommen war. Er würde die Nachtschicht übernehmen. Marianne und Amira machten sich ebenfalls fertig.

»Super, dass ich dabei sein darf«, platzte Ole sofort heraus, als er Helle sah. Der lange Kerl strahlte. Er war noch keine dreißig, er kannte nicht viel mehr als die Polizei in Skagen, von seinen Ausbildungsjahren in Fredrikshavn einmal abgesehen. Ihm fiel die Decke in dem kleinen Ort auf den Kopf, und er gierte nach »echter« Polizeiarbeit. Dabei schoss er mit seinem überbordenden Enthusiasmus schnell übers Ziel hinaus, aber er war flink im Kopf, und Helle fand, dass er Potenzial hatte. Um dieses auszuschöpfen, müsste er allerdings dringend weg von hier.

»Wir gehen noch zusammen was essen – kommst du mit?«, erkundigte sich Amira. »Jan-C. ist auch dabei.«

»Sorry. Aber ich werde zu Hause gebraucht. Die Männer haben sich schon beschwert.«

Die anderen lachten.

An Amira gewandt sagte Helle: »Du hast ja einen Schlüssel.« Damit verließ Helle die Wache.

Im Auto überkam sie plötzlich eine bleierne Müdigkeit. Der Schlafmangel in der Nacht zuvor machte sich bemerkbar, außerdem entzog ihr die schlechte Luft im Volvo den dringend benötigten Sauerstoff. Sie kurbelte die Scheibe ein wenig herunter und sog die kalte Luft von draußen ein. Es begann wieder zu regnen, kleine Tröpfchen nur, eher feuchter Nebel, aber laut Wetterbericht sollte es weitergehen mit dem Dauerregen. Schlechte Bedingungen für Rami und seinen Kollegen.

Als Helle den Volvo vor ihrem Haus einparkte, sah sie zu ihrer Erleichterung drinnen Licht. Bengt war heute also zu Hause, und sicher hatte er gekocht. Ihr Magen grummelte, die zwei kleinen belegten Brote waren eher Appetizer gewesen denn Sattmacher.

Sie schloss auf, ließ Jacke und Stiefel im Windfang und betrat auf Socken den warmen und gemütlichen Wohnraum. Zunächst wunderte sie sich, dass Emil ihr nicht entgegenkam, der kriegte sich sonst nicht ein vor Freude, aber dann sah sie, dass der alte Kerl mit Bengt auf dem breiten Sofa lag. Den Kopf hatte er an Bengts Oberschenkel gepresst, und als er merkte, dass sein geliebtes Frauchen kam, schlug der Schwanz einen Trommelwirbel. Aber er blieb in der Schlafstellung, dachte gar nicht daran, vom Sofa zu springen und ihr das Gesicht abzulecken. Kein Wunder, dachte Helle. Das Sofa war normalerweise absolut tabu für den großen Mischling. Bengt musste sich sehr einsam gefühlt haben, wenn er Emil erlaubt hatte, es sich neben ihm gemütlich zu machen. Und der dachte natürlich nicht im Traum daran, dieses besondere Plätzchen nun mir nichts, dir nichts aufzugeben.

Vorsichtig kam Helle näher. Bengts Kinn war auf die Brust gesunken, er gab leise Schnarchgeräusche von sich.

Vorsichtig setzte sich Helle auf die andere Seite ihres Mannes, fasste zu Emil hinüber und kraulte ihn zwischen den Ohren. Der Hund schob träge seine Zunge aus dem Maul, leckte Helle zwei-, dreimal über die Hand. Sie betrachtete liebevoll Emils großen runden Schädel, den Flaum hinter den Ohren und die feuchte Nase.

Ihre Lider wurden ganz schwer. Bengts Brust hob sich gleichmäßig im Takt seines Atems. Helle fühlte sich warm und geborgen, sie zog die Beine aufs Sofa, legte den Kopf auf den Bauch ihres Mannes und schlief sofort ein. Tief und traumlos.

Irgendwo in der Nacht

3 Grad oder noch kälter

Der erste Tritt traf sie in die Niere. Die Luft wich aus ihrem Körper, sie klappte sofort zusammen, der Schmerz riss sie von den Füßen. Sie wusste, dass dies nur der Anfang gewesen war, deshalb versuchte sie augenblicklich, auf allen vieren von ihm wegzurobben. Unter den Tisch. Der Tisch, unter dem sie so oft Zuflucht suchte, aber der sie noch nie geschützt hatte. Doch er war schneller, kam ihr zuvor, er kannte das Spiel so gut wie sie, immer war er ihr einen Zug voraus.

Zog sie an den Haaren am Hinterkopf, kaum dass sie auf die Knie gesunken war.

Riss sie hoch und trat ihr ins Kreuzbein, dieses Mal mit dem Knie.

Stieß sie von sich, sodass sie gegen die Wand prallte und sich gerade noch mit den Händen abstützen konnte.

Packte sie wieder. Sie versuchte, den Kopf einzuziehen, dabei wusste sie, dass er sie niemals, niemals ins Gesicht schlagen würde. Stattdessen drückte er ihren Oberkörper an die Wand, so fest, dass ihre Brüste schmerzten.

Lehnte sich mit seinem gesamten Körpergewicht an ihren Rücken, presste, presste immer stärker, ihre Rippen knackten, kein Luftholen war möglich.

Sie wimmerte.

Mit einem einzigen Griff drehte er sie um, sie kniff die Augen zu und drehte das Gesicht zur Seite – sieh ihn nicht an, sieh ihn niemals an, schrei nicht, kämpfe nicht, leiste keinen Widerstand und vor allem: Erzähle niemandem ein Sterbenswörtchen.

Er rammte ihr sein Knie in den Unterleib, dann ließ er von ihr ab und sah zu, wie sie mit dem Rücken an der Wand auf den Boden glitt.

Skagen

Innentemperatur 19 Grad

Die Gesichtsform war eher rund, die Augen waren geschlossen, schwarzes glattes Haar umrahmte ihr Gesicht. Die Frau aus der Düne wirkte, als würde sie schlafen.

»So sehen die ja eigentlich alle aus«, meldete sich Ole zu Wort.

»Was meinst du mit ›die‹?«, fragte Helle.

»Na, die Asiatinnen eben«, konkretisierte Ole seine Bemerkung. »Vielleicht ist eine mal größer, eine kleiner. Dick, dünn, egal. Aber irgendwie ...« Er zuckte mit den Schultern und sah sich hilfesuchend um.

Die Kollegen mieden seinen Blick, sie alle fanden die Bemerkung unpassend, vielleicht rassistisch, aber am meisten beschämte sie, dass sie ähnlich dachten wie er.

»Nur aus unserer Perspektive.«

Amira, Quotenflüchtling.

Quotenmigrantin.

Die einzige Dunkle unter den Quarkgesichtigen.

Die Einzige, die sich jetzt nicht schämte.

»Für Asiaten oder Schwarze sehen Europäer auch alle gleich aus, ob du's glaubst oder nicht.«

Helle lächelte und bewunderte Amiras Langmut mit ihrem Kollegen. Ole war ein prima Kerl, ein netter Typ, aber er zeigte immer wieder, dass er politisch äußerst konservativ war. Helle ging bei jeder seiner Bemerkungen in diese Richtung der Knopf auf. Das Einzige, was ihn vor ihrem Furor rettete, war die Tatsache, dass sie ihn für naiv hielt. Für nicht richtig aufgeklärt. Helle glaubte, dass man Ole Halstrup seine rechten Flausen noch durch strenge Erziehung austreiben konnte.

Bislang war sie damit allerdings erfolglos.

Amira dagegen nahm Oles rassistische Bemerkungen ernst, und sie reagierte mit ruhiger Sachlichkeit. Dann wurde Ole ganz kleinlaut. Er hatte gehörigen Respekt vor Amira, obwohl sie eine Frau, jünger und in der Hierarchie ihm untergeordnet war. Und überdies ein Flüchtling.

»Echt?« Er lachte. »Also Jan-C. und ich, wir sehen für die gleich aus? Das ist doch ein *joke*.«

Ole stellte sich neben Jan-Cristofer – er war mindestens einen Kopf größer, aber deutlich dünner, hatte volles blondes Haar, während der beinahe doppelt so alte Kollege sich mit schütterem dunklem Kopfhaar zufriedengeben musste.

Ein erlösendes Lachen ging durch die Runde. Emil, der Helle heute wieder begleitete, hob irritiert den Kopf und klopfte verunsichert mit dem Schwanz auf den Boden.

Seit zehn Uhr saßen sie nun in Helles Büro in der kleinen Skagener Wache zusammen: Linn und Christian aus Fredrikshavn, Ole, Helle, Amira, Jan-C. und Marianne. Die drei Letzteren gehörten nicht zur Soko »Düne«, aber sie hatten auch nicht wirklich etwas Besseres zu tun. Jan-C. mangels Kriminalität, Amira wartete noch immer auf die Hardware aus Aalborg, und Marianne war sowieso immer überall dabei, protokollierte und sorgte für das leibliche Wohl. Also leisteten sie den vieren von der Sonderkommission Gesellschaft – schaden würde es wohl nicht. Helle jedenfalls sah das nicht so eng.

Und dann war die Phantomzeichnung hereingekommen.

Zuvor war Helle am Morgen zur Düne gefahren, die beiden Spurensicherer im Gepäck. Sie hatte Rami und den Kollegen am Hotel abgeholt, und die beiden hatten ihr versprochen, dass sie die Leiche im Lauf des Tages komplett freilegen würden, sodass sie endlich zu Dr. Runstad auf den Seziertisch konnte.

Als sie am Fundort ankamen – keine Presseleute weit und breit, acht Uhr früh bei Nieselregen im nördlichen Jütland, das lockte niemanden hinaus –, erwartete sie dort ein durchgefrorener und übernächtigter Polizist sowie der Phantomzeichner, den Helle nach Ramis Empfehlung auf den Fall angesetzt hatte. Er kannte die Fotos bereits, die der Spusi ihm am Vorabend geschickt hatte, und saß jetzt auf einem dreibeinigen Hocker zum Aufklappen vor der Leiche und zeichnete. Er fertigte mit raschen Strichen eine Skizze nach der anderen an. Helle sah fasziniert zu, ohne ihn zu unterbrechen.

»Ich scanne die Skizzen später ein und lege dann alles übereinander«, erklärte der Mann, ohne den Blick von der toten Frau abzuwenden. »Dann gleiche ich später noch manuell an. Der subjektive Eindruck ist ganz wichtig.«

»Verstehe.«

Jetzt drehte er sich doch zu Helle um. »Natürlich nicht, wenn ich eine Phantomzeichnung mache. Dann muss ich so objektiv wie möglich sein. Aber bei so einem Fall hier …« Er drehte sich um und zeichnete wieder mit sicherer Hand. »Ich muss sie mir vorstellen können.«

»Wie stellst du sie dir vor?«

»Anfang, Mitte zwanzig. Ich weiß nicht warum, sie könnte natürlich älter sein. Es ist nur so ein Eindruck. Schmal, klein. Ihr Anorak sieht eher billig aus, sie trägt sichtbar keinen Schmuck. Vielleicht eine Kette, aber das kann ich nicht sehen. Die Fingernägel sind kurz, nicht künstlich. Vielleicht hat sie mit den Händen gearbeitet. Alles in allem ist sie vermutlich eher einfach gekleidet gewesen, nicht besonders gestylt.«

Er verstummte und zeichnete. »Furchtbarer Tod.«

»Wir wissen noch nicht, wie sie umgekommen ist«, wandte Helle ein.

Der Zeichner nickte. »Schau dir ihr Gesicht an. Friedlich ist sie auf keinen Fall gestorben.«

»Da hast du recht.«

Sie schwiegen. Helle betrachtete die verkrümmte Haltung der Frau, das zusammengezogene Gesicht. Nein, das hier war kein friedvoller und sanfter Tod gewesen. Schließlich war Helle gegangen, weil die Spurensicherung sich wieder an die Arbeit machen wollte; sie mussten sich ranhalten, um ihr Versprechen einlösen zu können.

Nun also saß die Soko »Düne« in Skagen, und alle starrten auf die Ausdrucke, die Helle gemacht hatte. Noch stand ihnen weder Whiteboard noch Beamer zur Verfügung.

Der Zeichner war schnell gewesen, er hatte Helle erst nur die Skizzen geschickt, die er vor Ort gemacht hatte, an die Computersimulation wollte er sich im Lauf des Tages setzen. Sie hatten drei Variationen des Gesichts vorliegen, die sich in kleinen Nuancen voneinander unterschieden. Einmal war das Gesicht runder, mal die Nase schmaler und ein drittes Mal die Augen größer.

»Wir haben überschlagen, dass die Frau keinesfalls größer als einen Meter fünfundsechzig war, eher deutlich kleiner«, erläuterte Helle. »Der Anorak ist ein No-Name-Produkt, also vermutlich günstig in einem Discounter gekauft.« Sie warf einen Blick auf ihre Notizen. »Jan-Cristofer, solange du nichts anderes Dringendes hier in Skagen hast, würdest du bitte alles über das betreffende Modell herausfinden? Fotos maile ich dir.«

»Klar. Gerne.« Er lächelte.

Helles Blick ruhte noch kurz auf ihm. Wann habe ich ihn zuletzt lächeln sehen, dachte sie. Ist lange her. Sie lächelte zurück.

»Der erste Schritt ist, dass wir mit den Angehörigen der beiden vermissten Frauen sprechen.« Helle klickte auf ihren PC und zeigte die Fotos sowohl der älteren Chinesin als auch der neunzehnjährigen Schülerin. Keine der beiden sah dem Phantombild der Leiche auch nur annähernd ähnlich, was sich an den Gesichtern im Raum deutlich ablesen ließ.

»Ja, ich weiß«, sagte Helle. »Aber wir sind es den Familien schuldig, dass wir das zuerst abklären.«

84

Ihr Telefon klingelte. Helle sah auf die Nummer.

»Ingvar, hej.«

Ingvar fing sofort an zu reden. Er hatte die Zeichnung ebenfalls bekommen und plädierte dafür, sie sofort an die Presse herauszugeben.

Helle widersprach. »Ich möchte damit noch warten, bis wir mehr Anhaltspunkte haben. Sonst haben wir eine Flut wenig bis gar nicht sachdienlicher Hinweise, *you know*. Und irre viel Arbeit für nichts. Außerdem ist das Bild noch gar nicht fertig.«

Ingvar war vollkommen anderer Meinung, er glaubte, dass sie größere Chancen hatten herauszubekommen, wer die Tote war, wenn sie das Bild landesweit veröffentlichten. Noch war »die Tote in der Düne« brisant, die Aufmerksamkeit der gesammelten Presse und damit der Bevölkerung war ihnen gewiss. Helle gab sich alle Mühe, ihren Vorgesetzten davon zu überzeugen, noch ein paar Tage zu warten – sie wollte wenigstens Genaueres über Todesursache und Todeszeitpunkt wissen, bevor sie an die Öffentlichkeit ging. Nur so konnten sie unbrauchbare Hinweise aussortieren.

Ingvar blieb lange stur, sodass Helle sich gezwungen sah, die Karte »Ich leite die Soko« auszuspielen. Ingvar knurrte und legte auf.

Helle atmete tief durch.

»Kaffee?«, fragte Marianne fürsorglich.

Helle nickte. Kaffee ging immer. »Und eine Zimtschnecke.«

Jetzt wurde ihr schon wieder heiß. Der Ärger, der Stress oder auch einfach nur die verdammten Wechseljahre.

»Beide Familien leben weit weg. Es gefällt mir nicht, aber wir müssten das telefonisch mit ihnen abklären. Das Bild mailen, nach dem Anorak fragen, ihr kennt das. Ich übernehme die Schülerin. Linn?«

Linn nickte und machte sich eine Notiz. Helle hatte sich vorher überlegt, ob sie die heikle Aufgabe, die Familie der Chinesin anzurufen, Ole anvertrauen sollte, entschied sich aber dagegen.

Und Christian kannte sie noch nicht gut genug, um zu wissen, ob er das nötige Feingefühl aufbringen würde.

»Ole und Christian, ihr mailt das Bild bitte an alle Kollegen und an den Zoll. Und sprecht danach noch mal mit diesem Typen vom Küstenschutz. Ich will wissen, ob man genau sagen kann, ob sie dort verbuddelt wurde oder unglücklicherweise verschüttet worden ist.«

»Warum sollte sie an der Stelle verschüttet werden?«, fragte Christian. »Ich meine, wer hockt sich da alleine hin und wartet darauf, dass ihn die Düne verschluckt?«

Ole sah ihn an. »Jemand, der sich vor etwas versteckt«, sagte er nachdenklich. »Jemand, der Angst hat.«

»Eins mit Sternchen.« Helle nickte ihm anerkennend zu. »In dem Fall wäre der Tod vielleicht ein Unfall, aber hervorgerufen durch eine Bedrohung. Was wiederum genauso ein Fall für die Polizei ist.«

Sie klatschte in die Hände. »Okay, wärmen wir uns mal ein bisschen auf. Brainstorming!«

Linn und Christian guckten sich ratlos an, alle anderen grinsten. Sie kannten Helles Vorliebe für frei flottierenden Gedankenaustausch.

Ole stieg sofort ein. »Also, es gibt zwei Möglichkeiten: Entweder wurde sie dort von jemandem verscharrt, oder sie hat sich selbst an diese Stelle gesetzt.«

»Oder sie war mit jemandem unterwegs.« Jan-Cristofer nahm den Faden auf. »Sie waren spazieren. Die Frau wollte fotografiert werden, stellt sich an die Düne, der Sand kommt runter.«

»Würde der andere dann nicht versuchen, Hilfe zu holen?«, warf Helle ein. »Sackgasse – noch mal zurück.«

»Sie trägt einen Anorak.« Amira zog nachdenklich die Brauen zusammen. »Das heißt, sie ist zu einer kalten Jahreszeit dort unterwegs. Im letzten Frühling oder Herbst.«

»Warum nicht im Winter?«, fragte Christian.

»Keine Handschuhe, keine Mütze, kein Schal.«

»Kann aber sein, dass sie das anhatte, aber auf der Flucht verloren hat.«

»Sehr gut, Ole!« Helle machte sich sofort eine Notiz. »Wir müssen das Gebiet danach absuchen. Fundbüros fragen.«

»Oder sie hatte es an, wurde dann getötet, und der Mörder hat sie ohne die Sachen zur Düne gefahren und dort vergraben.« Linn beteiligte sich jetzt auch.

»Also können wir den Winter als Tatzeit nicht ausschließen«, fasste Helle zusammen. Wie gern hätte sie jetzt ein Whiteboard gehabt. So war sie auf einen Notizzettel angewiesen.

»Aber bleiben wir in der Zeit vom Herbst letzten Jahres bis zum Frühling. Das ist nicht die klassische Ausflugszeit. Ein paar Touristen sind allerdings immer unterwegs, die Chance, dass jemand sie gesehen hat, besteht. Wir könnten einen Zeugenaufruf mit der Personenbeschreibung herausgeben. Ohne das Bild.«

Marianne nickte. »Ich setze etwas auf.«

Amira sah nachdenklich aus. »Wenn sie vor etwas geflüchtet ist, war sie zu Fuß unterwegs. Sie muss also aus der Umgebung gekommen sein. Skagen, Hirtshals oder Ålbæk.«

»Sie muss hier zu tun gehabt haben. Oder Urlaub gemacht oder gearbeitet haben. Irgendetwas. Vielleicht hatte sie sich hier eingemietet. Hotel, Pension, Zimmer, Camping.« Das war wieder Jan-Cristofer. »Sie ist mit dem Zug oder mit dem Auto hierhergekommen. Aber sicher nicht zu Fuß.«

Helle machte sich weitere Notizen. »Sobald Runstad den Todeszeitpunkt eingrenzen kann, müssen wir bei allen Vermietern nachfragen, Hotels, Zimmer, Ferienwohnungen. Dazu Autovermietungen, Überwachungskameras am Bahnhof.«

»Könnte sein, dass wir noch ein paar Leute brauchen«, gab Christian zu bedenken. »Das ist 'ne Menge Holz.«

»Noch haben wir nicht einmal angefangen«, lächelte Helle ihn an. »Und angenommen, der Leichenleser stellt fest, dass die Frau eines natürlichen Todes gestorben ist, dann bekomme ich keine zusätzlichen Leute, sondern muss euch wieder abgeben.«

Wie aufs Stichwort begann Emil, im Schlaf leise zu fiepen. Seine Pfoten zuckten, als jagte er im vollen Lauf über den Strand. Sie hielten kurz inne und blickten alle auf den alten Mischling in ihrer Mitte.

»Was meint ihr«, fragte Ole jetzt ansatzlos, »wie wahrscheinlich ist es, dass jemand eine Leiche loswerden will und damit extra viele Kilometer durch Jütland fährt, um den Körper in der Wanderdüne zu verbuddeln?«

»Zumal das eine Touristenattraktion ist«, ergänzte Amira, »man also immer damit rechnen muss, dass sich jemand dort aufhält.«

»Außerdem ist da kein Strauch oder Baum weit und breit. Man hat dort nirgends Deckung.« Jan-C. kaute nachdenklich auf seinem Stift herum.

Sie schwiegen und dachten nach. Helle notierte sich das, was als Schlussfolgerung in Frage kam: Es war nicht eben sehr plausibel, dass irgendjemand die Frau – lebendig oder tot – ausgerechnet nach Råbjerg Mile gebracht hatte, um sie dort im Sand zu verstecken. Das bedeutete im Umkehrschluss, dass die Frau mehr oder weniger durch Zufall dort umgekommen oder im Affekt getötet worden war. Und man hatte sie eben an Ort und Stelle gelassen, dort, wo die Düne sie gnädig aufgenommen hatte.

»Was hat sie dort draußen gemacht, und wo kam sie her – das sind die beiden zentralen Fragen«, fasste Helle laut zusammen. »Das sind unsere Leitfragen.«

Alle sahen sie an.

»Wir müssen das leider hintanstellen, bis wir den Bericht vom Leichenleser haben. Bis dahin kümmern wir uns erst einmal um unsere Aufgaben. Die große Suche beginnt, wenn wir mehr über sie wissen.«

Ihre Leute nickten.

»Dann kann's ja losgehen. Christian, du ziehst vorläufig zu Ole ins Büro. Linn zieht bei Jan-C. ein – ist das okay?«

Die beiden Kollegen sahen sich an und nickten.

»Ich organisiere dir einen Stuhl«, sagte Jan-C. und zog gemeinsam mit Linn ab.

»Und ich? Du hast mir keine Aufgabe gegeben.« Amira stand ratlos in der Mitte des Raums. Als sie noch in Skagen gearbeitet hatte, hatte sie sich mit Ole das Büro geteilt. Jetzt hatte sie keinen festen Arbeitsplatz mehr.

»Ich wäre dir dankbar, wenn du dich darum kümmern könntest, wo unser Equipment steckt.« Helle seufzte und wedelte mit ihrem Notizzettel. »Ich kann unter den gegebenen Umständen keine Sonderkommission führen. Meine Leute müssen Zugang zu einem Computer haben, wir müssen alle auf die gleichen Infos zugreifen können.«

»Okay, schon klar. Ich frag mich mal in Aalborg durch, woran es hängt.«

Damit verschwand auch Amira aus Helles Chefzimmer.

Emil war mittlerweile aufgewacht und sah sein Frauchen erwartungsvoll an.

»Wir lüften uns aus, mein Süßer«, beruhigte Helle ihn und griff zur Leine. Wenn sie zurückkam, würde sie die Familie der vermissten Schülerin anrufen. Und sich darum kümmern, wie weit Rami und der andere Spurensicherer mit der Bergung der Toten waren.

Emil trottete gelangweilt auf dem schmalen Grünstreifen um den Polizeibungalow herum. Er hob sein Bein an dem Betonaschenbecher, ein Monstrum aus den Siebzigern, der hauptsächlich als Pinkelstation für Emil herhalten musste, weil von den Polizisten niemand mehr rauchte.

Helle checkte auf Instagram den Account ihres Sohnes. Tatsächlich hatte Leif wieder etwas gepostet, die Story zeigte ihn und David in einem Kajak, wie sie durch einen Fluss paddelten. Der Beschriftung *Malaysia my love* entnahm Helle, dass es sich eben um einen Fluss in Malaysia handelte. Sehr schön. Es ging ihm also gut. Sosehr Helle sich freute, ein Lebenszeichen von

Leif zu haben, so sehr schmerzte es sie doch, dass er nie direkt von sich hören ließ. Sie nahm ihren Mut zusammen und schrieb ihm, dass sie sich freute, dass er offenbar eine schöne Reise hatte. Die Nachricht musste sie mehrmals korrigieren, der Ton geriet immer zu vorwurfsvoll oder eingeschnappt. Erst als sie selbst fand, dass ihre Zeilen klangen, als seien sie mal eben ganz locker hingeworfen, schickte Helle sie ab. Und hoffte so sehr, dass Leif sich einmal mit einer längeren Nachricht bei ihr melden würde. Sie bekam im Moment einen Vorgeschmack darauf, wie es war, wenn auch er ausziehen würde – er würde sich ebenso wie ihre Tochter Sina einfach umdrehen, nach vorne sehen und sein eigenes Leben führen, sich nur noch melden, wenn er den Rat seiner Eltern brauchte: »Wie lange kommt das Dinkelkissen in die Mikrowelle?«, »XX hat so komische rote Stellen zwischen den Zehen – muss er zum Arzt?« (Letzteres hatte Sina ihr vor ein paar Tagen geschickt, mitsamt einem Foto von den Füßen ihres Freundes), »Kannst du mir grad mal schnell das Rezept für den Blaubeerkuchen schicken, bin im Supermarkt«.

Gedankenversunken scrollte Helle durch weitere Instagram-Posts, während Emil lustlos neben ihr herzockelte. Der Weg an der Straße war lange nicht so interessant wie ein Gassi am Strand.

»Helle!«

Helle dreht sich zur Polizeistation um. Marianne stand in der offenen Tür und winkte. Offenbar sollte sie zurückkommen, vielleicht gab es eine neue Entwicklung im Fall. Warum hatte Marianne sie nicht angerufen? Augenblicklich machte Helle auf dem Absatz kehrt und lief schnellen Schrittes zurück. Emil setzte sich trotzig hin und dachte nicht daran, diesen Unsinn mitzumachen. Waren sie nicht gerade erst losgegangen?

Helle war noch ein paar Meter von der Tür zur Wache entfernt, da konnte sie bereits Mariannes zerknirschte Miene sehen.

»Das musst du dir angucken«, sagte sie und hielt die Tür weit auf. »Ich kümmere mich um Emil.«

Drinnen standen alle ihre Mitarbeiter vor Mariannes Bildschirm am Empfang und machten betroffene Gesichter.

»Was ist …« Helle ging um den Tresen herum. Die Internetseite der *Jyllands Posten* war geöffnet. Das Gesicht der Toten aus der Düne war zu sehen, darüber die Frage: *Wer kennt diese Frau?*

Es war die Zeichnung, die sie alle gerade noch in den Händen gehalten hatten.

»Ingvar«, sagte Helle. »Verdammte Hacke.«

Aalborg

Außentemperatur 4 Grad

Katrine setzte den Lexus vorsichtig neben Marits Lastenfahrrad. Sie hatte die Einfahrt beim Bau des Hauses damals großzügig bemessen, nicht ahnend, dass sie sich den Platz einmal mit jemandem teilen würde. Sie war zu dieser Zeit davon ausgegangen, dass sie vielleicht ein paar Blumenkübel dort platzieren würde, aber so war es natürlich viel schöner. Wenn sie abends nach Hause kam und schon beim Einparken das warme Licht im Inneren des Hauses sah, war sie automatisch versöhnt mit ihrem Leben.

Sie hatte alles richtig gemacht, wirklich alles.

Vor der Haustür stand eine fein ziselierte Lampe, die Marit von einer ihrer Reise mitgebracht hatte, Indonesien, wenn Katrine sich richtig erinnerte. Darin brannte eine weiße Stumpenkerze – Marit bestand darauf, dass sie immer brannte, wenn eine von ihnen außer Haus war. Alter Seemannsglaube. Auf der anderen Seite der Haustür stand die Buddha-Figur aus Bronze und eine hohe Standvase mit Magnolienzweigen, in die Marit durchsichtige Christbaumkugeln gehängt hatte.

Das gesamte Arrangement wirkte heimelig und einladend, es gemahnte Katrine jedes Mal daran, die Sorgen aus dem Büro hier vor der Tür zu lassen.

Sobald sie die Schwelle überschritt, würde es nur noch sie und Marit geben, Geborgenheit, Liebe und Zuversicht.

»Guten Abend, Süße!«, rief Katrine, sobald sie die Tür geöffnet hatte, streifte die hohen Schuhe ab und schlüpfte in die Filzpantoffeln, die Marit ihr bereitgestellt hatte.

Ihre Liebste dachte an alles.

Katrine hörte undefiniertes Gebrabbel, Marit saß also vor dem Fernseher. Meistens surfte sie im Netz, immer auf der Suche nach exotischen Orten, sie las Reiseberichte oder war mit ihrem Instagram-Account beschäftigt.

Katrine sah Marits Lockenkopf von hinten auf dem Sofa.

»Baby«, sagte sie und beugte sich hinunter, um ihre Frau zu küssen.

Marit blickte zu ihr hoch und strahlte. »Hej! Schön, dass du so früh zu Hause bist.«

Sie küssten sich, Katrine schmeckte den Honig von Marits Pflegestift und bekam Appetit auf mehr.

»Ich habe nämlich Hunger und wollte mir gerade was bestellen. Was meinst du? Vietnam oder Korea?« Marit winkte mit ihrem Handy.

Katrine kam auf die andere Seite des Sofas und ließ sich neben Marit in die Polster fallen, streckte sich lang aus und stöhnte einmal laut. Die Katze, die auf Marits Beinen geschlafen hatte, reckte empört den Kopf.

»Sushi. Am liebsten Sushi. Die Fünfundvierzig. Du weißt schon, von allem etwas.«

»Klar, weiß ich«, Marit grinste und hatte bereits die Nummer des Lieferdienstes gewählt. »Du isst ja immer dasselbe.«

Sie gab ihre Bestellung durch, wiederholte »Fünfzehn Minuten, perfekt« und widmete sich dann Katrines Schläfen. Sie drückte sanft die richtigen Punkte und kreiste anschließend vorsichtig mit ihren Daumen. Katrine schloss die Augen und entspannte sich.

»Wie war dein Tag?«

»Anstrengend. Endspurt.«

»Ich wundere mich, dass du heute Abend überhaupt zu Hause bist.«

»Muss später noch mal los«, murmelte Katrine. »Wir haben noch eine Veranstaltung.«

Der Druck von Marits Daumen verstärkte sich kurz, und Katrine spürte, wie sich der Körper ihrer Frau anspannte.

»Ist ja bald vorbei«, sagte sie beruhigend.

»Meinst du nicht, dass es noch schlimmer wird, wenn du erst gewählt bist? Dann sehen wir uns gar nicht mehr.«

»Ach was. Dann kommst du einfach mit«, versuchte Katrine, sie zu beschwichtigen.

Marit lachte auf. Es klang bitter. »Glaubst du, deine Wähler goutieren das? Die Hausfrauen und die weißen Unterschichtmänner?«

Katrine setzte sich auf. »Was soll das?«

»Ach, Kati. Mich nervt das alles.« Marits Strahlen war aus ihrem schönen Gesicht gewichen. Stattdessen erschien eine steile Falte zwischen ihren Augenbrauen.

»Nicht«, sagte Katrine weich und strich zart über die Falte. »Lass uns nicht streiten. Nicht darüber. Nicht schon wieder.«

Aber Marit sah sie nicht mehr an. Stattdessen blickte sie fasziniert zum Fernseher.

»Sag mal, ist das nicht …«

Katrine drehte sich um. Über den Bildschirm flackerte eine Zeichnung. Das Gesicht einer Frau. Laut Unterzeile war es die Leiche aus der Düne. Und Katrine erkannte sofort das Gesicht, genau wie Marit.

Doch nur Katrine erfasste sofort die Dimension des Bildes. Ihre Wahl war in Gefahr. Mehr noch, ihre politische Existenz stand auf dem Spiel.

Fredrikshavn

Innentemperatur 19 Grad

Helle erwischte Ingvar noch auf dem Gang des Präsidiums, bevor er Feierabend machte.

»Du hast mir ein ganz schönes Ei gelegt«, stellte sich Helle ihrem Chef entgegen.

Ingvar runzelte die Brauen, die Begrüßung gefiel ihm sichtlich nicht. »Ich habe getan, was ich für richtig halte«, entgegnete er.

»Warum hast du es nicht mit mir abgestimmt?«

»Ich habe dir vorgeschlagen, das Bild zu veröffentlichen.« Ingvar stellte seine lederne Aktentasche neben sich auf den Boden, und als er sich aufrichtete, wirkte er noch ein paar Zentimeter größer. Er überragte Helle um eineinhalb Köpfe. »Du warst dagegen. Und zwar ziemlich entschieden.«

Helle blieb der Mund offen stehen. »Ja und? Darum geht es ja gerade. Ich habe nein gesagt, ich finde es zum jetzigen Zeitpunkt nicht richtig. Warum ...«

»Und ich war anderer Meinung«, fiel Ingvar ihr ins Wort. »Und ich bin dein Chef. Also habe ich entschieden.«

Ingvar sah sie an, sie hielt dem Blick stand. Auch wenn es ihr schwerfiel. Helle klappte den Mund auf und wollte tausend Argumente anführen, warum sie fand, dass sie im Recht war und Ingvar nicht, aber dann fiel ihr ihre Therapeutin ein. »Rechtfertige dich nicht«, hatte diese ihr geraten. Es war damals um ihren Vater gegangen, Helle hatte nach dessen Tod angefangen, ihre unschöne Beziehung aufzuarbeiten, aber sie hatte festgestellt, dass ihr dieser Rat in jeder Situation half. Tatsächlich gelang es ihr gerade noch, sich zu bremsen, auch wenn es ihr ungeheuer schwerfiel, ihrem Chef nicht ungefiltert ihre Meinung zu sagen.

»Marianne hängt nur noch am Telefon«, sagte sie stattdessen. »Wir können uns vor Hinweisen nicht retten.«

»Ist doch gut«, Ingvar lächelte.

»Nein, Ingvar, das ist nicht gut.«

»Hast du denn schon irgendwelche anderen Anhaltspunkte? Irgendetwas, was mich überzeugen könnte?«, fragte Ingvar mit einem Lächeln.

Nein. Hatte sie natürlich nicht, und er wusste das.

Helle schüttelte den Kopf. »Bevor Dr. Runstad sie nicht untersucht hat, sind uns die Hände gebunden.«

»Dann ist es vielleicht ganz gut, dass du nun etwas zu tun hast mit deiner Soko. Schließlich musst du den Polizeipräsidenten auch davon überzeugen, dass er dir zu Recht die Leitung übertragen hat.«

Ingvar nahm seine Aktentasche wieder auf. Für ihn war die Unterredung hier offensichtlich beendet. Aber auch Helle merkte, dass sie keine Kraft und Lust hatte, dieses Gespräch fortzuführen.

»Ich glaube, der Präsident weiß ganz gut, warum er sich so entschieden hat.« Helle zwang sich zu einem Lächeln, das ebenso falsch war wie das von Ingvar. »Und jetzt entschuldige mich.«

Sie drückte sich an ihm vorbei und stürmte in die Damentoilette. Riss eine Kabinentür auf und setzte sich auf den Klodeckel. Gerade noch rechtzeitig. Eine Hitzewelle überrollte ihren Körper, ihr Herz raste. Helle zitterte vor Wut, aber das Schlimmste war, dass ihr die Tränen kamen. Sie hasste es, sie hasste sich dafür, dass sie bei jeder Auseinandersetzung mit Autoritäten heulen musste. Die Situation mit Ingvar war für sich genommen nicht einmal besonders dramatisch gewesen. Sie hätte cool und bestimmt Kritik an seinem Verhalten üben können, ohne seine Autorität in Zweifel zu ziehen. Helle wusste das, und sie hatte es wieder und wieder geübt. Zu Hause. Vor dem Spiegel. Aber der Schlagabtausch mit ihm war exemplarisch für alle Diskussionen,

96

die sie mit ihrem Vater geführt hatte. In denen sie immer und immer die Unterlegene gewesen war. Ihr einziger Ausweg damals waren Rebellion und Wut gewesen. Ingvar hatte sie getriggert, und sie war im Bruchteil einer Sekunde wieder die aufmüpfige Vierzehnjährige gewesen, die sich ungerecht behandelt fühlte. Helle liefen Tränen die Wangen herunter. Tränen der Wut über ihr Ausgeliefertsein. Sie schniefte. Warum zum Teufel schaffte sie es nicht, souverän zu sein?

Mist.

Was für ein vertaner Tag, dachte sie, während sie ein paar Streifen Klopapier abriss und sich heftig schnäuzte. Ich habe nichts erreicht, gar nichts. Vor zwei Tagen haben wir die Leiche gefunden, und ich habe noch nicht einmal angefangen zu ermitteln.

Sie stand auf und öffnete am Waschbecken den Kaltwasserhahn, hielt ihre Handgelenke unter den eisigen Strahl und spürte, wie ihr Blut langsam zur Ruhe kam.

Emil sitzt im Auto und wartet auf einen Gang, dachte Helle. Und Bengt wartet zu Hause. Reiß dich zusammen, Jespers. Morgen ist ein neuer Tag.

Und vielleicht, so hoffte sie, war unter den unzähligen Hinweisen, die sie auf das Bild der Toten aus der Düne bekommen hatten, ja doch ein brauchbarer dabei.

»Ich habe auf ganzer Linie versagt.« Helle lag der Länge nach auf dem Sofa, ein Glas Rotwein in der Hand. Ihr drittes. Bengt saß ihr gegenüber, sein Wikingerbart schimmerte rotgolden im Wiederschein des Kaminfeuers. Sie hatte ihre nackten Füße unter sein Sweatshirt geschoben, mit den Zehen strich sie über die zarten Haare, die auf seinem Bauch wuchsen. Bengt streichelte mit den Fingerkuppen zärtlich ihre Waden. Die sie im Übrigen mal wieder enthaaren musste, dachte Helle und schämte sich ein bisschen ihrer Stoppeln.

»So ein Unsinn, das weißt du selber.« Ihr Mann lächelte sie an. Oder lachte er sie aus? Seine Augen wirkten spöttisch. »Du hast nicht versagt. Lass dich vom alten Ingvar nicht ins Bockshorn jagen.«

»Doch!« Helle machte eine ausholende Bewegung mit dem vollen Rotweinglas, aus dem prompt etwas herausschwappte und auf dem hellen Teppich landete.

»Ach Mist!« Helle beugte sich zum Fleck auf dem Teppich, verlor dabei beinahe das Gleichgewicht, blieb lieber, wo sie war, und stellte stattdessen das Glas zur Seite. Sie sollte besser nichts mehr trinken.

»Warte, ich mach das.« Bengt stand vom Sofa auf und ging zur Spüle in der Küchenzeile.

»Ich konnte Ingvar nichts entgegensetzen, weil er ja recht hat!«, rief Helle ihm hinterher. »Ich habe noch gar nichts rausgefunden, nichts – wegen der Scheißdüne.«

Bengt kam mit einem Eimer mit heißem Wasser und begann, den Rotwein aus dem Teppich herauszureiben. »Scheißdüne? Ist jetzt die Düne schuld?«

»Siehst du! Du fängst auch schon an.« Helle merkte, dass ihre Zunge etwas schwerer war, als sie sein sollte. Zeit, ins Bett zu gehen. »Salz. Du musst das mit Salz machen.«

»Das ist völliger Blödsinn.« Bengt blieb ruhig und amüsiert.

»Was jetzt? Mit dem Salz oder mit der Düne?«

»Beides. Du gehst jetzt mal ins Bett.«

Bengt hatte den Fleck beseitigt und stand auf. Er nahm Helles Weinglas und trug es zur Spüle hinüber. »Ich dreh eine Runde mit Emil, und du schaust, dass du Schlaf bekommst. Morgen sieht es schon anders aus. Dann habt ihr sicher erste Resultate.«

Helle nickte ergeben und setzte sich auf. Es war gerade mal neun Uhr. Sie hatte aus Frust zu schnell getrunken und spürte selbst, dass es Zeit für sie war, den Abend zu beenden. Zumal sie sich am nächsten Morgen mit ihren Leuten gleich in Råbjerg Mile treffen wollte. Sie hatten sich vorgenommen, die Düne und die Umgebung der versandeten Kirche zu durchsuchen, ob sich eventuell etwas finden würde, was der Toten gehören könnte. Im

Fundbüro der Gemeinde waren im vergangenen Jahr einige wenige Dinge aus der Gegend abgegeben worden – Portemonnaies, eine Kette, ein Schirm sowie ein Halstuch, zwei Kuscheltiere und drei einzelne Handschuhe –, Helle hatte alles sicherstellen und nach Aalborg ins Labor schicken lassen.

Morgen früh also würde die Soko »Düne« ihrem Namen alle Ehre machen und Råbjerg Mile durchkämmen. Sie hatte eigentlich Ingvar fragen wollen, ob er ihr für ein paar Stunden Leute zur Verfügung stellen könnte, aber nach ihrer Diskussion war das nicht mehr möglich gewesen. Also würden sie sich zu sechst auf den Weg machen. Marianne hielt die Stellung auf der Wache.

Als Helle im Bett lag, hörte sie, wie Bengt den Abwasch machte, und fühlte sich schlecht. Hatte sie ihm den Abend versaut? Er hatte wunderbar französisch gekocht, zuerst hatte es kleine Leberpasteten gegeben, danach Coq au Vin, Salat und Baguette. Endlich einmal verbrachten sie einen gemütlichen Abend zu zweit – und dann bekam sie den Blues. Das war nicht fair.

Im Halbschlaf nahm Helle gerade noch wahr, dass Amira nach Hause kam, sie war mit irgendjemandem im Kino gewesen. Über dem beruhigenden Gemurmel von ihr und Bengt döste Helle schließlich ein.

Als Bengt ins Bett kam, wurde sie noch mal wach. Helle sah auf ihr Handy. Kurz vor Mitternacht. Hoffentlich konnte sie wieder einschlafen, dachte sie, und im gleichen Moment wusste sie, dass es ein Fehler gewesen war. Erstens, auf die Uhr zu sehen und sich, zweitens, Gedanken zu machen, ob sie wieder einschlafen konnte. Diese zwei Dinge verhinderten ein sofortiges Einschlafen mit hundertprozentiger Sicherheit.

Bengt löschte das Licht und drehte sich zur Seite. Helle robbte an ihn heran, schob ihre Knie in seine Kniekehlen und umfasste mit dem freien Arm seinen mächtigen Bauch.

»Warum bin ich so scheiße?«

Bengt stöhnte nur.

»Ich bin heute so mies drauf. Aus heiterem Himmel. Was ist denn mit mir los?«, setzte Helle nach.

»Hormone«, brummte Bengt, der offenbar bemüht war, ein Problemgespräch zu vermeiden.

Helle schwieg. »Hast du keine Hormone?« Sie musste kichern. Bengt kicherte auch, lautlos, aber sie merkte es an dem Zittern, das durch seinen Körper lief.

»*Come on*«, sagte sie und zwickte ihn liebevoll in die Bauchfalte.

»Du nervst«, gab Bengt müde zurück, aber er nahm ihre Hand von seinem Bauch und küsste sie. Kurze Zeit später hörte Helle sein tiefes Schnarchen. Für sie war an Schlaf so schnell nicht mehr zu denken.

Es war noch finster, als Helle ihren Volvo vor der Wache abstellte und dort zusammen mit Amira in das Polizeiauto umstieg, in dem schon Jan-C. und Ole warteten. Linn und Christian würden aus Fredrikshavn kommend am Parkplatz der Düne zu ihnen stoßen.

Im Auto schwiegen sie, sogar Ole hielt den Mund. Zu ihrer Linken zeigte sich am Horizont über dem Meer ein schwacher fahlgelber Streifen, der Tag kündigte sich an. Aber der Mond stand noch am Himmel, eine zarte durchscheinende Sichel, immer wieder verdeckt von rasch vorüberziehenden Regenwolken. Als sie schließlich in Råbjerg Mile ankamen, hatte sich der schmale Lichtstreifen langsam ausgebreitet, graues Licht lag wie geschmolzenes Blei auf der weichen Dünenlandschaft. Ihren müden Gesichtern war jegliche Farbe entzogen, stumm nickten sie Linn und Christian zu, die gleichzeitig mit ihnen ankamen und aus dem Auto stiegen.

Helle breitete eine Karte auf der Kühlerhaube des Polizeiwagens aus und erläuterte, wie sie sich die Suche vorgestellt hatte. Sie plante, dass sie in einer Kette nebeneinanderher gehen sollten, zunächst vom Parkplatz aus in Richtung Osten, über das

Ende der Düne durch das Wäldchen und die Felder bis zum ersten Haus am Kandestedvej. Von dort wieder zurück in Richtung Westen, aber etwas weiter südlich. So sollten sie Streifen um Streifen absuchen, bis sie etwa einen halben Kilometer im Heideland waren. Die Absperrungen um den Fundort waren abgeräumt, da die Leiche bereits in der Gerichtsmedizin war.

»Dafür brauchen wir einen Tag«, kommentierte Ole.

»Nein.« Helle schüttelte den Kopf. »Einen halben. Nicht länger. Amira und Jan-C. müssen vielleicht schon früher wieder weg.«

»Also lasst uns anfangen.« Christian umschlang fröstelnd seinen Oberkörper. »Der Regen macht gerade Pause.«

Er verteilte Stöcke, die er und Linn aus dem Präsidium in Fredrikshavn mitgebracht hatten und die eigens für diese Zwecke bestimmt waren. Die sechs Beamten formierten sich in einer Kette, zwischen sich zwei Armbreit Abstand, und gingen los. Den Blick fest auf den Boden geheftet, die Stöcke mal hierhin, mal dorthin tastend.

Sie gingen schweigend, während in ihrem Rücken die Sonne aufging. Wintermüde und unentschieden, aber trotzdem spürten sie ihre matte Wärme. Nach einer Stunde, in der sie überwiegend Müll gefunden hatten – den Jan-C. in einem extra mitgebrachten Müllsack säuberlich einsammelte –, ordnete Helle eine Kaffeepause an. Sie hockten sich in einem lichten Wäldchen in eine kleine windgeschützte Senke. Helle holte die Thermoskanne mit Pappbechern aus ihrem Rucksack. Dazu für jeden einen Streifen von dem Blätterteig-Nusszopf, den sie gestern Abend noch extra aufgetaut hatte.

Mittlerweile war die Sonne aufgegangen, wurde aber heftig attackiert von dicken Kumuluswolken, die der starke Wind über den Himmel jagte.

Helle überlegte, ob sie den Kollegen von ihrer Auseinandersetzung mit Ingvar erzählen sollte, entschied sich aber, es besser nicht zu tun. Sie könnte Linn und Christian damit in einen Loyalitätskonflikt bringen. Stattdessen blies sie zur nächsten Runde.

Kurz nach elf – sie hatten tatsächlich bereits über die Hälfte des Gebiets abgesucht, dabei einige heftige Regenschauer überstanden, vier Müllsäcke mit Abfall gefüllt und nur zwei Plastiktütchen mit möglichen Beweismitteln – bekam Amira einen Anruf aus Aalborg.

Helle beobachtete, wie sie verärgert die Brauen zusammenzog, mehrfach den Kopf schüttelte und verärgert gestikulierte. Schließlich legte sie auf, stöhnte und verdrehte die Augen.

»Du glaubst es nicht«, sagte sie zu Helle. »Das war der Typ, der für unsere Hardware zuständig ist.«

»Und?« Helle befürchtete das Schlimmste. Sie würde bis zur Rente mit ihrer Wache in der Steinzeit verharren müssen.

»Die Sachen sind seit über zwei Wochen für uns bereitgestellt. Aber sie haben niemanden, der das Zeug nach Skagen bringen kann.«

Ole prustete. »Ist nicht wahr, oder? Mann, wofür zahlen wir eigentlich Steuern? Jeder Junkie kriegt auf Rezept seine Drogen, aber die Polizei verschickt Brieftauben, weil keiner ein paar Computer von A nach B transportieren kann? Mannomann.«

»Was haben denn die Junkies damit zu tun, Ole? Hör auf, so dummes Zeug zu quatschen«, fuhr Helle ihn verärgert an. »Und diskutier nicht mit mir«, setzte sie sofort nach, als sie sah, dass der junge Polizist zu einer Rechtfertigung ansetzen wollte.

Ole verschränkte trotzig die Arme. »Du sagst selbst immer, dass die Polizei unterfinanziert ist.«

»Ja, das stimmt auch. Aber das hat nichts mit … Ach, vergiss es.« Helle drehte sich zu Amira um. »Ruf Marianne an. Die soll uns ein Auto organisieren. Einen Kombi. Die werden in Fredrikshavn doch so was haben. Wenn wir hier fertig sind, fahren wir beide nach Fredrikshavn, wechseln das Auto und fahren mit dem Kombi nach Aalborg. Du organisierst, dass dir irgendjemand das Equipment ins Auto lädt, ich geh in der Zeit in die Rechtsmedizin. Jens hat die Tote seit gestern Abend auf dem Tisch, er wird ja wohl irgendetwas für mich haben.«

Gegen Mittag waren sie mit der Durchsuchung des Geländes fertig – jedenfalls so gut es ging. Die Tatsache, dass sie weder wussten, wonach sie suchten, noch, auf welchen Zeitraum sie sich konzentrieren sollten, machte die Entscheidung, was relevant sein könnte, sehr schwer. Ein halbverrottetes Taschentuch konnte natürlich von Belang sein, wenn es der Toten gehört hatte und diese erst vor wenigen Wochen in die Düne geraten war. Aber Helle entschied, dass sie sich ausschließlich auf persönliche Dinge konzentrieren würden. Zum Schluss hatten sie zwei Handschuhe, einen aus Strick, einen aus Leder, einen kleinen Ballerina und ein silbernes Armkettchen aufgeklaubt. Helle würde diese Dinge eingetütet und beschriftet zur Untersuchung ins Labor nach Aalborg mitnehmen.

Marianne hatte in der Zwischenzeit gemeldet, dass knapp zweihundert Hinweise auf das Phantombild eingegangen waren, und Helle ordnete an, dass Linn und Jan-C. diese durchsehen und sortieren sollten. Christian und Ole würden sich weiterhin damit beschäftigen, bei der Zoll- und Hafenpolizei anzufragen, ob dort jemandem das Gesicht bekannt vorkam, und außerdem die Anwohner der Straße, die zu Råbjerg Mile führten, abklappern und sich nach der Toten erkundigen.

Am Nachmittag erreichten Helle und Amira das Gebäude der Polizei in Aalborg. Es lag in der Jyllandsgade und fiel schon von weitem auf: ein moderner Bau mit viel Glas, einer einladenden Freitreppe und den großen selbstbewussten Lettern *Politi* an der Front. Hier saßen die Polizeidirektorin von Nordjütland, die Staatsanwaltschaft und alle zur Polizei gehörenden Unterabteilungen, wie die Hundestaffel oder der Personenschutz. Helle verlief sich regelmäßig in der Anlage, die sich über mehrere Gebäude erstreckte, obwohl alles gut ausgeschildert war.

Sie stellte den Polizeiwagen auf dem internen Parkplatz ab und verabredete mit Amira, dass sie sich zusammentelefonieren würden, sobald Amira alle Computer und Zubehör im Kofferraum verstaut hätte. Dann machte Helle sich auf die Suche nach der Rechtsmedizin. Zweimal war sie bereits hier gewesen, aber trotzdem brauchte sie mehrere Anläufe, bis sie vor der richtigen Tür stand. Unterwegs war sie an modernen Großraumbüros vorbeigekommen, hatte die Ausstattung bewundert und im Hof tatsächlich zwei Polizistinnen gesehen, die mit Segways auf Streife fuhren.

Sie beobachtete diese für sie fremde Polizeiwelt mit einer Mischung aus Neugier, Faszination, aber auch Furcht. Würde sie hier zurechtkommen? Oder war sie nicht vielmehr schon ein Dinosaurier wie Ingvar, mit ihrer Thermoskanne und ihrem Nusszopf, ihren Notiz- und Klebezetteln, der Landkarte – Helle spürte gerade schmerzlich, dass sie seit zehn Jahren in ihrem bequemen Nest Skagen saß und die Entwicklung moderner Polizeiarbeit an ihr vollkommen vorbeigezogen war.

Das konnte so nicht weitergehen, dachte sie, während sie an den verglasten Fronten der Großraumbüros vorüberlief, aus denen heraus die Kollegen sie freundlich grüßten. Ich muss den Anschluss wiederbekommen, ich habe Verantwortung für die jungen Kollegen. Und auch für mich selbst. Ich habe keine Lust, zum alten Eisen zu gehören. Sie ballte entschlossen die Fäuste. Amira muss das hinkriegen. Wir machen Schulungen und was weiß ich. Aber wir in Skagen lassen uns nicht abhängen, da oben am Ende der Welt, wo Nord- und Ostsee sich gute Nacht sagen.

Als sie endlich vor dem Sektionssaal stand und bereits die Hand auf die Klinke gelegt hatte, sprach sie jemand von hinten an.

»Helle Jespers?«

Helle dreht sich um und nickte. Es war Anne-Marie Pedersen, die Polizeidirektorin. Sie kannten sich von früher, waren gleichalt, aber Anne-Marie hatte sehr schnell eine glänzende Karriere hingelegt. Sie hatten ein paar Seminare gemeinsam absolviert, sich bei einer Tagung oder früher als junge Polizistinnen auch bei Großeinsätzen gesehen.

»Anne-Marie! Schön, dich zu sehen.«

»Ich freu mich auch.« Anne-Marie blitzte sie unter ihrem platinblonden Pony an. »Ihr habt da einen interessanten Fall. Ich gratuliere dir zur Soko.«

Helle spürte, wie sich Schweißperlen auf ihrer Oberlippe sammelten. Sie fühlte sich sofort ertappt. Die Leitung der Soko hatte sie nicht ohne Grund. »Danke. Mal sehen, was Jens für uns hat.« Anne-Marie verschränkte die Arme vor der Brust. »Zehn Jahre hat man nichts mehr von dir gehört, du warst total in der Versenkung verschwunden. Und dann löst du den Gunnar-Larsen-Fall. Alle Achtung.« Sie schnippte mit den Fingern.

»Danke. Das war ich natürlich nicht allein«, lenkte Helle bescheiden ein. Aber insgeheim freute sie sich über das Lob.

»Ich beschäftige mich zurzeit damit, wer die Nachfolge von Ingvar antreten soll«, fuhr Anne-Marie fort.

»Ach ja?«, gab Helle etwas lahm zurück.

Die Polizeidirektorin lachte. »Ach ja. Ganz genau. Jedenfalls freue ich mich, dass du wieder im Spiel bist.«

Damit drehte sie sich um und ließ Helle stehen, ohne eine Antwort abzuwarten. Das musste sie auch nicht. Helle hatte den Wink mit dem Zaunpfahl wohl verstanden.

Sie blieb noch eine Weile vor der Tür zum Sektionssaal stehen und sammelte sich. Gerne hätte sie jetzt eine geraucht, um der aufkommenden Nervosität zu begegnen. Anne-Marie Pedersen hatte sich klar ausgedrückt, mehr als klar. Die Leitung von Fredrikshavn übernehmen – das lag in greifbarer Nähe. Aber natürlich würde Helle sich dafür noch einmal beweisen müssen. Der Aufklärungsdruck im Fall der Toten aus der Düne wuchs.

Schließlich fiel Helle ein, dass sie mit ihrem Zigarettenwunsch hier gut aufgehoben war. Der Leichenleser würde ihr sofort eine anbieten. Sie drückte die Klinke zum Sektionssaal herunter, und augenblicklich schlug ihr der dumpf-süßliche Leichengeruch entgegen, gemischt mit dem Geruch nach Formalin und Desinfektionsmittel.

In der Mitte des großen Raumes sah sie Jens Runstad und seine Assistentin an einem Seziertisch, auf dem sie »ihre« Leiche erkannte. Neugierig ging Helle darauf zu, der Rechtsmediziner sah kurz auf und nickte ihr zu. Bevor sie ihn erreichte, wurde Helles Blick aber von etwas anderem abgelenkt. Auf einem Tisch am Fenster sah sie die Dinge, die die Tote am Leib getragen hatte. Alle waren säuberlich in Folie verpackt und beschriftet nebeneinandergelegt worden. Und Helle erkannte in einer der Tüten einen Schuh. Ein flacher Ballerina, schwarz und ziemlich abgelaufen. Sein Pendant hatten sie vor ein paar Stunden in der Nähe der Düne gefunden.

Aalborg

Innentemperatur 17 Grad

Pilita lag angezogen auf dem Bett und sah an die fleckige Decke. In einer Stunde würden sie wieder zur Arbeit abgeholt werden. Da sie die Nacht durcharbeiteten, versuchten sie in der Regel, am späten Nachmittag noch einmal Kraft zu schöpfen. Anuthida, mit der sie das Bett teilte, atmete tief. Dao und Chai lagen auf Luftmatratzen am Boden. Aber obwohl Pilita todmüde war, fand sie keinen Schlaf. Ihr tat jeder Knochen im Körper weh, sie fühlte sich matt und unmotiviert.

Vier Mädchen in einem Zimmer, das war gut. Rubina, mit der sie zusammenarbeitete, hatte ihr erzählt, dass sie zu zehnt in einem Zimmer hausten. Männer, Frauen und Kinder – alle auf einen Haufen. Rubina sagte, sie seien Roma, sie wären das gewohnt, es machte ihr nichts aus. Überall auf der Welt lebten die Roma auf diese Art zusammengepfercht, weil niemand sie haben wollte. Es gab keinen Platz für sie. In Aalborg teilten sie sich ein Haus mit Familien aus Bulgarien und Tadschikistan. Ein kaltes, seit Jahren leerstehendes Haus irgendwo am Stadtrand, in dem es keine Duschen gab, dafür Schimmel an den Wänden. Statt einer Heizung machten die Bewohner Feuer im Gang.

Aber Rubina störte das nicht, sie war fröhlich, und Pilita beneidete sie. Denn Rubina war nicht allein. Sie hatte ihre Kinder und Geschwister, ihre Eltern und einen Mann, seine Eltern und Geschwister. Sie hatte Familie. Und Freunde.

Nicht so Pilita. Sie hatte niemanden. Ihr Mann war auf See, ihre Schwester Imelda hatte sie immer noch nicht gefunden, genauso wie ihren kleinen Neffen. Ihre Eltern waren weit weg, viel zu weit. Sie war in diesem kalten fremden Land, verstand nicht die Sprache und wie die Menschen hier lebten. Aber sie wollte nicht nach Hause zurück, nicht bevor sie Imelda gefunden hatte. Zu Hause – das war dort, wo die Fratze des Verrats sie anstarrte. Wo der Geist eines toten Mannes sie heimsuchte.

Wo sie sich bei jedem Wort, das sie aussprach, fürchten musste, bei jeder Vertraulichkeit, die sie mit anderen verband.

Zu Hause war dort, wo sie beim Knattern eines Auspuffs zusammenzuckte, wo die Spuren dicker Reifen im Sand sie ängstigten.

Zu Hause war dort, wo die Angst war.

Dänemark sollte das Land des Friedens und der Freiheit sein, aber tatsächlich war es ein Land der Kälte.

Wenigstens jetzt hatte Pilita es warm, weil sie nicht allein im Bett lag. Sie fand es gar nicht schlimm, dass sie so eng mit den anderen Frauen zusammenleben musste, ganz im Gegenteil. Es gab ihr Geborgenheit. Manchmal dachte sie daran, wie sie mit Imelda und dem Baby im Bett geschlafen hatte. An die Wärme. An das Atmen ihrer geliebten Schwester.

Hier waren sie alle allein. Fast alle. Chai hatte einen Ehemann in Dänemark, aber sie hatte es niemandem gesagt, weil die Männer, die sie in das Land gebracht hatten, das nicht akzeptieren würden. Sie wollten nicht, dass die Frauen Kontakt hatten. Außerhalb ihrer Arbeit jedenfalls.

Pilita redete allerdings mit Rubina auf der Arbeit, obwohl sie nicht zu ihnen gehörte, nicht zu den Frauen, die wie Pilita mit dem Schiff ins Land gekommen waren. Illegal, ohne Papiere. Aber Rubina war genauso eine Aussätzige, eine, die den Blick nicht vom Boden heben durfte. Mit oder ohne Papiere, für Roma war es immer so – jedenfalls behauptete das Rubina.

Manchmal dachte Pilita darüber nach, ob sie sich jemandem anvertrauen sollte. Jemandem von außerhalb, jemandem, der hier lebte, der angesehen war. Ein echter Däne. Aber sie kannte keine echten Dänen, sie kam mit ihnen nicht in Berührung, der junge Mann, die Wachmänner, das war alles. Natürlich noch die Frauen an der Kasse des Supermarktes, wo sie einkauften. Aber Pilita traute sich nicht, diese einfach anzusprechen und um Hilfe zu bitten.

Sie konnte die Sprache nicht, und sie hatte Angst. Angst, man würde sie zurückschicken, einfach so, und sie würde nie schaffen, was sie sich vorgenommen hatte.

Und das war zunächst einmal, endlich Papiere zu bekommen. Papiere, die es ihr erlaubten, sich auf der Straße sehenzulassen und sich nicht scheu wegzuducken.

»Schaut niemandem in die Augen! Sprecht mit keinem, den ihr nicht kennt! Geht nirgendwohin, außer zur Arbeit und nach Hause!« – das wurde ihnen eingehämmert, seit sie zum ersten Mal einen Fuß in dieses Land gesetzt hatte. Pilita hielt sich daran; die anderen Frauen, die schon länger hier waren, hatten ihr gesagt, dass sie gut daran täte, die Anweisungen zu befolgen. Sonst würden die Männer böse werden.

Von dem Land, von der Stadt, in der sie nun lebte, hatte Pilita kaum etwas gesehen. Abends um acht wurden sie abgeholt.

Der junge Mann kam mit dem Kleinbus, sie stiegen ein, acht Frauen. Er brachte sie weit weg, zu einer Fabrik. Am Anfang, als Pilita gerade nach Dänemark gekommen war, war es um diese Zeit noch hell gewesen, und sie hatte durch die getönten Scheiben des Busses sehen können, wie die Gegend aussah, durch die sie fuhren. Zunächst die Stadt, eine moderne, unwahrscheinlich saubere Stadt, in der Autos, Fahrradfahrer und Fußgänger säuberlich voneinander getrennt wurden. Wie komisch das aussah! Das kannte sie nicht aus Luzon und auch nicht aus Manila.

Dann ging es immer weiter hinaus aus der Stadt, das Land war sehr flach und sandig, vereinzelte Nadelbäume säumten die geraden Straßen. Die Häuser wurden weniger, es gab viele Parkplätze und flache Bungalows mit Supermärkten und anderen Geschäften oder Büros oder sehr kleine saubere Fabriken. Nach einer knappen Stunde hatte der Kleinbus mit den müden Frauen die Fabrik erreicht, in der sie putzten. Niemand arbeitete dort mehr um die Uhrzeit, zwei Wachmänner, von denen man sich besser fernhielt, waren die einzigen Fremden, die Pilita jemals dort draußen gesehen hatte.

Fahle Gänge, Neonlicht, warme Luft und chemischer Geruch. Irgendetwas mit Medizin oder Pflanzendünger, Pilita wollte es nicht genauer wissen. Es gab Labore, und es roch ein wenig beißend, aber es war nicht schmutzig in dem Gebäude. Sie wischten die Gänge, die so gut wie staubfrei waren. Sie leerten die Mülleimer der Mitarbeiter und sprühten Glasreiniger auf die Scheiben in den Laboren. Es gab Tiere in Käfigen, sie hatten komische Verwachsungen, Pilita guckte nicht hin.

Sollte jemals irgendjemand kommen, den sie nicht kannten, sollten sie sich verstecken, das war die Anweisung. Bei Fragen – keine Antwort. Ihr versteht nicht, was man euch fragt, und ihr könnt nicht antworten. Ihr wisst nichts, unter keinen Umständen. Immer und immer wieder entließ der junge Mann die Frauen mit diesen Ermahnungen aus dem Kleinbus.

Jeden Morgen um fünf, wenn sie wieder abgeholt wurden, neue Wachmänner in den sauberen Fluren hinter sich ließen, fragte er, ob es etwas gegeben habe. Ob etwas geschehen sei. Morgen für Morgen schüttelten sie die Köpfe.

Bevor er die Frauen an ihrer Unterkunft entließ, bekamen sie ihren Lohn. Hundertfünfzig Kronen für die Nacht, den Rest behielt der Fahrer. Für die Papiere. Eine Aufenthaltserlaubnis. Das war der Deal, das hatten die Schleuser versprochen. Die Passage war billiger als ein Flug, dafür stellten sie einem Unterkunft, Arbeit und später Papiere in Aussicht. Wenn sie diese endlich erarbeitet hatten, bekamen sie auch ihre Ausweise wieder zurück, die die Männer einbehalten hatten, damit keines der Mädchen weglief.

Aber das war nicht allein Pilitas Ziel. Ihr Ziel war Imelda mit ihrem Kind.

Alles hatte Pilita auf sich genommen, um sie zu suchen. Sie hätte auch zu Hause arbeiten und sparen, irgendwann ein Ticket kaufen und nach Dänemark fliegen können. Aber sie hatte sich dazu entschieden, es genauso zu machen wie Imelda. Dann würde sie ihre Spur nicht verlieren, so dachte sich Pilita das.

Imelda hatte ihre Flucht nach Europa lange geplant, sie hatte Geld gespart, und sie hatte es allen verheimlicht.

Zuerst war Pilita enttäuscht und gekränkt gewesen. Fühlte sich betrogen. Aber dann verstand sie, warum Imelda so gehandelt hatte und nicht einmal ihr, ihrer Schwester, die sie von Herzen liebte, ihr eigen Fleisch und Blut, die Wahrheit gesagt hatte.

Verrat hatte Imeldas Mann das Leben gekostet. Und es schien nur eine Frage der Zeit, bis auch sie abgeholt wurde, jeder Baum zwischen Luzon und Manila konnte für ihren Strick bestimmt sein. Imelda trug das Mal, sie war die Frau eines Drogenhändlers, sie stand mit einem Fuß im Grab.

Pilita verzieh ihr das Schweigen. Es spielte jetzt auch keine Rolle mehr, sie war ihr gefolgt, und Pilita wusste, wenn sie ihrer Schwester endlich gegenüberstand, dann würden sie sich in die Arme fallen, und alles wäre gut.

Aber Pilita hatte ihre Spur verloren. Die Männer, die sie in Dänemark in Empfang genommen hatten, waren die richtigen, das wusste sie. Aber sie wurden nach ihrer Ankunft im Hafen so schnell verteilt, in ein Auto gesteckt, und dann war es auf und davon gegangen. Und nun saß sie hier, mit drei anderen Frauen in einem Zimmer, vier im Zimmer nebenan, und keine von ihnen hatte Imelda jemals gesehen.

Pilita hatte sich in ihrer Verzweiflung sogar ein Herz gefasst und den jungen Mann nach ihr gefragt, der den Kleinbus fuhr. Aber der hatte sie angebrüllt, sie solle keine Fragen stellen, und ihr damit gedroht, sie zu schlagen. Hätte Anuthida sie nicht von ihm weggezogen, hätte seine Hand sie erwischt.

Der Mann, der sie verteilt hatte, hatte sie nur einmal gesehen. Er würde wissen, wo sich ihre Schwester befand.

111

Pilita musste es schaffen, diesen Mann noch einmal zu sehen, damit sie ihn nach Imelda fragen konnte. Aber er ließ sich nicht blicken, der Einzige, den sie zu Gesicht bekam, war der Junge im Kleinbus.

Sie lag da, die Augen an die Decke geheftet, und dachte darüber nach, wie sie es anstellen sollte, diesen Mann zu treffen. Sie war nicht von den Philippinen in dieses kalte Land gereist, um aufzugeben.

Drei Monate war sie nun schon hier, ohne Erfolg. Es war Zeit, dass sich etwas änderte. Sie musste aktiv werden, wollte sie Imelda noch finden.

Skagensvej

Außentemperatur 3 Grad

Bleierne Müdigkeit überfiel Helle, als sie den Kombi mit ihrem Computer-Equipment von Aalborg nach Skagen steuerte. Aber die Müdigkeit war rein körperlich, die Suchaktion in der Düne steckte ihr in den Knochen. Ihr Kopf dagegen arbeitete auf Hochtouren.

Die Tatsache, dass sie den zweiten Schuh der Frau gefunden hatten, elektrisierte sie. Für sich genommen hatte der Fund zwar keine große Bedeutung, die Tote hatte den Ballerina – ob tot oder noch lebend – eben auf dem Weg verloren. Aber Helle nahm das als Zeichen, dass ihre Suchaktion sinnvoll gewesen war und den Beginn von etwas Größerem markierte. Sie hatten ein Puzzleteil gefunden. Ein erstes! Jetzt musste die Suche weitergehen. Stück für Stück würden sie sich auf die Fährte begeben. Die Tote in der Düne war nicht aus dem Nichts gekommen, sie hatte einen Weg zu ihrem Fundort zurückgelegt, und sie würden herausfinden, woher sie gekommen war.

Und wer sie war.

Und wer sie möglicherweise getötet hatte.

Helle nahm noch einen Schluck aus dem Kaffeebecher, den ihr die netten Kollegen in Aalborg gefüllt hatten, und dachte an das Gespräch mit Jens Runstad.

Er hatte ihr detaillierte Fotos von den Kleidungs- und Schmuckstücken der Frau gegeben sowie eine ziemlich gute Beschreibung. Größe, ungefähres Gewicht, Haar und Augenfarbe, Zustand des Gebisses. Damit konnte man einen Zeugenaufruf starten. Besser als mit der vorläufigen Zeichnung, die Ingvar gestern hatte veröffentlichen lassen.

Die Computersimulation des Gesichts der Toten war inzwischen auch vom Phantomzeichner reingekommen, morgen würde Marianne alles zusammen als Steckbrief an die Presse herausgeben. Dann würden sie die Meldungen, die bereits eingegangen waren, besser einschätzen und sortieren können.

Marianne hatte sich bereits drangemacht und die besonders irrwitzigen Zeugenmeldungen (nach denen die Frau zum Beispiel erst am Vortag gesehen worden war oder die behaupteten, es handle sich um ihre Nachbarin, während sich bei weiteren Nachfragen herausstellte, dass diese Nachbarin bereits über siebzig war) heraussortiert. Es waren immerhin 147 Hinweise übrig geblieben, denen sie nachgehen mussten. Und es trudelten nach wie vor weitere Meldungen ein. Ingvar hatte ihnen durch die vorzeitige Veröffentlichung wahnsinnig viel Arbeit verursacht. Morgen würde Helle selbst an die Presse gehen – sie hatten die Journalisten zu einer weiteren Pressekonferenz eingeladen –, danach würde es erneut Meldung über Meldung geben.

Amira war neben ihr auf dem Beifahrersitz eingeschlafen, ihr Kopf lehnte am Fenster, der Mund stand offen. Die junge Frau schlief tief und fest. Helle betrachtete sie, dachte kurz an ihre eigenen Kinder und spürte den Stich der Sehnsucht in ihrem Herzen. Bevor sie nach Aalborg gefahren war, hatte sie das Telefonat mit der Familie der vermissten Neunzehnjährigen hinter sich gebracht. Obwohl das Mädchen seit mehr als zwei Jahren nicht aufgetaucht war, war der Schmerz der Mutter bitter wie am ersten Tag des Verschwindens ihrer Tochter. Um ein Haar hätte Helle am Telefon angefangen zu weinen, weil sie sich vorstellte, wie es für sie wäre, wenn Sina oder Leif eines Nachts einfach nicht nach Hause zurückgekehrt wären. Wenn sie niemals erfahren hätte, was geschehen war. Helle hatte durch das Telefon gehört, dass das Leben der Frau einen tiefen Riss bekommen hatte, der durch nichts mehr zu kitten war.

Die Frau hatte ausgeschlossen, dass es sich bei der Toten um ihre Tochter handeln könnte, erst recht nachdem Helle ihr das Phantombild zugemailt hatte, um ganz sicherzugehen. Schließlich hatten sie sich verabschiedet, die Mutter mit tränenerstickter Stimme – Helle hatte das Gefühl, dass die Frau sich fast gewünscht hatte, es könne sich bei der unbekannten Leiche um ihre Tochter handeln, einfach, um Gewissheit zu haben.

Als sie jetzt an das Telefonat dachte, stieg die Traurigkeit wieder in ihr hoch, und sie zwang sich, zu den Gedanken an den Nachmittag in Aalborg zurückzukehren.

Auch die kurze Begegnung mit Anne-Marie Pedersen spukte ihr immer noch durch den Kopf. Die Nachfolge von Ingvar – war das eine Option für sie? Helle dachte an das große Polizeigebäude in Fredrikshavn, die vielen Abteilungen, fast fünfzig Angestellte, wenn man das externe Personal dazuzählte. War das nicht hauptsächlich administrative Arbeit? Wollte sie das?

Sie erinnerte sich an Gunnar Larsen, der tot im Tivoli gefunden wurde. Ein grässlicher Fall, zu viele Tote, zu viele Verletzte und furchtbares Leid hatten ihr monatelang schlaflose Nächte bereitet, innere und äußere Verletzungen, aber sie hatte sich unglaublich vital gefühlt, hatte gewusst, dass diese Art von Polizeiarbeit genau das Richtige für sie war. Trotzdem hatte sie das Angebot von Sören Gudmund, zur Mordkommission Kopenhagen zu wechseln, abgelehnt.

Wegen Bengt und Emil, ihrem Haus, den Freunden und ihrer winzigen Skagener Polizeistation *in the middle of nowhere.*

Und jetzt fühlte sie es wieder, das Kribbeln, das erregte Pulsieren ihres Blutes, ihr Gehirn, das wie angeknipst war.

Dass sie einen Fall bekommen hatte, der über die übliche Arbeit – Falschparker und Ladendiebe, so hatte Sören es auf den Punkt gebracht – hinausging, war makabererweise ein Glücksfall für Helle. Aber sie wusste genau: Danach würde sie Weichen stellen müssen. Sie konnte sich um die Frage, ob sie ewig in Skagen bleiben oder sich noch einmal verändern wollte, nicht drücken.

Es war schon kurz vor acht Uhr am Abend, als sie das Auto vor der Polizeiwache parkte. Jan-Cristofer musste sie durch sein Fenster gesehen haben, er kam gleich heraus und half Helle, die Kisten mit den Computern und Laptops und sonstigem Zubehör hineinzutragen. Amira war aufgewacht und packte ebenfalls mit an. Vorerst sollten alle Sachen in der Arrestzelle geparkt werden, die ohnehin im Winter meistens leer stand. Im Sommer kam es vor, dass sie dort Badegäste in Gewahrsam nehmen mussten, die etwas über den Durst getrunken hatten und sich nicht mehr zu benehmen wussten. Aber in dieser kalten Zeit gab es keine Beachpartys, die Einwohner von Skagen saßen hyggelig in ihren Wohnungen oder in Restaurants und tranken still und unauffällig vor sich hin.

Während sie zu viert den Wagen ausräumten, erzählte Helle, was sie beim Leichenleser über die Tote erfahren hatte, dann erstatteten Marianne und Jan-Cristofer Bericht.

Über den Anorak der Toten war kaum etwas herauszufinden, außer, dass es diesen in der vergangenen Saison für hundertdreißig Kronen bei Lidl im Angebot gegeben hatte. Das Teil wurde in Bangladesch gefertigt und weltweit vertrieben. Man würde also kaum *die eine* Käuferin finden. Allerdings schränkte das Kleidungsstück zumindest den Todeszeitpunkt auf ungefähr ein Jahr ein. Ende September des Vorjahres war der Anorak in die Geschäfte gekommen und den ganzen Herbst und Winter über vertrieben worden. Es konnte also auch sein, dass die tote Asiatin den Anorak nach dem Ende der Wintersaison in einem Second-Hand-Shop oder einer Kleiderkammer bekommen hatte. Aber gestorben war sie auf alle Fälle erst, nachdem die Jacke in die Läden gekommen war.

»Das schließt eine erhebliche Menge von Sichtungen schon mal aus«, schloss Jan-Cristofer seinen Bericht. »Ich habe das mit Marianne schon gegengecheckt.«

»Super«, lobte Helle. »Ist denn da sonst etwas dabei?«

Marianne zuckte mit den Schultern. »Es ist schon ziemlich

viel eingegangen. Viele Leute wollen die Frau auf dem Bild erkannt haben – aber keine zwei Zeugen haben ein und dieselbe Person erkannt. Sie ist viele. Und zwar aus ganz Dänemark. Ein paar Meldungen habe ich allerdings auch aus der Gegend hier. Denen müsste man mal nachgehen.«

»Besser als nichts, immerhin.« Helle war zufrieden. »Ob Ingvar doch recht hatte, was den Zeitpunkt der Veröffentlichung angeht? Wir besprechen morgen früh vor der Pressekonferenz, wer sich worum kümmert. Jetzt ist erst mal Feierabend.«

Einige Stunden später, Helle konnte sich kaum noch auf den Beinen halten, so müde war sie, ging sie Hand in Hand mit Bengt am nächtlichen Strand entlang. Bengt trug eine Stirnlampe, deren Lichtschein fast ausschließlich auf Emils Hinterteil gerichtet war, das vor ihnen in der pechschwarzen Nacht über den Sand trottete.

»Er hinkt hinten rechts«, stellte Helle besorgt fest.

»Minimal«, gab ihr Mann zurück. »Er ist zwölf, da darf er ein bisschen hinken.«

Helle war trotzdem beunruhigt. Beim letzten Tierarztbesuch hatte er ihr bereits gesagt, dass die Arthrose des geliebten Hundes eines Tages zu Lähmungen führen könnte. Seitdem suchte Helle selbstquälerisch nach Anzeichen dafür – und hatte nun entdeckt, dass Emil den rechten Hinterlauf etwas nachzog.

»Alt werden ist eben Mist«, setzte Bengt nach.

Sie nickte nur, hatte einen Kloß im Hals.

»Wie geht es deinem Vater?«, erkundigte sie sich stattdessen. Bengts Vater war seit geraumer Zeit in einem Altenheim. Und Helle war gottfroh darüber. Zwar musste sie sich öfter mal schräg ansehen lassen, wenn sie Außenstehenden davon erzählte, denn in der Regel gingen nur die in ein Altenheim, die keine Familie hatten, die sich um sie kümmerte. Dieses Eingeständnis war also gleichzeitig ein soziales Armutszeugnis. Aber Helle hatte Bengts Vater noch nie ausstehen können. Sie waren in der ersten Minute, in der sie sich kennengelernt hatten, aneinandergerumpelt. Für Bengt, der seinen Vater liebte und immer bewundert hatte, war das eine Belastung, und natürlich hätte er seinen Vater lieber zu sich nach Hause genommen, um ihn zu pflegen – Platz hatten sie ausreichend –, aber der alte Jespers wollte nicht. Zu seinem Sohn wäre er gezogen, das schon, aber nach eigenem Bekunden wollte er nicht mit »dieser Frau« unter einem Dach leben. Also war Bengt seinem Wunsch nachgekommen und hatte ihn nach Fredrikshavn in ein Heim gebracht.

Helle verstand seitdem nicht, was so schlimm daran sein sollte. Bengts Vater blühte auf, es schien ihm dort besser zu gehen als allein in seiner Wohnung.

»Sollen wir ihn Weihnachten zu uns holen?«

Bengt schüttelte den Kopf. »Bloß nicht. Dann hast du schlechte Laune und er auch. Wollte Sina nicht kommen?«

Helle nickte. »Mit ihrem Freund. Ich hoffe, es ist nicht mehr dieser Deutsche.«

Bengt lachte. »Den magst du also auch nicht? Prost Mahlzeit, irgendwann sitzt du Weihnachten alleine da, nur mit Emil.«

»So schlimm bin ich nicht.«

»Doch. Genau so schlimm bist du.« Bengt blieb stehen und nahm Helle fest in den Arm. Sie vergrub ihre Nase in seiner Halsbeuge unter dem Wollschal und schnuffelte ein bisschen. Er roch gut. Bengtig. Sie legte ihre Arme um seine Leibmitte, kam kaum um ihn herum, weil er breit war und in einem dicken Parka steckte. Dann legte sie ihren Kopf auf seine Schulter und blickte in den klaren Himmel. Der Polarstern leuchtete hell, sie sah die Milchstraße, den großen und den kleinen Wagen und viele andere Sternbilder, die sie nicht identifizieren konnte.

»Morgen wird es nicht regnen«, murmelte sie, »klarer Himmel.«

Und dann gab sie sich einen Ruck und erzählte ihrem Mann davon, was die Polizeidirektorin von Aalborg hatte durchblicken lassen.

»Die Nachfolge von Ingvar? Donnerwetter!«

»Ich weiß gar nicht, ob ich scharf darauf bin.« Helle erzählte von ihren Zweifeln. »Außerdem wird es natürlich ausschlaggebend sein, ob ich diesen Fall jetzt lösen kann.«

»Hast du nicht bei Gunnars Tod schon bewiesen, dass du deinen Job beherrschst?«

Helle zuckte mit den Schultern, während sie sich voneinander lösten und Emil durch die Nacht folgten, der bereits den Rückweg angetreten hatte.

»Im Moment stehe ich hoch im Kurs, sonst hätten sie mir die Leitung der Soko ›Düne‹ nicht gegeben. Aber bei dem Fall muss ich beweisen, dass das keine Eintagsfliege war. Ich stehe auf dem Prüfstand, das weiß ich wohl.«

»Na und? Das dürfte dir doch keine Angst machen, oder?«

Helle fasste Bengts Hand noch fester. Ihr guter Mann. Stärkte ihr schon wieder den Rücken.

»Was soll schon passieren?« Helle lachte auf. »Wenn ich's nicht schaffe, bleib ich halt, wo ich bin. Gibt Schlimmeres.«

Die Pressekonferenz am nächsten Tag allerdings gab ihr ordentlich Rückenwind. Helle stellte ihre Fortschritte vor – der verlorene Schuh, die zeitliche Eingrenzung durch den Anorak und dank Dr. Runstad und dem Phantomzeichner eine gute Beschreibung der Toten. Die Journalisten stürzten sich dankbar auf die Informationen, und schon nach kürzester Zeit wurde der Steckbrief samt Zeugenaufruf von allen Sendern ins Land getragen.

Sören Gudmund rief Helle an und lobte ihre Performance. Sogar Ingvar gratulierte ihr, konnte sich aber den Nachtrag, dass Helle viel von ihm gelernt habe, nicht verkneifen.

Trotz der positiven Resonanz war sich Helle aber völlig im Klaren darüber, dass sie nun weiterhin liefern musste. Ihr und dem Team standen unzählige Stunden am Schreibtisch bevor – die bereits eingegangenen Sichtungen der Frau mussten überprüft werden, und es würden jetzt noch mal so viele neue eingehen.

Alles musste gecheckt, nichts durfte übersehen werden, damit würden sie tagelang beschäftigt sein.

Außerdem mussten sie mit dem neuen Steckbrief der Frau ganz gezielt alle Betreiber öffentlicher Verkehrsmittel, Taxibetriebe, Häfen, Vermieter, Hotels, Campingplätze und Zollstationen an den Landesgrenzen abfragen. Helle hatte diesbezüglich zusammen mit Christian am Morgen eine lange Liste erstellt und die Aufgaben verteilt.

Derweil war Amira mit dem Aufbau und Anschluss der Computer beschäftigt – so eine rege Betriebsamkeit hatte es in ihrer kleinen Skagener Wache zuletzt gegeben, als die Kopenhagener Mordkommission bei ihnen eingefallen war, um den Täter im Fall Gunnar Larsen zu suchen. Marianne hing pausenlos am Telefon, sie schaffte es nicht einmal mehr, für alle Polizisten Kaffee zu kochen, und das wollte etwas heißen.

Und dann überschlugen sich die Ereignisse. Zuerst bekam Helle einen Anruf von der Sitte Kopenhagen.

»Hej Helle. Hier ist Aneta. Abteilung Sittendelikte. Sören hat mir gesagt, ich soll dich mal anrufen.«

»Hej Aneta. Worum geht's?«

»Um deine Leiche aus der Düne. Ihr habt sie ja sicherlich schon durchs System laufen lassen. Wir können sie hier leider nicht identifizieren, aber hast du schon mal mit dem Hafen gesprochen?«

Helle spitzte die Ohren. »Warum? Hast du es etwas konkreter?«

Die Kollegin lachte. »Konkret würde ich es nicht nennen. Eher so ein bisschen …«

»Schieß los.«

»Wir haben es bei vielen Mädchen, die hier in der Prostitution arbeiten, mit Illegalen zu tun, das weißt du ja.«

»Klar.«

»Also, die Mädchen kommen bekanntlich nicht nur auf einem Weg ins Land, die Schleuser finden immer Mittel und Wege …«

120

»Ja, ich weiß«, unterbrach Helle ungeduldig, »willst du damit sagen, dass sie auch über den Skagener Hafen kommen?«

»Wir können es nicht mit Gewissheit sagen«, druckste Aneta herum. »Aber wir haben den Verdacht, dass sich da eine Organisation aufgebaut hat, einige Aussagen der Mädchen deuten darauf hin. Allerdings haben wir noch nicht ermittelt – bis auf vage Gerüchte ist da noch nichts.«

»Mich würde es eigentlich wundern«, gab Helle zurück. »Der Hafen läuft sauber, wir haben einen guten Kontakt zum Management, und bis auf ein paar kleine Sachen haben wir noch nie Probleme gehabt. Außerdem, die Einwanderungsbehörde kontrolliert das doch?«

»Schon. Aber nicht die Trawler.«

»Und der Zoll?«

»Ich kenne mich da nicht genau aus. Frag doch eure Leute im Hafen. Ich wollte es dich jedenfalls wissen lassen.«

»Ja«, sagte Helle, »ich danke dir. Vielleicht hilft es uns weiter.«

Sie wollte schon auflegen, als Aneta noch etwas einfiel. »Allerdings würde ich mich wundern, wenn die Schleuser sich die Mühe machen, ein Mädchen extra in der Düne zu vergraben. Diese Typen entsorgen sie wahrscheinlich eher auf hoher See.«

Helle schauderte. Die Art, wie ihre Kollegin darüber sprach, war brutal und schonungslos – entbehrte aber leider nicht der Wahrheit. In ihrer Einsatzzeit in der Stadt hatte sie selbst einige Male erlebt, wie Zuhälter und Menschenhändler mit ihrer »Ware« umsprangen.

»Das stimmt wohl. Aber wir wollten sowieso in den nächsten Tagen zum Hafen, da werde ich das ansprechen. Ciao Aneta und danke!«

»Viel Glück, Helle, *bye!*«

Nachdenklich legte Helle auf. Menschenschmuggel in Skagens Fischereihafen? Das schien ihr eher eine Räuberpistole zu sein. Sie hatte einen sehr guten Draht zu den Leuten vom Zoll, zu der Lebensmittelbehörde und dem Hafenmanagement. Es war ein topmodernes Unternehmen, gut strukturiert, international aufgestellt, auf dem modernsten Stand der Digitalisierung und entsprechend gut überwacht. Das Bild, dass dort krumme Typen ihren finsteren Geschäften nachgingen, passte einfach nicht. Auf der anderen Seite war es natürlich schon so, dass ein ständiges Kommen und Gehen herrschte und Menschen jeglicher Nationalität und jeder gesellschaftlichen Schicht dort verkehrten. Da gab es die riesigen Kreuzfahrtschiffe, die Hunderte von Touristen ausspuckten, die wie ein riesiger Heuschreckenschwarm über Skagen, Grenen und Råbjerg Mile herfielen. Oder die großen Containerschiffe, die im Hafen be- und entladen wurden, Cargo und Besatzung aus aller Welt an Bord. Dann die Segeljachten, klein und groß, die von der Hafenbehörde so gut wie gar nicht kontrolliert wurden, lediglich der Zoll machte stichprobenartige Überprüfungen. Nicht zu vergessen die großen Fischtrawler der Hochseefischerei genauso wie die kleinen Kutter von heimischen Fischern.

Mitten in ihren Gedankengang stürzte Ole herein. Mit roten Ohren und ohne zu klopfen. Und natürlich wartete er nicht, bis seine Chefin ihn fragte, sondern platzte mit der Neuigkeit sofort heraus.

»Wir haben eine Zeugin!«

»Für was? Den Mord?«, fragte Helle mit schlecht verborgenem Sarkasmus.

»Sie erinnert sich daran, dass sie die Tote am Skagensvej gesehen hat. Zu Fuß. Ein Auto hat neben ihr gehalten, und jemand forderte sie auf einzusteigen.«

Helles Antennen vibrierten augenblicklich. Sie wollte verdammt sein, wenn diese Zeugenaussage sie nicht ein Stück weiterbringen würde!

Aalborg

Innentemperatur 21 Grad

Kieran bestellte das dritte Bier. Er hatte nur eines trinken wollen, als Absacker, den Stress vom Job abschütteln, dann nach Hause. Aber nun saß er hier in der Sportsbar und klebte mit seinem Hinterm am Barhocker und mit den Augen am Bildschirm.

»Eine weniger.« Jemand rammte ihm seinen Ellenbogen in die Seite, Kieran guckte gar nicht erst. Der Typ, der neben ihm saß, er kannte ihn von den Versammlungen. Nicht nur bei der Nationalpartiet, auch von anderen Aktionen.

»Hm.« Kieran nickte nur.

Imelda sah ihn an.

Kieran blickte zurück.

Auf der Zeichnung von gestern hatte sie noch geschlossene Augen gehabt. Hatte tot ausgesehen und wie irgendwer. Die neue Zeichnung war besser, lebendiger. Zwar sah Imelda noch immer aus wie alle diese asiatischen Mädchen aussehen, aber Kieran wusste, dass sie es war. Oh, und wie er es wusste! Ihr Gesicht erschien ihm am Tag, und es erschien ihm in der Nacht. Er würde es nie mehr vergessen, das Gesicht von Imelda.

Der Typ neben ihm stieß ihn schon wieder in die Seite. »Hör mal, das sieht ja gut aus für uns.«

Kieran drehte den Kopf und sah den Mann an. Glasige Augen, stierer Blick.

»Was meinst du?«

»Na Katrine! Die Nationalpartiet! Die Umfragewerte sind der Hammer.« Der Typ hob sein Bierglas. »Auf den Sieg!«

Kieran war danach, dem Typen das Glas über den Kopf zu ziehen. Er wollte nicht mit dem Mann reden, er verabscheute die Anbiederungsversuche, diese Gleichmacherei, aber er wusste: Er saß hier für die Nationalpartiet. Die Basis, das Fußvolk, die kannten ihn. Er hatte die meisten von ihnen rekrutiert. Beim Fußball, beim Training und auf der Tribüne. Hier in der Sportsbar. Nach den Elternabenden in der Schule. Wann immer er gemerkt hatte, dass jemand empfänglich war, hatte er ihn – seltener sie – angesprochen. Wahrscheinlich auch die Fresse da neben ihm.

Kieran hob sein Bierglas, es schien ihm kiloschwer, und prostete dem Mann zu. »Auf uns. Auf Katrine!«

Sie tranken jeder einen Schluck.

»Stimmt's, dass sie 'ne Lesbe ist?« Die kleinen Äuglein des Mannes neben ihm funkelten sensationslüstern. Kieran zuckte mit den Schultern und wandte sich wieder dem Bildschirm zu.

Die Polizei suchte Zeugen. Die Beschreibung der Toten aus der Düne war lückenlos. Die Kleidung: schwarzer Anorak, weiße enge Jeans, dünne schwarze Ballerinas. Lange schwarze Haare, schlanke Figur, einen Meter sechsundfünfzig groß. Wer hatte die Frau im vergangenen Jahr gesehen?

Ich, dachte Kieran. Ich habe sie gesehen.

»Nicht, dass ich was dagegen hab«, schwadronierte sein Nachbar. »Ich würde gerne mal zusehen, wenn sie's machen ...« Er lachte dreckig.

Kierans Kopf fuhr herum. Er verlor langsam die Nerven mit diesem Affen.

»Wie sie was machen? Wie wer was macht?«

Der andere starrte ihn an. »Na ja ... Katrine und ihre ...«

»Vergiss es«, fuhr Kieran ihm über den Mund. Der Mann starrte ihn noch ein paar Sekunden lang an, dann grummelte er etwas, stand auf und verzog sich. Gut so. Schwachmat.

Kieran starrte wieder auf den Bildschirm. Sachdienliche Hinweise. Ja, die könnte er liefern. Nicht nur er.

Kierans Hirn klopfte von innen gegen die Schädeldecke, so

124

sehr musste es sich anstrengen, auch nur einen klaren Gedanken zu fassen.

Er hatte immer befürchtet, dass sie eines Tages wieder auftauchen würde. Sie hätten Imelda gleich woandershin bringen sollen – er und Johann.

Johann, verdammt, der wusste zu viel.

Kieran stemmte sich vom Tresen ab, runter vom Hocker und wankte mit unsicheren Schritten aus der Bar. Dem Barkeeper machte er ein Zeichen – ich komm gleich wieder, alles klar.

Draußen fummelte er sein Handy aus der Hosentasche. Er sah, dass Katrine schon wieder versucht hatte, ihn zu erreichen. Seit die Nachricht über Imelda in der Düne über die Kanäle lief, hatte sie ihn mehrfach angerufen. Aber er ging nicht ran. Noch nicht. Schaffte es nicht. Zu viel Schiss. Er wusste, sein Job stand auf dem Spiel. Aber das tat er auch, wenn er mit ihr sprach.

Die kleine asiatische Fotze würde ihn Kopf und Kragen kosten.

Kieran leckte sich die Lippen und rief Johann an. Ihm war danach, jemanden zur Sau zu machen.

Johann hatte noch nicht einmal hallo gesagt, da fuhr Kieran ihn schon an. »Wo bist du?«

»Hej Kieran, und selbst?«

»Und selbst? Was glaubst du wohl? Hast du mal den Fernseher angemacht?«

Pause. Johann, dieses halbe Hirn. Kieran war nah dran, völlig auszurasten. Noch so ein Blödmann.

»Wovon redest du? Kier? Ich muss gleich die Mädels abholen, gibt's Stress?«

»Und ob es Stress gibt, du Vollidiot!« Die Passanten sahen sich nach Kieran um, deshalb hielt er jetzt eine Hand vor den Apparat und flüsterte. »Sie ist wieder da. Ist aus der Düne aufgetaucht.« Und noch leiser »Imelda«.

»Fuck, was? Shit, shit, shit.«

»Geh ins Internet, du verdammter Blödmann, und dann telefonieren wir wieder.«

Kieran legte auf, Katrine klopfte an. Er atmete tief durch und nahm an.

»Kieran. Warum gehst du nicht ans Telefon?«

»Ich …«

»Keine Erklärung nötig, ich weiß natürlich warum.«

Verdammt, sie hatte diese schneidende Stimme. Kieran kannte die Stimme seiner Chefin, wie er ihre Stimmungen kannte. Bevor er noch irgendetwas zu seiner Rechtfertigung vorbringen konnte, sprach sie weiter. Stakkato. Selbst wenn er gewollt hätte, er hatte keine Chance gegen sie.

»Ich weiß nicht, was passiert ist, und ich will es auch nicht wissen. Ich habe mit Elin gesprochen, aber sie ist völlig durcheinander. Jedenfalls musst du das ins Lot bringen, Kieran. Wie, ist mir vollkommen egal. Aber das *muss* aus der Welt.«

Muss aus der Welt? In Ordnung bringen? Wie zum Teufel stellte sie sich das vor? Da war eine Leiche, und die Polizei hatte sie gefunden – was konnte er denn jetzt noch tun? Himmel, Arsch und Zwirn.

»Es darf auf gar keinen Fall eine Verbindung zu mir geben, hörst du, Kieran? Ich stolpere jetzt nicht darüber, so kurz vor der Wahl.«

Klar. Das war ihre Sorge. Na klar. Ob sein Kopf rollte, das war ihr egal. Kassenwarte und Buchhalter gab es genug. Aber Ausputzer gab es im Moment nur einen, und das war er. Scheiße.

»Okay. Ich kümmere mich darum«, hörte er sich wider besseres Wissen sagen.

»Danke.« Ihre Stimme wurde augenblicklich weich. Sie konnte aus dem Stand umschalten. Zu Kierans Beruhigung trug es dennoch nicht bei. Stattdessen hörte er, dass sie das Gespräch beendet hatte.

Er war also allein. Stand mit dem Handy in der Hand und drei Bier im Schädel vor der Kneipe auf der Straße und hatte einen riesigen Haufen Scheiße an der Backe. Eine Leiche, eine knallharte Chefin und ihre total durchgedrehte Schwester. Und – da war sich Kieran sicher wie nur was – ziemlich bald auch die Polizei am Hals. Denn irgendwer hatte immer irgendetwas gesehen.

Kieran überlegte fieberhaft, was er tun könnte, um die Sache abzuwälzen. Aber ihm fiel nichts ein. Außer noch ein Bier.

Aalborg

Innentemperatur 23 Grad

»Es tut uns leid, dass wir dich noch so spät stören«, sagte Helle und hielt ihren Dienstausweis hoch, als die Frau die Tür öffnete. »Aber wir haben ein paar Fragen zu der Beobachtung, die du gemeldet hast.«

Durch die geöffnete Tür sah Helle im Hintergrund einen schmalen Flur, in dem links und rechts Jacken, Mützen, Schals und Pullover aufgehängt waren. Darunter flogen Gummi- und Winterstiefel, Pantoffeln und Sandalen durcheinander. Lautes Kindergeschrei orchestrierte den Eindruck, dass sie hier in einen ziemlich chaotischen Haushalt kamen.

»O ja, die Meldung, immer rein mit euch!«

Die Frau, die ihnen die Tür geöffnet hatte, wischte sich die feuchten Hände, an denen Spülschaum klebte, an der Hose ab. Sie war einen halben Kopf kleiner als Helle, dafür doppelt so breit. Ihre Wangen waren feuerrot, die blauen Augen blitzen unternehmungslustig. Die dunkelblonden Haare hatte sie zu einem unordentlichen Knoten nach oben gezwirbelt, ihre Kleidung war so praktisch und unprätentiös wie sie selbst. Helle mochte sie auf Anhieb.

Sie trat mit Ole in den Flur, in dem der Geruch nach Frittierfett wie eine klebrige Wolke stand.

»Pommes«, kommentierte die Hausherrin und lachte. »Die gibt's einmal in der Woche, und immer ist es ein Riesenspaß.«

Die Küche war klein, fensterlos, und überall waren Kinder. Jedenfalls kam es Helle so vor – die vier Stühle waren von ihnen belegt, ein Baby in Windeln saß auf dem Tisch, und am Herd stand ein weiterer Stuhl mit Kind, daneben Kind Nummer sechs. Vielleicht, so dachte Helle, hatte sie auch doppelt gezählt, denn die Kinder – bis auf das Tisch-Baby und die zwei am Herd – wuselten wild durcheinander.

Helle hörte, wie Ole tief Luft holte.

»Jetzt mal alle raus aus der Küche!« Die Zeugin, sie hieß Erika Blum, klatschte resolut in die Hände. Sie musste kein zweites Mal klatschen, die Kinder protestierten zwar lauthals, aber nach einer halben Minute war die Küche leer. Dafür ging das Krakeelen woanders weiter.

Erika fischte mit einem Schaumlöffel eine Portion Pommes aus dem Topf mit heißem Öl, mit dem die beiden Kinder beschäftigt gewesen waren, ließ die Pommes auf ein Küchentuch klatschen, streute Salz drüber und hielt Ole die Portion hin.

»Probier mal. Ketchup steht auf dem Tisch.«

Das war nicht zu übersehen – die große Plastikflasche mit dem roten klebrigen Zeug stand nicht nur auf dem Tisch, ihr Inhalt war überall verschmiert, das Tisch-Baby hatte wirklich ganze Arbeit geleistet.

Ole nahm mit Befremden die Pommes entgegen, hielt sie aber in sicherem Abstand von seinem Körper.

Helle schnappte sich zwei goldgelbe heiße Kartoffelstangen und ließ sich auf einen Stuhl fallen.

»Die sind perfekt«, sagte sie und meinte es auch.

Erika grinste, öffnete den Kühlschrank, bot den beiden Polizisten ein Bier an, als diese verneinten, nahm sie eines für sich heraus und ließ sich damit gegenüber von Helle am Tisch nieder.

»Also«, forderte Helle Erika auf. Zwei Dinge wusste sie mit Bestimmtheit, wenn sie die Zeugin ansah: dass diese ihnen von sich aus etwas erzählen würde und dass sie auf den Punkt kommen würde. Erika sah nicht wie eine aus, die herumeierte.

Die rotwangige Erika, die kleine vollgestopfte Küche, der Geruch nach Pommes, Windeln, warmen Kindern, Glück und Geborgenheit entspannte sie ungemein, und am liebsten hätte sie sich ein Bier genommen und sich mit ihrer Zeugin einen netten Abend gemacht.

Ein untrügliches Zeichen, endlich Feierabend zu machen.

»Du musst wissen, dass das hier lediglich ein Gespräch ist, noch keine Aussage. Die würden wir erst aufnehmen, wenn wir denken, dass das, was du gesehen hast, uns weiterhilft. Auf der Wache«, schaltete sich Ole ein.

Erika nahm einen beherzten Schluck aus der Flasche, aus dem Rest der Wohnung drang gellendes Kindergeschrei. Ein Baby weinte, zwei Kinder stritten sich. Aber Erika schien nichts zu hören, sie war vollkommen mit dem Bier und ihren Gästen beschäftigt. Sie zwinkerte Helle zu.

»Ich bin auf dem Skagensvej gefahren ...«, hob sie an.

»Nach Fredrikshavn oder nach Skagen?«, unterbrach Ole, der sich Notizen machte. Helle schickte ihm einen vernichtenden Blick. Lass sie doch erst mal reden!

Aber Erika war nicht aus der Ruhe zu bringen.

»Von Fredrikshavn nach Skagen.«

Helle nickte ihr ermunternd zu.

»Vor mir fuhr ein Auto. Weit vor mir.« Erika unterdrückte ein Rülpsen. Ole sah angewidert aus.

»Ich habe das zuerst gar nicht registriert, erst als es bremste.« Erika runzelte konzentriert die Brauen. »Am Straßenrand ging eine Frau. Auf die habe ich geguckt. Das war so auffällig. Warum geht da jemand? Bei dem Wetter. Und so dünn angezogen. Ich habe darüber nachgedacht, ob ich halten und sie mitnehmen soll, aber dann hielt das Auto vor mir an.«

Ole und Helle warfen sich einen Blick zu.

»Weißt du noch, wie die Frau aussah?« erkundigte sich Helle, während Erika noch einen Schluck Bier nahm.

Sie nickte. »Schwarzer Anorak, weiße Hose. So, wie ihr sie beschrieben habt. Schmal, dunkle Haare. Nichts auf dem Kopf. Das Auto bremste neben ihr. Ich kam näher und bremste auch.

Aber dann hat der Wagen den Blinker rechts gesetzt, also wollte er stehen bleiben. Und da habe ich ihn überholt.«

Helle dachte nach und aß ihre Pommes. Sie wollte Ole das Gespräch überlassen. Der machte sich eifrig Notizen. Als Erika nicht weitersprach, blickte er hoch. Sah kurz zu Helle, als diese nickte, fragte er. »Und dann? Was passierte dann? Du bist also weitergefahren?«

»Ja. Im Rückspiegel habe ich gesehen, dass die Frau nicht in den Wagen einsteigen wollte. Irgendwie fuhr der neben ihr her. Ich weiß nicht warum, aber es sah so aus, als würden die sich kennen.«

»Die? Wen meinst du mit ›die‹? Hast du gesehen, wer in dem Wagen saß?«

»Nee.« Erika hatte das Bier ausgetrunken, lächelte Ole an und schüttelte den Kopf. Das Geheul aus dem Nebenzimmer wurde lauter.

»Macht den Fernseher an!«, brüllte Erika, »Und seid leise.« Dann warf sie den Kopf in den Nacken und lachte. »Kinder! Das stört euch doch nicht, oder?«

Helle schüttelte den Kopf und lächelte, während Ole aussah, als hätte er in eine Zitrone gebissen.

»Meine sind schon groß und aus dem Haus«, erzählte Helle.

»Du Glückliche, ich zähle die Tage«, gab Erika zurück und holte sich ein neues Bier aus dem Kühlschrank. Ole sah ratlos zwischen den beiden Frauen hin und her.

»Ich finde es ein bisschen traurig.« Helle ignorierte Oles Blick. »Es ist so leer.«

»Wollen wir tauschen? Du kannst gerne mal vorbeikommen.« Erika hebelte routiniert den Kronkorken von der Flasche.

»Also, du hast nicht gesehen, wer in dem Auto saß? Waren es mehrere? Mann oder Frau?« Ole wollte das hier hinter sich bringen. Mütter, laute Kinder, fettige Pommes und Ketchup auf dem Tisch. Helle konnte nicht anders, sie grinste breit. Oles Laune rutschte in den Keller.

Erika schüttelte den Kopf. »Vielleicht habe ich es gesehen, aber ich kann mich nicht erinnern.«

Ole holte tief Luft. Das hier nervte ihn. Gewaltig. Helle dagegen fühlte sich immer wohler.

»Aber hast du noch gesehen, ob die Frau schließlich eingestiegen ist?«

»Nee. Die haben da irgendwie debattiert, und dann hab ich nicht mehr in den Rückspiegel geschaut, ich war schon zu weit weg.«

Ole nickte und machte sich Notizen. Dann sah er noch einmal hoch und fragte: »Und weißt du vielleicht noch, wann das alles war?«

»Ziemlich lange her«, erwiderte Erika, stand aber auf und ging zu einem Familienkalender, der an der Wand hing. Es war ein bunter Kalender mit Comicfiguren, der über und über mit Terminen vollgekritzelt war. Kein Wunder, dachte Helle, bei den vielen Kindern war vermutlich ständig irgendetwas. Sport, Musikunterricht, Babyschwimmen, Zahnarzt, Schulausflug. Sie war manchmal schon ins Schleudern gekommen, wenn sie die Termine von Bengt, ihren zwei Kindern und sich koordinieren sollte. Und natürlich Emil, der garantiert wegen einer Bisswunde genäht werden musste, wenn Sina gerade Läuse auf dem Kopf hatte, Bengt auf einer Fortbildung war, Leif am nächsten Tag eine Matheprüfung hatte und sie selbst einen Haufen Arbeit.

Erika blätterte zurück, fuhr mit dem Finger die Zeilen abwärts und verharrte dann auf einem Tag. »Hier! Es war der 19. März. Vermutlich so um halb elf am Vormittag.«

Triumphierend drehte sie sich zu den beiden Polizisten um und nickte bestätigend.

»Und das weißt du so genau, weil ...?«, fragte Ole skeptisch nach.

»... ich einen Termin bei meiner Hebamme hatte.«

Ole guckte entsetzt auf Erikas mächtigen Bauch, aber die lachte. »Nee, Gott bewahre! Zur Nachsorge. Ich bin nicht schon wieder schwanger.«

»Perfekt! Das hilft uns wirklich sehr«, freute sich Helle. Sie hatte die Pommes mittlerweile komplett aufgegessen. Ein Bier, dachte sie, und der Gedanke fuhr Karussell in ihrem Kopf.

»Kannst du mir ungefähr die Stelle zeigen, wo das passiert ist?« Ole wollte die Karte von Helle auf dem Tisch ausbreiten, behielt sie aber angesichts des Ketchup-Massakers doch lieber in der Hand.

»Oje, das kann ich dir nur ganz ungefähr sagen, daran kann ich mich echt nicht mehr gut erinnern.« Erika fuhr mit dem Finger auf der Karte herum. »Ungefähr zwischen hier und hier.«

Der Abschnitt, den sie benannte, war vielleicht zehn Kilometer lang. Helle notierte sich im Kopf, dass sie morgen einen Hundeführer beauftragen würde. Der sollte versuchen, die Strecke einmal abzugehen, vielleicht fand sich ja irgendetwas, obwohl mittlerweile acht Monate vergangen waren. Den Schuh hatten sie ja schließlich auch gefunden, gegen jede Wahrscheinlichkeit.

»Okay.« Ole markierte sich die Strecke mit Bleistift. »Kannst du bitte morgen zu uns nach Skagen kommen? Dann protokollieren wir deine Aussage ordentlich.«

»Am Wochenende?« Zum ersten Mal machte Erika kein fröhliches Gesicht. »Mein Mann wird nicht begeistert sein. Das sind seine einzigen freien Tage.«

»Das tut mir wirklich leid, aber es wäre sehr hilfreich«, sprang Helle Ole zur Seite.

»Na, okay.« Jetzt lachte Erika wieder. »Zwei Stunden kinderfrei – warum also nicht?«

Helle und Ole gingen zurück zur Tür und verabschiedeten sich. Im Flur saß das Tisch-Baby und kaute sabbernd an einer Ledersandale. Ganz nebenbei hob Erika das Kind auf ihre Hüfte, nahm ihm die Sandale weg und entließ die Polizisten in den Flur. Helle und Ole waren schon im Treppenhaus, da rief Erika ihnen noch einmal nach.

»Wenn ich jetzt zurückdenke, fällt mir noch was ein.«

Sie drehten sich um.

»Da war was auf dem Auto. Ich glaube, Werbung für die Nationalpartiet.«

Helle und Ole sahen sich an.

»Ja, ja, doch«, bekräftigte Erika, »da war die Visage von dieser Blonden drauf. Dieser Katrine.«

»Das ist ja die Höhe«, kommentierte Helle, als sie im Auto saßen und nach Skagen fuhren. »Wir haben eine tote Asiatin und mutmaßlich ein paar Neonazis, die sie zwingen wollten, in ihr Auto einzusteigen.«

»Neonazis? Du spinnst doch.« Ole tippte sich an die Stirn. »Das sind doch keine Neonazis. Und Katrine Kjær, ich meine, das ist doch wirklich eine tolle Frau.«

»Sag bloß, du wählst die?«

Eigentlich hätte Helle nicht zu fragen brauchen. Sie wusste, wie Ole dachte. Flüchtlinge auf eine einsame Insel abschieben – das Programm der Nationalpartiet war genau nach seinem Geschmack.

»Ja und? Wir leben hier doch in einer Demokratie und nicht im Gottesstaat.«

»Noch, Ole, noch.« Helle war plötzlich in Streitlaune. »Wenn deine Nationalpartiet erst mal an der Macht ist und Katrine Ministerpräsidentin, dann wird es nicht mehr lange eine Demokratie bleiben.«

»Du und Bengt, ihr lebt doch auf einem anderen Stern!« Ole ereiferte sich jetzt auch. »Du weißt doch gar nicht mehr, wie's da draußen wirklich aussieht! Immer mehr Dänen geht es immer schlechter, weil wir diese ganzen Fremden, die ins Land kommen, durchfüttern!«

»Du, ja? Dir geht es schlecht, und du fütterst die Fremden durch, sag bloß, Ole.« Helle war fassungslos. Ole war noch schlimmer, als sie gedacht hatte.

»Nicht ich, aber guck dich doch mal um. Immer mehr Sozialleistungen im Land werden gekürzt. Und wer badet es aus? Die

134

Kinder und die Alten. Früher waren wir ein Sozialstaat, und heute?«

»Weht uns die kalte Luft des Kapitalismus um die Nase, da sind wir uns einig, Ole, aber was die Gründe dafür sind …«

»Katrine sorgt dafür, dass sich jeder wieder leisten kann, sein Kind in den Kindergarten zu geben, dass die Löhne steigen und die Alten nicht ins Heim abgeschoben werden müssen. Sie ist eine Sozialpolitikerin, Helle, und kein Nazi.«

»Puh. Und solche Sprüche wie die mit den muslimischen Männern, die ihre Frauen unters Kopftuch prügeln, würdest du unterschreiben, ja?«

Ole wackelte unentschlossen mit dem Kopf. »Nein. Also ich weiß nicht. Es ist eine Zuspitzung, aber man muss ja übertreiben, um die Leute wachzurütteln.«

»Wachrütteln oder aufhetzen? Diese Katrine betreibt doch ganz miesen Populismus.«

»Du willst es einfach nicht sehen.« Ole starrte verbiestert über das Lenkrad in die Nacht. »Ich habe ja nichts gegen Ausländer …«

Helle stöhnte.

»Amira zum Beispiel, die ist ja wie wir Dänen.« Ole fuhr unbeirrt fort. »Aber so ist eben nicht jeder. Wir können nicht alle ins Land lassen. Nur Fachleute und solche, die sich integrieren.«

»Aha. Und das sieht man jemandem an der Nasenspitze an? Oder fragt ihr jedes Mal, bevor ihr jemandem die Fresse poliert oder einen Brandsatz in ein Flüchtlingsheim werft?«

Ole schnappte nach Luft. »So redest du nicht mit mir, Helle. Ich bin kein Demokratiefeind. Ich bin Polizist. Und Katrine und ihre Wähler sind keine Kriminellen.«

Sie hatten Helles Haus erreicht, Ole bremste so scharf, dass der Kies in der Auffahrt spritzte. Helle öffnete die Beifahrertür, verließ grußlos den Wagen und knallte mit Verve die Tür hinter sich zu.

Ole gab Gas, setzte wütend mit dem Auto rückwärts, und we-

135

nige Sekunden später sah Helle die Rücklichter des Wagens in der dunklen Nacht verschwinden.

Sie hatte keine Lust mehr auf ein Bier.

Sie brauchte einen Schnaps.

Aalborg

Außentemperatur 0 Grad

Der Kleinbus wartete mit laufendem Motor, spuckte graue Abgaswolken in die Nacht. Die Frauen liefen hastig die kurze Strecke von der Fabrik zur geöffneten Autotür, eine nach der anderen verschwand geduckt im Inneren des Wagens. Pilita sprang als Letzte hinein, den Atem angehalten, bis sich die Tür schloss und der junge Mann losfuhr. Durch die leeren Straßen, in der Nacht hatte es ein wenig geschneit, die dünne Schneedecke akzentuierte die dunklen Kanten der Stadt, Zucker auf Beton.

Pilita kannte keinen Schnee. Nicht aus ihrer Heimat, nur im Fernsehen hatte sie so etwas gesehen. In Wirklichkeit war es weniger schön, fühlte sich feuchter an und ungemütlich. Dickes kaltes Wasser. Sie beschloss, Schnee nicht zu mögen. Bei den wenigen Schritten, die sie soeben durch den Matsch gelaufen war, war er durch ihre dünnen Stoffturnschuhe gedrungen, jetzt hatte sie nasse Füße. Im Wagen war die Heizung bis zum Anschlag hochgedreht, vielleicht hatte sie Glück, und die Schuhe trockneten etwas. Sobald sie im Zimmer war, würde sie die nassen Schuhe und Strümpfe ausziehen und sich ins Bett legen. Sie wollte nicht krank werden. Sie hätte ja trotzdem arbeiten müssen, so wie Dao, die seit Tagen Fieber hatte und hustete. Sie musste putzen, obwohl sie sich kaum auf den Beinen halten konnte. Die Frauen versuchten, sie zu schützen, ihre Arbeit zusätzlich zu übernehmen, aber das änderte nichts daran, dass Dao mitkommen musste und in der Fabrik in den Gängen herumstand, bleich, mit Schweiß auf der Stirn und dunklen Augenringen.

Pilita würde Rubina fragen, ob die ihr etwas organisieren konnte. Bessere Schuhe für den Schnee. Rubina organisierte fast immer irgendetwas, einen Anorak, Schal, Mütze. Pilita gab ihr dafür Geld, obwohl Rubina sagte, es sei schon gut. Lieber hätte Pilita in anderer Währung bezahlt, ihrer neuen Freundin *Pancit* gekocht oder *Kwek Kwek*. Aber sie hatten keine Küche, keinen Herd, nur eine kleine Gasflasche mit einem Gestell obendrauf. Darauf kochten sich die Frauen gemeinsam Reis oder Kaffee.

Dao drückte sich eng an sie, das Kinn fiel ihr schon nach kurzer Zeit auf die Brust, und Pilita nahm ihre Hand und streichelte sie sacht. Die Haut war heiß.

Über die Schulter der Frauen auf der vorderen Sitzbank blickte Pilita durch die Frontscheibe auf die Straße. Ab und an nahm sie in den Augenwinkeln wahr, dass der Fahrer auf seinem Handy herumdrückte, er hatte das Gerät in einem speziellen Halter, der mit einem Saugnapf an der Scheibe befestigt war.

Der junge Mann war heute sehr nervös. Er fuhr nicht gut, war abgelenkt, er hörte keine Musik und rauchte schon die zweite Zigarette. Pilita sah von ihrer Sitzposition nur sein angeschnittenes Profil, sah Rücken und rechte Schulter, wenn er sich ein wenig nach vorne beugte, um sich mit seinem Smartphone zu beschäftigen.

Und plötzlich sah sie Imelda.

Pilita ließ die Hand von Dao los und beugte sich nach vorne. Auf dem kleinen Bildschirm war eine Zeichnung zu sehen, das Gesicht ihrer Schwester. Aufgeregt deutete Pilita auf das Bild, es gab auch Ton, jemand redete, ein Schriftband erschien. Das waren die Nachrichten! Imelda war in den Nachrichten!

»*Stop! Please!*«, rief Pilita aufgeregt, sie fiel fast über die Sitzbank nach vorne, hatte ihren Platz verlassen, krallte sich an Anuthidas Schulter fest, mit der freien Hand fuchtelte sie in Richtung Smartphone. Imeldas Gesicht war verschwunden, stattdessen gab es eine Wetterkarte. Schnee. Überall Schnee in Dänemark.

Der junge Mann blickte über die Schulter zu Pilita, er verriss

138

das Lenkrad, der Kleinbus geriet auf der nassen Fahrbahn ins Schleudern, jemand schrie.

Er packte das Lenkrad, kurbelte wild herum, rief etwas, schließlich kam der Bus zum Stehen.

»*Fuck!*«, brüllte der Mann und drehte sich mit dem ganzen Oberkörper zu Pilita um, die noch immer mit angehaltenem Atem auf das Smartphone starte.

»*Crazy bitch!*« Das Gesicht des jungen Mannes war noch bleicher als das von Dao. Er schrie sie an, sein Speichel traf sie ins Gesicht. Die anderen Frauen redeten aufgeregt durcheinander, Dao zog an Pilita, sie sollte sich wieder hinsetzen. Aber Pilita dachte nicht daran. Sie zeigte auf das Smartphone, blickte dem Fahrer fest in die Augen.

»*This woman – what happened?*«

Der Mann kniff die Augen zusammen, schüttelte den Kopf, sah auch auf das Telefon, aber es lief bereits etwas anderes, jemand sang ein Lied. Dann schien er zu begreifen, und sein Kinn klappte nach unten, mit offenem Mund starrte er Pilita an.

»*You know her?*«

»*What happened?*«, beharrte Pilita entschlossen.

Der junge Mann hatte sein Handy aus der Halterung genommen, tippte darauf herum, dann hielt er es Pilita vors Gesicht. Die Zeichnung.

Ja, das war Imelda.

Pilita starrte ihre Schwester an. Dann wieder den Mann.

»*What happened? Please …*« Tonlos fielen jetzt die Worte aus ihrem Mund. Sie wusste es. Sie wusste plötzlich mit Gewissheit, dass etwas Furchtbares geschehen war. Aber sie wollte es hören. Er sollte es sagen.

»*You know her?*« Der junge Mann klang böse.

»*She's my sister.*«

Jetzt drehte sich Anuthida, die vorne saß, um. »*Pilita, I'm so sorry. She's dead.*«

Aalborg

Innentemperatur 19 Grad

»Kieran, hej.«

»Was gibt's?«

»Wir haben hier ein Problem.«

»Wir haben ein Problem? Verdammte Scheiße, Johann, du holst mich aus dem Schlaf und sagst mir, dass wir ein Problem haben?!«

»Ich ...«

»Wir haben seit drei Tagen ein scheißverficktes Scheißproblem! Hast du das jetzt erst kapiert? Wie bescheuert bist du eigentlich, du halbes Hirn?«

»Wir haben ein neues Problem.«

»Was zum ...«

»Eines der Mädchen. Sie kennt die ... Also die ...«

»Ich weiß, von wem du redest. Wie meinst du, sie kennt die? Woher? Hast du gequatscht?«

»Nein! Es ist die Schwester. Die Schwester ist auch hier!«

»W...«

»Sie arbeitet für uns. Ich hab die Mädchen vorhin abgeholt. Im Auto habe ich Nachrichten geguckt, weil ich wissen wollte ...«

»Ja, schon gut, komm auf den Punkt. Was weiß sie?«

»Nichts. Ich glaube jedenfalls, dass sie nichts weiß.«

»Glauben und Wissen, Johann, wie oft soll ich dir ... Ach, scheiß drauf.«

»Sie hat sie erkannt. Aber sie wusste nicht, dass sie tot ist, sie wollte von mir wissen, was mit ihrer Schwester passiert ist.«

»Okay. Bring sie her.«

»Kieran …«

»Was?«

»Sie ist weg. Abgehauen.«

Aalborg

Innentemperatur 18 Grad

Der Kaffee, den Rubina ihr anbot, war süß, stark und tiefschwarz. Vorsichtig nippte Pilita daran, umklammerte den Becher mit beiden Händen. Sie war völlig durchgefroren, aber das kümmerte sie jetzt am allerwenigsten. Imelda war tot. Das war so furchtbar, viel schlimmer als damals, als Pilita allein aufgewacht war und festgestellt hatte, dass ihre Schwester sie verlassen hatte. Damals hatte sie die Hoffnung gehabt, Imelda wiederzufinden. Die Hoffnung hatte sie hierhergespült, in dieses fremde Land.

Aber nun gab es keine Hoffnung mehr, nur Trauer und Sorge.

Trauer um Imelda, Sorge, große Sorge um ihren Neffen.

Wo war Jomel?

Was war mit ihm geschehen?

War er auch tot? Im Sand begraben?

Rubina und ihr Mann Danilo hatten für sie gegoogelt. Danilo sprach ein bisschen dänisch, er war schon länger hier in diesem Land, arbeitete auf einer Baustelle. Es hatte ausgereicht, um zu verstehen, was mit Imelda geschehen war.

Trauer und Müdigkeit drückten wie schwere Steine auf ihren Körper und ihre Seele, noch nie in ihrem Leben hatte Pilita sich so allein und schutzlos gefühlt. Sie hatte Sehnsucht nach zu Hause, nach Luzon, nach ihren Eltern, ihren Freunden und Filipe. Nach der Sonne und dem Meer. Dem Sand. Heimat.

Sie wollte zurück.

Sie konnte nicht zurück.

Sie musste Gewissheit haben, dass Jomel noch lebte. Sie musste ihn suchen, und erst dann durfte sie nach Luzon zurückkehren. Wenn das überhaupt möglich war. Ohne Papiere.

In jedem Fall brauchte sie Hilfe.

Und hier fand sie Hilfe. Rubina war der einzige Mensch, an den Pilita sich wenden konnte. Sie hatte sie angerufen, nachdem sie sich sicher war, dass sie weit genug weg war und der junge Mann ihr nicht folgte. Wenn er ihr überhaupt folgen wollte. Pilita war wie ein Hase durch die Wohnblocks gerannt, hatte Haken geschlagen, sich flach in die Schatten der Autos geduckt, aber niemand war hinter ihr hergekommen. Bis sie verstand: Der junge Mann konnte ihr nicht hinterherrennen, er hätte die Frauen nicht alleine gelassen, das war zu gefährlich. Was, wenn die anderen auch ausgestiegen oder fortgerannt wären? Was, wenn jemand aufmerksam geworden wäre – das war zu riskant, also hatte er sie laufenlassen.

Pilita war nicht so dumm zu glauben, dass sie es auf sich beruhen lassen würden. Sie wusste, was die Männer taten, wenn eine von ihnen fortging und nicht rechtzeitig wieder zurückkam.

Erst als sie sicher war, dass niemand ihr folgte, hatte sie sich der Trauer hingegeben. Hatte sich auf einem Spielplatz inmitten der Häuser in ein Holzhäuschen gesetzt und den Tränen freien Lauf gelassen. Noch war es finster, nur im Osten drückte ein fahler Streifen Tageslicht die Nacht zur Seite, niemand würde sie hier finden, in der kleinen feuchten Spielhütte.

Irgendwann schließlich, als sie genug geweint hatte und fand, dass es an der Zeit war, auf die Suche zu gehen, hatte sie Rubina mit dem Prepaidhandy, das diese ihr vor längerem organisiert hatte, angerufen. Das heimliche Handy, von dem nicht einmal Pilitas Zimmergenossinnen gewusst hatten. Pilita hatte nur wenige Nummern darin gespeichert. Polizei, Feuerwehr, die sie niemals würde anrufen können, die Nummer von Filipe, die Pilita ohnehin auswendig kannte, und die von Rubina.

Pilita hatte angerufen, ihrer Freundin die Straße buchstabiert und im Schatten eines Hauseingangs gewartet, bis der Wagen kam.

143

Ein Verwandter am Steuer und Rubina, die aus dem heruntergekurbelten Beifahrerfenster nach Pilita Ausschau gehalten hatte.

Und nun saß Pilita hier, den Kaffeebecher umklammert, inmitten eines Haufens von Menschen, die sie nicht verstand und von denen Rubina behauptete, alle seien ihre Verwandten. Es roch nach fetter Wurst, Kaffee und Knoblauch, ein Junge saß auf dem Gang und machte Musik. Babys schrien. Ringe blitzen auf, Geldbündel wechselten den Besitzer, Männer in Hemden und Unterhemden, Schweiß, bunte Röcke und Zigaretten. Viel Zigarettenrauch und Kaffee. Geschwätz, Gelächter, Gerede. Feindselige Blicke.

Pilita verstand kein Wort – Bulgaren, Rumänen, woher kamen diese Leute? Sinti, Roma, sie begriff es nicht – aber sie verstand sehr wohl, dass es hier Menschen gab, die nicht wollten, dass sie bei ihnen war. Denen es lieber gewesen wäre, sie ginge wieder. Sie sah die skeptischen Blicke. Rubina hatte ihr erklärt, warum das so war. Immer wieder wurden sie in dem Haus kontrolliert. Arbeitszeugnisse, Personalausweise, Aufenthaltsgenehmigungen, Geburtsurkunden – die Behörden dieser Welt hatten ein Auge auf die eingeschworene Gruppe der Sinti geworfen. Sie hatten also genug eigene Probleme – eine illegale Einwanderin machte es wahrlich nicht besser für sie. Pilita hatte Verständnis dafür. Sie wollte nicht hierbleiben, je eher sie wegkam, je eher sie ihren Neffen suchte konnte und die Mörder von Imelda, desto besser.

Rubina hielt ihr Winterstiefel vor die Nase.

Pilita nahm die Stiefel, sie sahen aus wie von einem Kind, rot wattiert, mit einem kleinen Elefanten auf der Seite. Aber sie waren warm und passten ihr. Jemand hielt ihr einen Teller klebriges Gebäck unter die Nase, aber Pilita schüttelte den Kopf. Sie konnte jetzt nichts essen. Ihr war schlecht von der Nachricht, dass Imelda tot war, von der Angst um Jomel und weil sie wusste, dass sie fortan auf sich allein gestellt war. Dass sie unsichtbar sein musste, sie, eine kleine Frau von den Philippinen unter den großen Dänen, deren Sprache sie nicht sprach.

144

Rubina steckte ihr einen Zettel zu. Darauf stand, mit welchem Bus Pilita nach Norden fahren sollte. Dorthin, wo sie vor vielen Wochen angekommen war: am Hafen von Skagen.

Außerdem hatte Rubina ihr eine Plastiktüte gepackt. Kleidungsstücke. Ein Handtuch. Brot. Eine Plastikflasche mit Wasser. Vielleicht auch eine dünne Decke.

Die Frauen umarmten sich kurz und fest, dann nickte Rubina ihrem Mann zu.

»Danilo.«

Und Pilita folgte ihm, der sie zum Busbahnhof begleitete wie ein Lamm zur Schlachtbank.

Aalborg

Innentemperatur 20 Grad

Katrine war die Freundlichkeit in Person. Sie empfing die beiden Polizistinnen mit breitem Lächeln, festem Händedruck und ausgesprochen gutem Kaffee. Wüsste Helle nicht um ihr politisches Programm, wäre die Frau ihr fast sympathisch. Fast.

»Ich war einigermaßen überrascht, dass ihr mit mir sprechen wollt«, sagte Katrine, sah dabei aber nicht im mindesten überrascht aus. Sie führte Helle und Linn durch das Wahlkampfbüro. »Das ist quasi ein Pop-up-Store. Wir haben das Büro nur für die Zeit des Wahlkampfs angemietet.«

Die jungen Frauen und Männer, die an mehreren Computern saßen, mit Headsets wie im Call Center, blickten auf und beobachteten ihre Chefin mit den ungewohnten Gästen neugierig. Es herrschte rege Betriebsamkeit, ständig klingelte irgendwo ein Telefon, alle redeten durcheinander, Druckergeräusche vermischten sich mit dem Blubbern eines Wasserkochers. Aber all die durchweg viel jüngeren Mitarbeiter nickten freundlich, die Aufbruchstimmung der Nationalpartiet und ihrer energetischen Kandidatin war mit Händen zu greifen. Helle fand, es fühlte sich an wie in einem amerikanischen Film. Mit dem einzigen Unterschied, dass der hiesige Robert Redford weiblich war.

Sie entschied sich, sofort auf den Punkt zu kommen. Katrine Kjær war dafür bekannt, dass sie die Dinge beim Namen nannte – weshalb also herumeiern.

»Eine Zeugin hat ausgesagt, dass sie am 19. März gegen elf Uhr am Vormittag gesehen hat, wie die Frau, die wir tot in der Düne

Råbjerg Mile gefunden haben, in einen eurer Wagen gestiegen ist. Am Skagensvej. Auf dem Wagen war dein Foto und der Schriftzug der Nationalpartiet.«

»Aha.« Die Politikerin lächelte noch immer, wenngleich Helle sich einbildete, dass das Leuchten in ihren Augen verschwunden war. Zwei Eiskristalle sahen sie an.

»Wir würden gerne wissen, wer von euch an dem Tag dort oben unterwegs war, ihr führt ja vermutlich Fahrtenbücher«, setzte Linn nach.

Bravo, dachte Helle, da habe ich die Richtige mitgenommen, und beglückwünschte sich zu der Entscheidung; Ole war stattdessen mit Christian unterwegs und klapperte Hotels, Campingplätze und Vermieter ab.

Nun wurde auch das Lächeln frostig. Mittlerweile hatten sie im Büro der Kandidatin Platz genommen.

»Ich wüsste nicht, was jemand von uns …«

»Ich nehme mal an, dass du nicht jede Fahrt deiner Wahlhelfer begleitest«, fiel Helle der Eiskönigin ins Wort. »Und Spekulationen helfen uns nicht weiter. Wir verdächtigen hier niemanden, aber wir müssen jedem Hinweis nachgehen. Möglicherweise sind diejenigen, die die Frau ein Stück mit dem Auto mitgenommen haben, sehr wichtige Zeugen.«

»Die Letzten, die sie gesehen haben, meinst du?« Katrine hatte sich wieder gefangen und lachte auf. »Das klingt wie aus einem Fernsehkrimi, oder nicht?«

Helle und Linn lächelten um die Wette. Was die konnte, konnten sie schon lange.

»Wenn du wüsstest, wie wenig unser Job mit einem Fernsehkrimi zu tun hat.« Helle konnte auch leutselig. Vor allem, wenn sie vorher zugeschlagen hatte.

Die Blonde hob beschwichtigend beide Hände. »Glaub mir, das weiß ich! Ich bin ja recht gut mit Anne-Marie befreundet, und Olaf erzählt mir auch hin und wieder das eine oder andere« – die Polizeidirektorin von Nordjütland und der Polizeipräsident also,

Helle verstand bestens, was Katrine damit signalisieren wollte – »so ein harter Job und dabei so schlecht bezahlt.« Katrine machte ein betroffenes Gesicht. »Da muss sich der Staat mehr anstrengen. Menschen in euren Berufen sind das Fundament unserer Gesellschaft, da kann es doch nicht sein, dass Manager hohe Boni einstreichen, aber ihr eure Mieten nicht mehr zahlen könnt!«

Wow, die spult sofort ihr Nationalpartiet-Programm ab, dachte Helle. Das nenne ich einen Politprofi. Aber so leicht sind wir nicht zu ködern. An uns beißt du dir die Zähne aus. Linn neben ihr verschränkte die Arme vor der Brust und lehnte sich etwas zurück, vermutlich dachte sie genau dasselbe.

Katrine schien die Ablehnung der beiden Polizistinnen zu spüren. Ihr Gesicht wurde wieder mild, sie lächelte so entgegenkommend wie zu Beginn des Gesprächs und winkte dann jemandem, der sich im Rücken der Polizistinnen aufgehalten hatte.

»Kieran! Kommst du bitte mal, wir brauchen deine Hilfe.« Sie wandte sich wieder an Helle. »Wie waren eure Namen gleich noch mal? Sorry, aber im Wahlkampf muss ich mir ständig Namen merken, da rutscht schnell mal etwas durch.«

»Helle Jespers und Linn Bomann.«

Katrine schrieb sich die Namen auf – noch so eine indirekte Drohung, registrierte Helle, während sich ein Mann neben den Schreibtisch stellte. Er nickte den Polizistinnen zu. Er war mittelgroß, mittelalt und mitteldick. Sein blondes Haar hatte sich weit von der Stirn zurückgezogen und lag dünn über der Kopfhaut. Auf Wangen und Nase hatte er geplatzte Äderchen, das Weiß seines Augapfels war von gelblicher Farbe. Er schien zu schwitzen, ständig wischte er sich die Hände unauffällig an der Hose ab. Gesund sah anders aus.

»Kieran koordiniert die Wahlhelfer. Er hat Einsicht in die Fahrtenbücher und kann euch weiterhelfen.«

Katrine stand auf und hielt Helle ihre Hand hin. Die Audienz im Eispalast war offensichtlich beendet. »Natürlich bekommt ihr von uns jederzeit Unterstützung. Wann immer ihr weitere Fragen habt – wendet euch an Kieran. Oder auch an mich natürlich.«

Sie nahm eine Visitenkarte vom Stapel auf ihrem Schreibtisch und schob sie Helle zu. Helle und Linn erhoben sich ebenfalls, beide ignorierten Katrines Hand, aber Helle steckte die Karte ein.

Beim Verlassen des Büros fiel ihr Blick auf ein Foto auf dem Aktenschrank. Auf diesem war Katrine mit einer anderen Frau abgebildet, beide lachten gelöst und glücklich in die Kamera. Offenbar war das Bild im Urlaub entstanden, im Hintergrund waren Palmen zu sehen. Die Katrine auf dem Foto hatte nur äußerliche Ähnlichkeit mit der Politikerin, stellte Helle fest. Sehr schade.

»Wir haben fünf Fahrzeuge, auf denen das Bild von Katrine ist«, erläuterte Kieran. »Ich habe nur von zweien die Fahrtenbücher hier, die anderen Wagen sind gerade unterwegs.«

Er hielt die verbliebenen zwei hoch und reichte sie dann Linn.

Helle hatte den Eindruck, dass der Mann ihnen wirklich helfen wollte. Er wirkte aufrichtig bemüht.

»Wir brauchen Kopien von dem betreffenden Tag – von allen Fahrtenbüchern.«

Kieran nickte. »Klar, ich kümmere mich darum. 19. März, ja?«

»Scans am besten«, schob Helle nach. »Digitales Büro.«

Linn warf ihr einen irritierten Seitenblick zu.

»Die Wagen werden aber nur von Wahlhelfern gefahren, oder haben Außenstehende auch Zugriff?«

»Nur Parteimitglieder«, der Mann nickte wieder eifrig. »Aber natürlich ausschließlich für geschäftliche Zwecke. Keine Privatfahrten.«

»Und du weißt immer, wo die Autos unterwegs sind und wer damit fährt?«

»Äh …«

Jetzt hatte Helle ihn aus der Fassung gebracht. Nur allzu verständlich. Denn das hätte bedeutet, dass er auch über die fragliche Fahrt auf dem Skagensvej Bescheid wissen müsste. Klar, dass er sich nicht selbst belasten wollte.

»Nicht im Detail«, gab Kieran nun zu. »Also, wenn ein Team rausfährt zum Plakatieren oder Flyerverteilen, dann koordiniert das Stella, die ist fürs Marketing zuständig. Von mir gibt's dann nur die Schlüssel und das Fahrtenbuch.«

»Gibt es Leute, die viel oder häufiger als andere unterwegs sind? Ihr habt doch bestimmt auch Fahrer? Wenn Katrine zu einer Veranstaltung muss oder so etwas.«

Kieran wischte sich wieder die Hände an der Hose ab. Schweißperlen traten auf seine Oberlippe. Helle fragte sich, ob der Mann nicht nur nicht gesund, sondern auch nervös war. Trieben sie ihn in die Ecke, oder war das die übliche Nervosität, wenn man es plötzlich mit der Polizei zu tun hat?

»Natürlich, wir haben drei Fahrer. Lasse, Johann und …«

»Ich möchte die vollständigen Namen, Adressen und Telefonnummern der Fahrer. Dazu Fotos von allen Wagen, die am 19. März für euch unterwegs waren. Und die Scans der Fahrtenbücher. So schnell wie möglich, an diese Mailadresse.«

Helle reichte ihm ihre Visitenkarte. Kieran nahm sie und versicherte ihr, dass sie bis zum Abend alle Infos auf dem Tisch hätte. Helle und Linn verabschiedeten sich. Im Herausgehen bekam Helle mit, dass Kieran sich einen jungen Mann schnappte, der in der Nähe am Boden kauerte und Plakate zusammenrollte.

»Hej Praktikant.« Plötzlich war die Stimme von Kieran nicht mehr höflich und verunsichert. Sie war scharf und herrisch. »Hast du gehört? Kümmer dich drum.«

Helle drehte sich um und sah über die Schulter, dass Kieran ihre Visitenkarte an den jungen Mann weiterreichte, der nicht so recht wusste, was er damit anfangen sollte. Offenbar nahm er die Aufgabe, um die sie ihn gebeten hatte, weniger ernst, als er sollte.

»Was denkst du?«, fragte sie Linn auf dem Weg zum Auto.

»Komischer Haufen. Nach außen hui, innen pfui. Wenn du mich fragst«, antwortete sie schulterzuckend.

»Ja, so sehe ich das auch. Mal abgesehen davon, dass ich sie für einen Haufen widerlicher Hetzer und Rassisten halte, glaube ich weder Katrine noch Kieran auch nur ein Wort.«

»Was hältst du von einem Hotdog?«, fragte Linn und deutete auf einen kleinen Sandwichladen.

»Kannst du Gedanken lesen?«

Helle willigte nur allzu gerne ein, ihr Frühstück lag schon wieder ein paar Stunden zurück, und schließlich hatten sie noch einen langen Tag vor sich.

Das Hotdog schmeckte herrlich, obwohl Helle mit schlechtem Gewissen nicht das Tofu-, sondern ein Fleischwürstchen gewählt hatte. Ihre Tochter Sina war Veganerin, und Helle hörte im Geist deren Stimme, die ihr die Qualen des Schweins herunterbetete, das für dieses Würstchen gestorben war. Helle schaufelte sich rasch noch eine weitere Ladung gerösteter Zwiebeln auf das Hotdog, als könne sie ihr Vergehen damit vergessen machen.

»Wenn wir die Bilder von den Autos bekommen, rufst du Erika an. Die wollte sowieso vorbeikommen, um die Zeugenaussage aufzunehmen. Dann können wir ihr gleich die Bilder zeigen, vielleicht erkennt sie einen der Wagen.«

Linn nickte nur, sie kaute mit vollem Mund, spülte mit einem Schluck Cola nach und rülpste dezent.

Helle mochte Linn.

Nachdem es ein paar Stunden trocken gewesen war, begann es, wieder zu regnen, als sie auf dem Weg zurück nach Skagen waren. Vielmehr war es Schneeregen, dicke matschige Flocken klatschten gegen die Frontscheibe.

»Wenn hier jemand zu Fuß geht, von wo kommt er dann? Oder vielmehr sie«, grübelte Helle laut. »Niemand läuft freiwillig die zig Kilometer nach Skagen.«

»Ferienhaus?«, warf Linn ein, und Helle nickte. Sie hatte sich im Stillen die gleiche Antwort gegeben. Sie würden alle Häuser, die auf der Strecke lagen, überprüfen müssen. Helle stöhnte. Sie hatte viel zu wenig Leute, um all die Fleißarbeit zu bewältigen. Sie würde mit Ingvar sprechen müssen, ob er bereit war, ihr für diese Recherchen noch jemanden zu Verfügung zu stellen.

»Du, hör mal«, sagte Linn nun, »Kieran und Johann tauchen ziemlich oft in beiden Büchern auf. Die zwei sind ständig zusammen unterwegs.« Sie tippte auf die Fahrtenbücher, in denen sie geblättert hatte, während Helle fuhr.

Helle überlegte. »Dieser Johann ist einer der Fahrer, hab ich das richtig in Erinnerung? Und kutschiert Kieran von A nach B. Das ist an sich ja noch nicht verdächtig.«

»Nein. Sicher nicht. Aber man kann es ja mal im Hinterkopf behalten.«

»Der ist schon voll«, sagte Helle, und sie mussten beide lachen.

In Skagens Polizeistation erwartete sie Gemütlichkeit. Marianne hatte die Wache bereits weihnachtlich dekoriert, auf ihrem Empfangstresen stand ein Gesteck aus Tannenzweigen mit weißen Kerzen, Holzfiguren und Strohsternen. Daneben lockte ein Teller mit selbst gebackenen Lebkuchen die wenigen Besucher. Bevor die Lebkuchen hart wurden, fühlten sich Helle und ihre Kollegen verpflichtet, diese zu vernichten.

Als Helle und Linn von draußen in die Wache traten, wuchtete sich Emil mühsam von seiner Decke hoch, die neben Mariannes Stuhl lag. Mit wackligen Beinen kam er schwanzwedelnd auf sein Frauchen zu und drückte schließlich seinen Kopf an Helles Knie, die ihn hingebungsvoll hinter den Ohren kraulte.

In der Luft hing der säuerlich süße Geruch nach Apfelpunsch, und Dean Martin ließ leise die Rentiere traben.

Es fühlte sich an, als betrete man ein Kaufhaus in der Vorweihnachtszeit, aber nicht eine Polizeistation.

»Marianne, bitte nicht diese Weihnachtsmusik.«

Marianne zog einen Flunsch, aber Helle ließ sich nicht erweichen. Lebkuchen waren super, Kerzen konnte sie gerade noch ertragen, aber Glöckchen, Engelschöre und »Last Christmas«

verursachten bei ihr auf der Stelle Sodbrennen. Dazu musste sie noch nicht einmal einen Schluck von dem klebrigen Apfelpunsch gekostet haben.

Amira saß neben Marianne an deren PC und lachte ihr entgegen. »Sei doch nicht so ein Grinch.«

»Woher kennst du den Grinch?«

Amira schüttelte missbilligend den Kopf. »Den Grinch kennt man auf der ganzen Welt. Und ob du es glaubst oder nicht: Auch in Afghanistan hatten wir Fernsehen. Und Kino. Jedenfalls nach den Taliban.«

»Du hast eine Mail von der Obduktion.« Der eingeschnappte Ton in Mariannes Stimme war unüberhörbar.

»Und?«, erkundigte sich Helle neugierig und kam um den Tresen herum, um einen Blick auf den Bildschirm zu werfen.

»Ist in deinem Posteingang. Ziemlich interessant.«

Marianne vermied es, Helle direkt anzusehen, und diese beschloss, ihre Sekretärin in Frieden zu lassen. Irgendwann würde sie wieder aus der Schmollecke herauskommen. Sie führten die Auseinandersetzung über Dekoration in der Wache nicht zum ersten Mal. Marianne hatte einen unübersehbaren Hang zu Kitsch – was manchmal gemütlich, meistens aber völlig fehl am Platz war. Wann immer Helle sich in diese Richtung äußerte, spielte Marianne beleidigt. *Same procedure as every year.*

Der Obduktionsbericht von Dr. Jens Runstad enthielt tatsächlich einige überraschende Neuigkeiten. Helle überflog die Zeilen, die ersten Informationen waren ihr so oder ähnlich bereits bekannt, die ersten Fakten wurden lediglich näher eingegrenzt und belegt: Runstad schätzte die Tote auf Mitte zwanzig, aus dem asiatischen Raum stammend – seine aktuelle Vermutung war Südchina, aber er wollte sich nicht festlegen, bevor er nicht weiter recherchiert hätte. Sie hatte bereits Kinder geboren, eins oder zwei, das Gebiss war gut, keine Schäden durch Mangelernährung. Doch dann blieb Helle an dem Begriff »multiple äußerliche Verletzungen« hängen. Laut Dr. Runstad war die Frau vor ihrem Tod schwer misshandelt worden. Sie hatte Prellungen, kleinere Brüche, Brand- und Schnittwunden am gesamten Körper. Welche der Verletzungen ihr direkt vor dem Tod zugefügt worden waren, konnte Runstad ebenfalls noch nicht mit Sicherheit sagen, dafür bedürfe es weiterer Untersuchungen.

Aus den Zeilen konnte Helle das Martyrium der Frau nur erahnen, die Sprache des Rechtsmediziners war fachlich nüchtern, aber Helle stockte dennoch der Atem. Was hatte die Unbekannte durchstehen müssen? Wer hatte sie so gequält und vor allem: Wo war das alles geschehen? Die Frau schien aus dem Nichts gekommen zu sein; trotz der Überprüfung vieler Hinweise waren sie in puncto Identität der Toten noch kein Stück weitergekommen.

Ob die Frau ihrem Peiniger – Helle ging aufgrund ihrer langjährigen Polizeierfahrung davon aus, dass es ein Mann war – entkommen war und sich an dem Tag im März auf dem Skagensvej vor ihm auf der Flucht befunden hatte?

War er in dem Wagen der Nationalpartiet unterwegs gewesen und hatte sie an der Straße aufgepickt?

Hatte Erika Blum nicht ausgesagt, dass sie den Eindruck hatte, die Frau wollte nicht in das Fahrzeug einsteigen?

Wäre sie noch am Leben, wenn Erika zuerst angehalten hätte?

Es war müßig, sich diese Frage zu stellen, aber Helle schoss der Gedanke dennoch durch den Kopf. Auf alle Fälle wusste sie, dass sie dieser Katrine und auch Kieran unbedingt noch einmal auf den Zahn fühlen musste.

Sie schickte eine WhatsApp-Nachricht an alle Mitglieder ihrer Sondereinheit mit der Bitte, sich binnen der nächsten Stunde auf der Wache einzufinden. Es war Zeit für ein Resümee.

Bis dahin würde sie mit Emil eine kleine Runde drehen, um den Kopf auszulüften. Helle zog ihre wattierte Dienstjacke an, drückte sich die fellgefütterte Mütze auf den Kopf und griff zur Leine. Draußen war es bereits ziemlich dunkel, obgleich es erst halb drei am Nachmittag war, aber am Himmel drängten sich schwere schwarze Wolken. Der Schnee fiel nun dichter, und vereinzelt blieb das Weiß sogar liegen.

Der Winter war gekommen.

Irgendwo

Egal wann, viel zu heiß

Mit dem linken Arm versuchte sie, ihn auf Abstand zu halten, ihre Hand krallte sich in seine Schulter, aber er war stärker, so viel stärker. Und er beherrschte Griffe, um sie in Position zu bringen. Er drückte ihre rechte Schulter zur Gasflamme, immer näher, immer näher.

Sie schrie, schrie sich die Lunge aus dem Hals, aber niemand hörte sie, der Knebel saß zu fest.

Jetzt hatte die Flamme ihre Haut erreicht, sie roch das verbrannte Fleisch, bevor der höllische Schmerz in ihr Bewusstsein drang. Kurz glaubte sie, ohnmächtig zu werden, ja, sie hoffte es sogar, weil er dann von ihr ablassen würde. Aber so gnädig war das Schicksal nicht zu ihr, es ließ sie die volle Wucht des Schmerzes und der Demütigung spüren.

Und sie wusste warum.

Sie war nichts wert.

Sie war ihn nicht wert.

Das verbrannte Fleisch stank entsetzlich, ihre Knie wurden weich, sie ließ sich fallen, aber er hielt sie fest, schließlich gab sie auf, gab sich willenlos seinem unerbittlichen Griff hin.

Er zerrte sie vom Herd weg, hielt ihren Kopf im Schwitzkasten, sie hing wie eine Marionette herab.

Sie hörte, wie er Wasser in die Spüle laufen ließ, und wusste, was jetzt kam, aber sie war zu schwach, um sich zur Wehr zu setzen. Stattdessen schloss sie die Augen und dachte an ein Kinderlied.

»Solen er så rød, mor,
og skoven bli'r så sort …«
Er riss sie erneut an den Haaren empor, drückte ihr Gesicht
in das eiskalte Wasser, so lange, bis ihr Körper unkontrolliert zu
zucken begann.

Hilf mir, dachte sie. Katrine, bitte hilf mir.

Skagen

Innentemperatur 19 Grad

Helle starrte auf den Filzstift, den ihr Amira in die Hand gedrückt hatte. Dann blickte sie auf das von Christian und Jan-Cristofer in ihrem Büro aufgestellte Whiteboard. Es war noch jungfräulich, dennoch war Helle enttäuscht, denn es war ganz und gar nicht das, was sie sich gewünscht hatte. Das Whiteboard, das man ihr geliefert hatte, war eine bessere Tafel – aber nicht interaktiv.

»Solange dein neuer PC noch nicht läuft, brauchst du auch kein interaktives Whiteboard«, hatte Amira sie zu trösten versucht. Und ihr gleich in Aussicht gestellt, dass am nächsten Tag ein IT-Spezialist aus Aalborg anrücken und irgendwelche Sicherheitssysteme installieren würde und sie dann endlich, endlich auch in Skagen an der großen Vernetzung teilnehmen konnten. Dann würde es sicher auch ein interaktives Whiteboard für Helle geben.

Helle zog also die Kappe des Filzstifts ab und schrieb in Druckbuchstaben Soko »Düne« auf die weiße Fläche.

Darunter notierte sie die Fakten.

Ole, Christian, Linn und Jan-Cristofer warfen ihr Stichpunkte zu, und nach einer Viertelstunde schließlich war die Tafel übersät mit Wörtern, Pfeilen, Kreisen. Dazu klebte Helle diverse Bilder: die Phantomzeichnung, das Foto des Wagens, den Erika mittlerweile als das Modell identifiziert hatte, das sie am 19. März auf dem Skagensvej gesehen hatte. Sie war zwischenzeitlich auf der Wache gewesen und hatte ihre Aussage hochoffiziell wiederholt. Außerdem waren die Scans von Kieran gekommen.

»Laut den Fahrtenbüchern der Nationalpartei hat sich natürlich keines der Autos am 19. März in der Nähe von Skagen befunden«, referierte Linn gerade.

»Wundert's dich?«, spottete Jan-Cristofer. »Ich meine, wenn diese Heinis ihre Finger im Spiel haben, dann wäre es doch schön blöd, das auch noch schriftlich festzuhalten. Ja, klaro war ich an dem Tag bei Råbjerg Mile, hier, liebe Polizisten, habt ihr es schwarz auf weiß.«

Alle lachten. Alle außer Ole.

»Richtig«, bekräftigte Helle. »Da müssen wir also noch mal ran. Wir nehmen alle, die an dem fraglichen Tag mit den Wagen unterwegs waren, ordentlich in die Zange. Die zwei Kleinbusse und die beiden Kombis. Die Kleinwagen können wir ausschließen, Erika kann vielleicht einen Kombi für einen Kleinbus halten, aber Tomaten auf den Augen hat sie sicher nicht.«

»Das sind dann insgesamt zwölf Leute, die mit den Autos unterwegs waren.« Linn warf einen Blick auf die Notizen. »Darunter Kieran selbst im Verbund mit Johann, einem der Fahrer. Die beiden scheinen allerdings ziemlich viel unterwegs gewesen zu sein, sie haben allein an dem Tag hundertzwanzig Kilometer zurückgelegt.«

»Nimm sie dir bitte noch mal vor, Linn. Das ist unsere heißeste Spur im Moment.« Helle überlegte. »Ole, kannst du dich Linn anschließen?«

Vielleicht, so dachte sie, war es gut, wenn jemand dabei war, der auf der Seite der Nationalpartiet stand. Erfahrungsgemäß war dann mehr zu holen.

Ole nickte. »Klar. Gerne.«

Helle lächelte ihn an. »Danke.«

Der Streit vom Vortag tat ihr leid. Sie wollte so eine Missstimmung nicht in ihrem Team haben und nahm sich vor, mit Ole noch einmal in Ruhe unter vier Augen zu reden. Und sich zu entschuldigen. Eigentlich sollte es bei der Arbeit keine Rolle spielen, welche Partei man wählte. Aber Helle fand, dass die Nationalpartiet knapp am Rand der Rechtsstaatlichkeit entlangschrammte,

159

und Oles latente Ausländerfeindlichkeit hatte in seinem Job als Polizist nichts zu suchen. Da war sie als Chefin gefragt – ihre Aggressivität allerdings, mit der sie auf ihn reagierte, war wenig hilfreich.

»Was haben eure Befragungen ergeben?«, erkundigte sie sich nun bei Christian, Jan-Cristofer und Ole. Die waren mit dem Bild der Toten bei den Verkehrsbetrieben, Vermietern und der Gemeindeverwaltung unterwegs gewesen, um direkt nachzufragen, ob sich jemand an die Verstorbene erinnerte.

»Fehlanzeige. Aber komplett.« Christian zog die Mundwinkel nach unten. »Ich bin nachher allerdings noch bei der Eisenbahngesellschaft. Die heben die Bänder von den Überwachungskameras an den Bahnhöfen ein Jahr auf und wollten mir alles vom 19. März raussuchen. Das kann ich dann dort sichten.«

»Herzliches Beileid.« Diese kriseligen Schwarz-Weiß-Aufnahmen von öffentlichen Plätzen anzusehen gehörte zu den unbeliebtesten Aufgaben. Nach einer halben Stunde taten Helle in der Regel schon die Augen weh. Man erkannte nur Schemen, war unsicher, spulte vor und zurück. Dazu kam, dass die meisten Kameras irgendwo hoch oben angebracht waren, man betrachtete also in der Hauptsache Köpfe von oben. Im Winter sogar verpackte Köpfe.

»Und, Christian, ich habe mit Ingvar vereinbart, dass die Kollegen aus Fredrikshavn sich für uns ein bisschen umhören. Die haben alle das Bild dabei und fragen herum. Vielleicht kannst du das koordinieren und ab und an nachhaken? Du kennst deine Leute besser als ich.«

Christian nickte.

»Dann der Hafen.« Helle malte einen Anker auf das Board und kringelte ihn ein. »Das würde ich übernehmen. Wer kommt mit?«

Bis auf Amira und Jan-Cristofer hatten alle ihre Aufgaben, und ausgerechnet die beiden gehörten der Soko »Düne« gar nicht an.

»Ich mache hier mit den Computern weiter«, sagte Amira. »Bevor der IT-Mensch kommt, muss ich noch einiges formatieren.«

»Alles klar.« Helle nickte ihrem alten Freund und Kollegen zu. Sie freute sich darauf, mit Jan-C. unterwegs zu sein, sie hatte ihn in der langen Zeit seiner Abwesenheit schrecklich vermisst. »Wenn ihr mit euren Aufgaben durch seid, macht Feierabend. Wir treffen uns morgen früh wieder hier.« Helle wandte sich an Marianne. »Kannst du bitte ein Sitzungsprotokoll schreiben und es mir nachher noch mailen? Ingvar möchte, dass er jeden Abend einen Bericht auf dem Tisch liegen hat.«

Kollektives Augenrollen.

Helle liebte den Hafen. Er war gerade so groß, dass er nach großer weiter Welt roch, und gerade so klein, dass er überschaubar blieb. In ihm vereinte sich das Lokale – die alten hölzernen Fischerhäuschen, die kleinen Kutter und privaten Segeljollen – mit dem Globalen – monströse Kreuzfahrtschiffe, industrielle Fischtrawler, Frachtschiffe aus der ganzen Welt und der Jachthafen. Hier war immer Leben, auch in der Nacht, aber der Skagener Hafen wirkte niemals bedrohlich, sondern stets einladend und gemütlich. Am Tag konnte man hier bei den großen Fischauktionen zusehen – Skagen hatte den größten Fischereihafen Dänemarks –, ein großes Spektakel, bei dem es laut und schnell zuging. Tonnen frischen Fischs wechselten die Besitzer. War man sich handelseinig geworden, wurde das kostbare Gut, sorgfältig in Eis verpackt, auf Lkw geladen und noch in der Dunkelheit des frühen Morgens zu Märkten und Restaurants im Umkreis von mehreren hundert Kilometer gefahren. Sogar in Hamburg aß man frischen Matjes, der in Skagen angelandet war.

Bengt war Stammgast im Hafen, Helles Mann kannte einige der einheimischen Fischer und kam jedes Mal mit seiner Ausbeute stolz nach Hause. Ob es Krabben oder Austern, Seewolf oder Hering war, der Fisch war immer frisch und hatte es mehr als verdient, von Bengt zubereitet zu werden.

Aber auch wer nicht direkt vom Kutter kaufte, bekam in Skagen alles, was aus dem Meer stammte, in bester Qualität. In den alten kleinen Fischerhütten hatten sich außerdem kleine Restaurants und Imbissbuden niedergelassen. In der Hochsaison herrschte hier entsprechend Betrieb, die hölzernen Bänke am Pier waren von morgens bis abends besetzt.

Als die Kinder klein waren, verbrachten Bengt und Helle mit ihnen fast jedes Wochenende am Skagener Hafen, denn es gab immer etwas zu sehen. Kräne, Verladungen, die großen und die kleinen Pötte, Möwen, historische Segelboote – es war einfach alles interessant. Helle dachte mit Wehmut an die unzähligen Fotos, die ihre beiden Kinder zeigten, wie sie am Pier standen oder sogar an Bord eines Schiffes, wie Leif stolz einen großen Fisch präsentierte oder Sina eine Möwe auf dem Kopf.

Helle nahm sich vor, mit Sina und Bengt in den Weihnachtsferien wenigstens ein Mal hierherzukommen und sich in einem der kleinen Fischrestaurants verwöhnen zu lassen. Außerdem würde sie nachher noch eine frisch geräucherte Makrele mitnehmen – mit Roggenbrot, Salzbutter und frisch geriebenem Meerrettich wäre das ein perfektes Abendessen. Kühles Bier, warmer Schnaps und anschließend sofort ins Bett kippen.

Helle stöhnte behaglich bei der Vorstellung, und Jan-C. sah sie fragend an. Sie erzählte ihm, woran sie gerade gedacht hatte, während sie auf dem Weg zum Büro des Hafenmeisters waren. Emil hatten sie im Kofferraum gelassen, Helle nahm ihn nicht mehr gerne mit zu Fremden, vor allem wenn sie dienstlich unterwegs war. Er pupste einfach zu viel.

Der Hafenmeister war eine Hafenmeisterin, jedenfalls die, die im Augenblick Dienst hatte. Trine Rist war eine fröhliche Mittfünfzigerin, die sie mit Pfeife im Mund empfing.

»Sag bloß, du darfst im Büro rauchen?« Helle schaute verwundert auf die hübsch geschwungene Pfeife in Trines Hand. Früher waren Pfeife rauchende Däninnen so etwas wie ein Nationalheiligtum, aber heute begegnete man ihnen kaum noch. Sie waren ebenso in der Versenkung verschwunden wie lila Latzhosen.

»Nee, die Zeiten sind leider vorbei!« Sie legte die kalte Pfeife beiseite, um Helle und Jan-Cristofer herzlich die Hände zu schütteln. »Aber ich kann es eben nicht lassen. Stress, verstehst du? Sonst stopfe ich mir ständig was in den Mund, das ist auch nicht gesund.«

Sie zwinkerte Jan-C. zu, der sofort zu erröten schien.

»Ich habe Peder vom Zoll und Arne von der Hafenpatrouille gebeten, zum Gespräch dazuzukommen, die sind mehr draußen und an Bord der Schiffe als ich.«

Die beiden Angesprochenen grüßten freundlich. Sie waren beide in den Vierzigern, unaufgeregt wirkende Typen in ihren besten Lebensjahren, ehemals durchtrainiert, nun mit Bauchansatz, unprätentiös und professionell. Männer, die Gegockel nicht nötig hatten, weil sie über natürliche Autorität qua Kompetenz verfügten. Ganz Helles Kragenweite.

Sie fasste für alle noch einmal die groben Eckpfeiler ihres Falles zusammen. Sowohl Trine als auch ihre beiden Kollegen kannten das Bild der Asiatin, und sie hatten von sich aus bereits bei den Hafenangestellten nachgefragt, ob jemandem die Frau bekannt vorkam.

»Wisst ihr denn, ob sie irgendwie etwas mit dem Hafen zu tun hatte? Hier gearbeitet hat oder so?«, erkundigte sich Trine.

»Nein, ganz und gar nicht«, gab Helle zur Antwort. Dann erzählte sie von dem Anruf von Aneta von der Sitte Kopenhagen.

Die Hafenmeisterin wechselte einen Blick mit ihren Kollegen. Ihnen schien dieser Verdacht, dass eine Schleuserbande über den Skagener Hafen operierte, nicht neu zu sein.

Peder antwortete prompt. »Die Möglichkeit, dass auch bei uns so etwas passiert, haben wir schon ein paarmal diskutiert. Tatsächlich kontrollieren wir sehr engmaschig, aber bis jetzt haben wir noch keine konkreten Hinweise gefunden.«

»Wie würde das denn überhaupt laufen?«, fragte Helle nach. »Es wird ja wohl kaum ein Frachter hier anlegen und eine Menge illegaler Einwanderer einfach an Land gehen lassen, oder?«

Trine schüttelte den Kopf. »Nein, so funktioniert das sowieso nicht. Kein Schiff der Welt kann einfach so unbemerkt viele Menschen illegal herumschippern. Und die großen Flüchtlingsströme laufen bekanntlich nicht über den Seeweg nach Dänemark, das bleibt im Mittelmeer. Die wenigen Geflüchteten, die ins Land kommen, kommen meistens über Deutschland.«

Helle nickte. Das war allgemein bekannt. Und im Übrigen einer der Punkte, warum die Nationalpartiet sich vehement gegen die Aufhebung der Kontrollen an der deutsch-dänischen Grenze aussprach.

»Wenn es sich allerdings um wenige blinde Passagiere handelt«, fuhr Trine fort, »ist das schon mal möglich. Voraussetzung wäre allerdings, dass ein Teil der Mannschaft Bescheid weiß – und das wird für die Schmuggler teuer, weil sie alle schmieren müssten.«

»Andererseits sind die Schiffe heute nicht mehr homogen besetzt«, wandte Peder ein. »Die Reedereien heuern überall an, vor allem in armen Ländern. Oftmals sind die Seeleute weder ausgebildet, noch sprechen sie eine gemeinsame Sprache. Die Zustände auf vielen Schiffen, gerade auf den internationalen Containerschiffen, sind ziemlich hanebüchen. Da weiß die linke Hand nicht, was die rechte tut.«

»Beziehungsweise die Offiziere nicht, was sich bei den Mannschaften so abspielt. Kann also schon mal sein, dass kleine Menschengruppen an Bord unbemerkt bleiben können. Theoretisch jedenfalls«, fügte Arne von der Hafenpatrouille an.

»Und dann werden die blinden Passagiere natürlich nicht einfach so an Land gebracht«, erklärte Trine weiter. »Es ist zum Beispiel möglich, auf hoher See eine Übergabe an kleinere Fischerboote oder sogar private Segelboote vorzunehmen – wenn es sich um zwei oder drei Leute handelt.«

»Die werden nicht kontrolliert?«, erkundigte sich Helle.

Trine schüttelte den Kopf. »Natürlich nicht. Unsere Fischer schon gleich dreimal nicht. Die kennen wir ja alle. Und auch keine von den privaten Jachten. Die ankern hier und gehen an Land. Da siehst du nicht, ob das nun die Segler sind oder vielleicht jemand, der ohne Papiere ins Land kommt – und dann einfach hierbleibt.«

»Das ist dann aber nicht gerade Menschenschmuggel in großem Stil?«, fragte Jan-Cristofer.

Die drei vom Skagener Hafen schüttelten den Kopf.

»Das bedeutet auch, dass man daran nichts verdient«, grübelte Helle.

»Also für mich wirkt das eher an den Haaren herbeigezogen«, pflichtete Peder ihr bei. »Schleuserbanden operieren auf den klassischen Flüchtlingsrouten rund ums Mittelmeer. Wenn jemand hier im Hafen ab und zu so ein armes Schwein ins Land bringt, dann ist es entweder eine familiäre Sache ...«

»... oder er hat was mit diesen Leuten vor«, ergänzte Helle. »Und verdient nicht allein als Fluchthelfer, sondern beutet sie anderweitig aus. Zum Beispiel ...«

»Prostitution«, echoten die anderen im Raum fast gleichzeitig.

»Deshalb kam der Tipp auch von der Sitte und nicht vom Grenzschutz«, meinte Arne.

»Ist das ein Thema bei uns hier oben?«, fragte Trine in die Runde und griff zu ihrer Pfeife. »Prostitution?«

Helle und Jan-C. schüttelten gleichzeitig die Köpfe.

»In Skagen sowieso nicht, bei uns gibt es das nicht. Also vielleicht privat, aber nicht geschäftsmäßig«, erklärte Helle. »In Fredrikshavn eigentlich auch nicht, da gibt es aber einen Nachtklub, der auch ›Massagen‹ anbietet.«

»Das ›Paradise‹«, fiel Peder ein und schmunzelte. »Das war schon in der Jugend mein feuchter Traum. Aber ich habe es immer noch nicht hingeschafft, obwohl ich auf die fünfzig zugehe.«

»Dann wird's Zeit, Peder«, lachte Trine. »Jetzt wissen wir ja, was wir dir zum Runden schenken.«

Hier geht's fast zu wie bei uns, dachte Helle. Laut sagte sie: »Aneta hatte auch angedeutet, dass es sein kann, dass die Schleuser die Mädchen gleich vom Hafen nach Kopenhagen bringen und dort in die Prostitution zwingen. Das ist aber nicht mehr als eine Annahme. Von der Toten wissen wir nichts. Wann ist sie ins Land gekommen, ist sie hier geboren, war sie eine Touristin? Alles ist möglich.«

Trine guckte bedauernd. »Eine große Hilfe waren wir ja wohl nicht. Aber wenn uns etwas auffällt …« Sie sah ihre Kollegen an, die beifällig nickten.

Arne bekräftigte, dass er und seine Männer natürlich die Augen offen halten würden.

»Wenn ihr noch mal das Bild ein bisschen verbreiten würdet, gerne auch an die Schiffe weitergebt, das wäre schon was.« Die drei versprachen ihr Bestes zu tun, und Trine führte die beiden Polizisten wieder aus dem Gebäudekomplex.

Helle kaufte wie geplant ihre Makrele, dann fiel ihr ein, dass es schön wäre, wenn Jan-C. zum Essen kommen würde, Amira wäre heute Abend auch zu Hause, und sie könnten es sich zusammen gemütlich machen. Jan-C. sagte zu, er wollte nur noch seinen Sohn vom Handball abholen und nachkommen.

Als Helle ihren schrottigen Volvo in die Einfahrt stellte, blieb sie noch kurz im Auto sitzen und checkte auf dem Handy das Protokoll, das Marianne verfasst hatte. Es war tadellos, Helle fand, sie könne es ohne Kommentar an Ingvar weiterleiten. Erst dann nahm sie ihre Fische, bugsierte den verschlafenen Emil mit seiner Rampe aus dem Auto und sperrte das Haus auf. Von drinnen schlug ihr die stickige Wärme des Kamins entgegen, das gemütliche Licht aus dem Wohnzimmer, es duftete nach Pizza, und als Emil plötzlich aufjaulte und sich vor Freude winselnd auf dem Boden rollte, war auch Helles Glück perfekt: Mitten im Wohnzimmer stand ihre Tochter Sina, das Vogelnest aus blauen Dreadlocks auf dem Kopf, die Scheinwerferaugen strahlend auf ihre Mama gerichtet und die Arme weit ausgebreitet in Erwartung einer dicken Umarmung.

»Überraschung!«, rief sie und flog rücklings aufs Sofa, als Helle ihr entgegensprang und sie im Klammergriff niederriss.

Als Helle sich einigermaßen beruhigt hatte, erkundigte sie sich atemlos: »Du wolltest doch erst Weihnachten kommen?«

»Erstens bin ich pleite«, antwortete Sina und lächelte unergründlich, sodass weder Helle noch Bengt errieten, ob sie die Wahrheit sagte oder übertrieb, »deshalb zieht es mich zum vollen Kühlschrank. Außerdem hat Opa morgen Geburtstag, und drittens fange ich erst nächste Woche mit meinem neuen Job an. Was könnte also naheliegender sein, als meine lieben Eltern zu besuchen?«

Helle blickte forschend in das zufriedene Gesicht ihrer Tochter. Finde den Fehler, dachte sie, das hier ist nur die halbe Wahrheit. Hinter Sinas Rücken sah sie, dass Bengt ihr gestisch etwas sagen wollte, und Helle deutete das Gefuchtel so, dass er ihr riet, keine weiteren Fragen zu stellen.

»Neuer Job?«, fragte Helle prompt. »Aber du studierst doch?«

»Nicht mehr.« Sina stand auf und ging zur Küchenzeile hinüber, wo sie sich ein Bier aus dem Kühlschrank holte. »Aber keine Panik. Ich wechsle nur. Nächstes Semester fange ich mit Philosophie an.«

Helle sah zu Bengt, der mit den Fingern einen imaginären Reißverschluss über den Mund zog.

»Philosophie«, sagte Helle, »das ist ja super. Da wird dein eigener Kühlschrank ja niemals voll sein.«

Aalborg

Innentemperatur 18 Grad

Kieran lauschte auf die ruhigen Atemzüge seiner Frau. Es hatte einmal eine Zeit gegeben, da war er es gewesen, der sie mit seinem Schnarchen gestört hatte. Er hatte tief geschlafen und dabei immer geschnarcht. Pia dagegen war geräuschempfindlich gewesen, sie war bei jeder noch so kleinen Störung hochgeschreckt. Es war die Zeit, in der die Zwillinge noch klein waren und Pia stillte. Er dagegen konnte pennen wie ein Löwe. Damals hatte sie ihn gebeten, ins Wohnzimmer umzuziehen, schlug sogar getrennte Schlafzimmer vor.

Natürlich hatte er abgelehnt.

Wo waren wir denn gelandet, wenn ein Mann nicht mehr bei seiner Ehefrau liegen durfte? So weit kam es noch!

Ein paar Jahre war es so gegangen, aber jetzt waren alle Kinder aus dem Gröbsten raus, das jüngste war vier, da musste man nachts wirklich nicht mehr raus.

Allerdings konnte er nun nicht mehr schlafen. Pia legte sich abends neben ihn, und kaum hatte ihr Kopf das Kissen berührt, schlief sie ein.

Er dagegen lag wach, Nacht um Nacht. Ein paar Bierchen halfen beim Einschlafen, aber wenn es eine gute Nacht war und er tatsächlich schlafen konnte, dann wachte er mit Sicherheit mitten in der Nacht auf und lag ewig wach. Und grübelte. Und seit ein paar Monaten bekam er auch noch regelmäßig Besuch von Imelda.

Verdammte Hacke.

Die ganze Kiste lief bis dahin eigentlich ganz gut. Sie hatten die Organisation gerade erst aufgebaut. Hatten einen Kundenstamm, die Unkosten, die sie anfänglich gehabt hatten – Schmiergelder, Logistik, die Unterbringung der Frauen –, hatten sich gerade schön amortisiert. Es war das gewesen, was man ihm von Anfang an versprochen hatte: leicht verdientes Geld.

Und dann kam Katrine. Zuerst hatte sie ihm gesagt, dass er die Wahl hatte: sein Job in der Nationalpartiet oder die andere Sache. Sie war dagegen, von Anfang an. Rechtsstaat und so weiter. Und dann, vom einen Tag auf den anderen die 180-Grad-Wende: Ihre Schwester bräuchte Hilfe. Ob er jemanden hätte.

Mannomann, er hatte gleich ein schlechtes Gefühl dabei gehabt, als sie das sagte; diese durchgeknallte Elin würde ihm Ärger einhandeln, das war klar gewesen, nichts als Ärger, von Anfang an.

Als dann Imelda ankam, mit dem Blag, da war er ausgerastet – am liebsten hätte er sie gleich zurückgeschickt, ein Kind war gegen die Regeln. Das hätten sie besser gleich auf See entsorgt und die Mutter hinterher.

Aber dann stand sie da. Wem hätte er die anbieten sollen? Mit Kind? Da hatte er sie eben an Elin gegeben, obwohl er wusste, dass das gleich zwei Scheißhaufen auf einmal waren.

Kieran setzte sich auf und machte die Nachttischlampe an. Das Sodbrennen kam wieder. Pia murrte im Halbschlaf und drehte sich auf den Bauch.

»Ja, ja, ist ja schon gut.« Kieran löschte das Licht wieder und tapste über den Flur in die Küche. Kramte nach den Magentabletten, schmiss zwei ein und spülte mit Limo nach.

Dann setzte er sich an den Küchentisch und zwang sich, die Sache einmal in Ruhe zu überdenken.

Ihn und Johann traf keine Schuld. Sie waren keine Mörder.

Dass die Frau Schiss vor ihnen gehabt hatte – nicht sein Bier.

Dass das Reh plötzlich auf der Straße stand – Pech.

Und klar hatten sie versucht, Imelda wieder einzufangen.

Sie wollten sie doch nur zurückbringen, mehr nicht. Wirklich nicht.

Und, Mann, dann war es eben passiert. So wie es manchmal eben kommt.

Klappe zu, Affe tot.

Jetzt hatte er die Scheiße an den Hacken, und er musste zusehen, wie er sie wieder wegbekam. Katrine würde ihn eiskalt und sofort abservieren, das war ihm klar.

Sie hatte vorhin durchblicken lassen, dass sie ihn lieber heute als morgen los wäre. Aber wenn sie ihn jetzt rausschmiss, würden die Bullen vielleicht misstrauisch.

Also durfte er seinen Job behalten – vorerst. Sie hatte ihm aber auch gesagt, dass jemand anderes seine Aufgaben übernehmen würde.

Schluss mit Schatzmeister.

Schluss mit Verantwortung.

Schluss mit Boss.

Schluss damit, für die Siegerin arbeiten zu dürfen.

Verdammtes Miststück. Scheißlesbe.

Klar, dass sie sauer war, weil er nichts davon erzählt hatte, was damals in Råbjerg Mile passiert war. Sie wusste nur, was Elin ihr erzählt hatte: dass Imelda plötzlich verschwunden war. Das hatten sie so abgemacht, Elin und er. Sie fanden beide, Katrine müsse nicht mehr wissen, als unbedingt nötig – Elin, weil sie Schiss vor ihrer Schwester und außerdem Mist gebaut hatte, und Kieran, weil er Katrine schützen wollte. Sie hatte ja mit den Mädchen nichts zu schaffen, warum sie also belasten?

Und schließlich ging die Rechnung doch auf. Katrine steckte in der Sache nicht drin, also sollte sie sich vor den Bullen nicht ins Hemd machen. Das hatte er ihr in dem Gespräch auch zu sagen versucht, aber sie hörte gar nicht zu. Kein Wort durfte er sagen, nur sie hatte geredet, von oben herab. Mann, war das ein übles Gespräch gewesen. Sie hatte ihn runtergeputzt in ihrer arroganten Art, total kaltschnäuzig, alle hatten es gehört. Der blöde Praktikant sah ihn danach ganz anders an, den hatte er erst mal in die Ecke stellen müssen.

Kieran arbeitete von Anfang an für Katrine, er hatte ihr immer die Stange gehalten. Er mobilisierte die Wähler, war auf der Straße, kannte die Leute, er machte die ganze verdammte Fußarbeit. Organisierte Demos, Proteste gegen die Flüchtlingsheime, machte Stimmung bei Facebook und Twitter und auf dem Spielplatz, am Rand von den Fußballspielen der Söhne, am Tresen in den Kneipen.

Katrine war sich für alles zu fein gewesen, sie konzentrierte sich auf die »Gremienarbeit«. Mischte mit den Politikern und Industriellen und dem Oberezehntausendpack mit.

Auf einmal war seine Arbeit also nichts mehr wert. Er war abgemeldet.

Allein.

Wer blieb ihm jetzt noch?

Johann.

Die Nullnummer.

Wenn die Bullen noch mal wegen des Wagens kamen – und das würden sie, das war so klar wie die Königin Raucherin blieb –, dann würden die sie in die Zange nehmen. Alle, die an dem Tag gefahren waren. Die anderen wussten nichts, die waren aus dem Schneider. Er selbst war ein harter Hund. Aber Johann? Johann würde kein Verhör überstehen, auch das wusste Kieran.

Das mit dem Fahrzeug würden sie wohl hinkriegen, die Bullen würden es nicht schaffen, ihnen nachzuweisen, mit welchem Wagen sie am Skagensvej gewesen waren. Also konnte man ihm und Johann nicht ans Zeug flicken. Die Eintragung im Fahrtenbuch hatten sie damals gleich gefälscht, logisch. Er und Johann waren in Randers gewesen. Sie waren rumgefahren und hatten sich nach geeigneten Stellen zum Plakatieren umgesehen. So lautete ihre offizielle Version der Geschichte. Das war genial, so konnten sie sich gegenseitig ein Alibi geben.

Dass es eine Zeugin gab, die die Karre gesehen hatte, war natürlich ganz großer Mist. Aber sie hatte das Nummernschild nicht gesehen. Notfalls mussten einer aus dem Team dran glauben. Sonst stand eben Aussage gegen Aussage, aber das machte ihm im Moment die geringsten Sorgen.

Kieran erhob sich vom Küchentisch und genehmigte sich einen Schnaps. War gut gegen Sodbrennen. Half doch gegen alles.

Schlimmer war die Scheißgeschichte mit der Schwester. Himmel, Arsch und Zwirn! Woher kam die denn plötzlich? War die schon mit Imelda zusammen angekommen? Und wo hatte sie die ganze Zeit gesteckt?

Johann sagte, sie sei erst kurz vor dem Sommer gekommen, aber vielleicht verwechselte er sie auch. So leicht waren die ja nicht auseinanderzuhalten. Diese Schwester – Johann sagte, sie hieße Pilita, komischer Name, wer zum Teufel hieß den Pilita? – war von Anfang an in Aalborg gewesen, hatte in der Fabrik geputzt. Und jetzt war sie weg. Wie vom Erdboden verschluckt.

Kieran stöhnte und stellte die Flasche mit dem Schnaps vor sich auf den Tisch. Einer geht noch. Sind ja nur kleine Gläschen.

Er hatte Johann dazu angehalten, sich die anderen Mädels vorzunehmen. Sie ein bisschen unter Druck zu setzen. Eine musste doch was wissen, verdammich. Die steckten doch alle unter einer Decke, und er wusste nur allzu gut, dass Frauen sich immer zusammentaten. Und den Mund zu halten war auch keine weibliche Tugend!

Einer würde sie sich anvertraut haben, und Johann musste herausfinden welcher.

Außerdem kam so eine nicht weit, da war sich Kieran sicher. Die Frage war nur, wer sie zuerst fand – die Bullen oder sie.

Sie konnte die Sprache nicht, kannte sich nicht aus und hatte keine Papiere. Wo sollte so eine schon hin?

Ob sie hier noch andere Verwandte hatte? Vielleicht war die ganze Sippe hier, und sie hatten es nicht geschnallt.

Kieran fuhr sich mit beiden Händen übers Gesicht. Er schwitzte wie ein Schwein. Mitten im Winter.

Wenn die Kleine plauderte, konnte sie die ganze Organisation hochgehen lassen.

Die Frage war nur: Was sollten sie mit ihr tun, wenn sie sie fanden? Das Mädchen wusste nichts über den Unfall, sie hatte ja nicht einmal gewusst, dass ihre Schwester tot war.

Die Gefahr war, dass sie erzählte, wie sie ins Land gekommen war. Für wen sie arbeitete. Wer ihr Papiere versprochen hatte.

Und dann war er dran.

Und nicht nur er, die ganze Organisation würde auffliegen.

Verdammt noch eins, die Sache war verzwickt. Kieran nahm noch einen Kurzen. Dann konnte er besser denken. Warum hieß denn Schnaps auch Klarer? Na eben, half beim Denken.

Gesetzt den Fall, ihm und Johann gelang es, die Kleine zu finden, mussten sie ihr unmissverständlich klarmachen, dass sie geliefert war, wenn sie zur Polizei ginge. Ohne Papiere – da hieß es sofort: ab in die Heimat.

Eigentlich musste die darüber doch froh sein, schoss es Kieran durch den Kopf. Philippinen, das war doch Strand, Sonne und Palmen, den ganzen Tag über. Was wollten die denn alle hier? Er würde sofort tauschen und den ganzen Tag die Eier schaukeln! Eine Hotdog-Bude eröffnen, das lief in Spanien auch Bombe, warum also nicht da unten?

Kieran stöhnte. Aber so würde sein Leben leider nicht laufen, das stand einfach nicht in seinem Kaffeesatz. Die da oben stopften sich die Taschen voll, sie hier unten arbeiteten sich krumm und bucklig – für nichts.

Wenn die Leute in ihre Länder abgeschoben wurden, Afghanen und Syrer und Tunesier und wo die alle herkamen, dann bekamen die auch noch einen Rückflug geschenkt. Geschenkt! Das musste man sich mal auf der Zunge zergehen lassen.

Wer schenkte ihm einen Flug?

Er nahm noch einen Klaren für den klaren Kopf.

Katrine. Die müsste ihm eigentlich mal einen Flug in die Sonne zahlen, nach allem, was er für sie getan hatte. Also wirklich. Die zahlte das doch aus der Portokasse. Er hatte ja gesehen, wie die wohnte. Ihre Freundin jettete um die ganze Welt. Die war so eine Reisejournalistin, Johann hatte ihm mal den Instagram-Account von der gezeigt. Nur Palmen und Beach und Ayurveda.

Wer hat, der hat.

Kieran dachte nach.

Er wollte auch was davon ab. Wer sagte eigentlich, dass er kein Anrecht darauf hatte? Dass er immer nur Scheiße fressen musste?

Katrine dachte sich wohl, dass sie ihn einfach so abservieren könnte. Nur wegen Imelda. Aber so einfach würde es nicht laufen, Prinzesschen, dachte Kieran jetzt und fühlte sich auf einmal hellwach und verdammt klar im Kopf.

So einfach würde er nicht dahin gehen, wo er hergekommen war. Dazu wusste er zu viel. Er würde ihr verklickern, was er alles wusste. Was er alles erzählen könnte.

Und das wäre bestimmt nicht hilfreich so kurz vor der Wahl.

Noch einen auf den Weg, dachte Kieran zufrieden, kippte den letzten klitzekleinen Schnaps hinunter, stellte die Flasche weg, spülte das Gläschen aus – Pia musste nicht wissen, dass er nachts gesoffen hatte, sie konnte Alkohol sowieso nicht ausstehen – und ging ins Schlafzimmer.

Er kroch zu Pia unter die Decke und legte den Arm um sie. Mein altes Mädchen, dachte er. Mein gutes altes Mädchen, dein Kieran biegt das wieder hin.

Zufrieden mit sich und versöhnt mit der Welt schlief er ein.

Fredrikshavn

Innentemperatur 16 Grad

»Tod durch Ersticken.«

Helle blickte auf die Journalisten, während sie mit diesen Worten ihre Pressekonferenz beendete. Am Morgen hatte sie den endgültigen Bericht von Runstad in ihrem Postfach gehabt. Der Rechtsmediziner hatte länger gebraucht als unter normalen Umständen, um die Todesursache festzustellen – aber er wollte absolut sichergehen. Kurzfristig hatte Helle daraufhin eine Pressekonferenz einberufen und die versammelten Journalisten über den Stand der Ermittlungen unterrichtet – ja, es gab eine Zeugin die gesehen hatte, dass die Verstorbene am Skagensvej in ein Auto gestiegen war, und nein, die Identität der Toten konnte bis jetzt nicht geklärt werden. Zum Schluss hatte sie das Ergebnis des Obduktionsberichts vorgestellt.

Die Tote aus der Düne war erstickt, legte Runstad dar, und zwar bei vollem Bewusstsein. Sie hatte keinerlei Alkohol oder Betäubungsmittel im Blut, ihre multiplen Verletzungen waren oberflächlicher Natur, keine davon hätte zu Bewusstlosigkeit oder gar zum Tod führen können. Einwirkung von Dritten schien ausgeschlossen. Der Tod, so schlussfolgerte Jens Runstad, war ein bedauerlicher Unfall gewesen.

Kaum hatte sie den Bericht auf dem Schreibtisch gehabt, erhielt Helle einen Anruf von der Staatsanwaltschaft. Aufgrund des Obduktionsberichts sei eine Mordermittlung nicht länger vonnöten, aber der zuständige Staatsanwalt wollte sich mit Helle und Ingvar treffen, um zu beraten, wie man weiter vorgehen solle.

Alle in ihrer kleinen Sondereinheit waren ebenso wie Helle der Meinung, dass sich die Frau nicht freiwillig in die Düne gesetzt hatte. Ihr Eindruck war, dass sie sich dort versteckt hatte. Dafür sprach auch der Fund des Schuhs, einen halben Kilometer von der Unglücksstelle entfernt. Die Tote hatte den Schuh verloren – und keine Gelegenheit gehabt, ihn aufzuheben und wieder anzuziehen. Stattdessen war sie ohne ihn weitergelaufen – auf der Flucht vermutlich. Ein Tier hatte den Schuh nicht verschleppt, es gab keinerlei Biss- oder Nagespuren. Diese Tatsachen, zusammen mit der Beobachtung der Zeugin Erika Blum, waren alles, was Helle in der Hand hatte, um für eine weitere Ermittlung zu plädieren – Ermittlung auf Totschlag oder zumindest unterlassene Hilfeleistung. Viel war das nicht, darüber war sie sich im Klaren. Und die Journalisten, denen sie im Moment gegenübersaß, wussten das auch.

»Heißt das, es wird keine Ermittlungen wegen Mordes geben?«

»Wisst ihr, was die Frau an der Düne gemacht hat?«

»Hat sie sich versteckt?«

»Woher kam sie?«

»Gab es Hinweise aus der Bevölkerung?«

»Könnt ihr etwas zur Identität des Fahrers sagen, in dessen Auto sie gestiegen ist?«

Die Fragen prasselten im Stakkato auf Helle ein, und sie antwortete, so gut sie konnte, gab preis, was sie preisgeben durfte, stellte sich dem kurzen Blitzlichtgewitter, und nach einer Viertelstunde war alles überstanden. Die Presse zog weiter zur nächsten Sensation, und Helle blieb mit Ingvar zurück. Ihr Gesicht war feucht, in den Ohren rauschte es, und ihr war ein wenig schwindelig vom schnellen und vielen Reden. Oder vom Alkohol vom Vorabend, denn natürlich hatte sie mit Sina angestoßen und bis spät in die Nacht hinein gequatscht. Zu wenig Schlaf hatte ihr am Morgen den Rest gegeben. Nun hatte sie etwas Schlagseite.

»Komm, wir gehen in mein Büro«, lud Ingvar sie ein. »Du bekommst einen Kaffee, ich reiße das Fenster auf, und wir essen Zimtschnecken. Meine Frau hat gebacken.«

Da war er wieder, der gute alte Ingvar, Helles väterlicher Freund. Dankbar nickte sie.

»Ich halte es für besser, wenn wir uns beide abstimmen, bevor wir beim Staatsanwalt aufschlagen«, fuhr er fort, und Helle konnte ihm nur zustimmen. Sie wusste ohnehin, dass es jetzt nicht mehr gut aussah für ihre kleine Soko »Düne«. Der Obduktionsbericht hatte alles verändert.

In Ingvars Büro war es stickig und überhitzt, roch dafür aber schrecklich verlockend nach Zimt, Vanille und Butter. Wie versprochen öffnete Ingvar die beiden Fenster und ließ frische Luft herein. Seine Sekretärin brachte eine Thermoskanne mit frischem Kaffee.

»Wie kommt Amira voran?«, begann Helles Vorgesetzter das Gespräch.

Helle zuckte mit den Schultern. »Ich denke gut. Heute ist ein IT-Spezialist aus Aalborg da, und am Abend sollte eigentlich alles umgestellt sein.«

»Schön.« Ingvar lehnte sich zurück, faltete die Hände und sah aus dem Fenster. Draußen schneite es noch immer, und nach wie vor blieb der Schnee nicht liegen, er sorgte nur dafür, dass alles noch grauer, noch nasser und noch deprimierender aussah.

»Was sagt dein Bauchgefühl?«

Er richtete seinen Blick prüfend auf Helle. Die nahm sich eine Zimtschnecke und biss erst einmal herzhaft hinein, bevor sie antwortete.

»Eine misshandelte Asiatin auf der Flucht und die Letzten, die sie mutmaßlich gesehen haben, sind die rechten Hetzer von der Nationalpartiet«, sagte sie schließlich. »Sieht mies aus. Das sagt mein Bauchgefühl.«

Ingvar nickte. »Verstehe. Ich bin da ganz bei dir.«

177

Hoppla, dachte Helle, in welchem Motivationsseminar hatte man dem alten Ingvar denn das beigebracht? Es fehlte nicht viel, und sie hätte vor Lachen die Krümel ihrer Zimtschnecke über den Tisch verteilt.

»Aber ernsthaft Belastbares hast du nicht?«

Helle schüttelte den Kopf. »Nein. Wir sind natürlich mit Hochdruck dran. Diejenigen, die an dem Tag mit dem Wagen der Nationalpartiet unterwegs waren, werden noch einmal vernommen. Wir machen ordentlich Druck. Außerdem werten wir noch immer die Meldungen aus, die auf den Aufruf eingegangen sind.«

»Das wird nicht reichen, das weißt du auch.«

»Ja, ich weiß«, seufzte Helle. »Aber wir müssen doch rausfinden, wer die Frau war und wo sie herkam. Wir müssen einfach rekonstruieren, wie es zu dieser Situation in Råbjerg Mile gekommen ist. Ich muss wissen, was die Frau dort getan hat. Wieso sie sich in die Düne gehockt hat. Und wer bei ihr war.«

»Das stimmt schon, aber du weißt auch, dass ich Christian und Linn nicht weiter abstellen kann, wenn wir keine Mordermittlung mehr haben.«

Helle biss sich auf die Lippe. Sie hatte befürchtet, dass das passieren würde. Trotzdem kämpfte sie.

»Das schaffe ich nicht mit meiner Truppe, das weißt du genau. Allein die Befragungen der Vermieter, Hotels, Taxiunternehmen – wir sind noch lange nicht damit durch. Ich hatte sogar daran gedacht, dich zu fragen, ob du mir noch jemanden zusätzlich zur Verfügung stellen kannst.«

Ingvar zog die Stirn in Dackelfalten. »Es tut mir leid. Aber seien wir ehrlich: Die Frau wird nicht vermisst. Ob ein Gewaltverbrechen zugrunde liegt, ist ungeklärt. Natürlich muss das weiter untersucht werden, aber es ist nicht gerade Gefahr im Verzug.«

Helle spürte, wie ihr Tränen in die Augen stiegen – vor Wut. Seit sie in den Wechseljahren war, wurde der Drang zu weinen viel häufiger. Scheißhormone!, dachte sie, starrte in ihren Kaffee-

178

becher und biss noch einmal in die Zimtschnecke. Ingvar schwieg und dafür war sie ihm dankbar. Im Grunde ihres Herzens wusste sie, dass er recht hatte.

»Die Polizei hat in diesen Zeiten wichtigeres zu tun«, schob Ingvar entschuldigend hinterher.

Helle riss sich zusammen. »Die Polizei vielleicht, aber ich nicht.« Sie reckte das Kinn, die Tränen, die in ihr aufgestiegen waren, versiegten wieder. »Wir haben Winter, ergo keine Saison und praktisch kaum etwas zu tun. Ich bleibe dran.«

»Ich habe nichts anderes von dir erwartet, mein Mädchen. Du bist ein Terrier. Aber du wirst es mit deinen Leuten hinkriegen müssen.« Ingvar lächelte, dann sah er auf seine Uhr. »Lass uns rübergehen.«

Helle stand auf und befreite sich von den Krümeln. Sie strich sich mit beiden Händen ihre Haare glatt, wusste, dass dies vergebliche Liebesmüh war, zwickte sich in die Wangen und schmierte etwas Lippenbalsam auf den Mund.

»Bin bereit.«

Nach zehn Minuten verließen sie bereits wieder das Büro des Staatsanwalts. Es war besser gelaufen, als Helle erwartet hatte. Er war offen für ihre Argumentation gewesen und ordnete an, dass die Ermittlungen wegen Totschlags weiterlaufen sollten. Sie einigten sich darauf, dass Helle für die nächsten Wochen einen Polizisten aus Fredrikshavn behalten durfte, und Helle wählte Linn. Wie es dann weiterginge, würde gemäß dem Stand der Ermittlungen entschieden.

Einigermaßen erleichtert verließ Helle die Polizeistation und setzte sich in ihren Wagen. Sie entschied sich für Johnny Cash. Der goss ein bisschen Whisky in ihre offenen Wunden und streichelte sie gleichzeitig wieder heil.

Bei »Personal Jesus« war sie endlich so weit, den Wagen zu starten. Es ging auf zwei Uhr zu, noch eine Stunde, und dann müsste sie sich ohnehin im Altersheim einfinden. Zum Kaffee

179

mit Bengts Vater. Es war ein Albtraum, aber Sina zuliebe hatte sie ihr Kommen fest zugesagt.

Stefan Jespers wurde achtzig Jahre alt, Bengt hatte zu diesem Anlass eine kleine Feier organisiert. Sina wollte am Vormittag noch vegane Brownies backen, und Helle war die Aufgabe zugefallen, eine Flasche guten Sherry, Portwein oder Calvados zu besorgen. Stefan schien zu der seltenen Spezies alter Männer zu gehören, die mit zunehmendem Alter immer süßere Getränke bevorzugten. Helle war das ein Graus, sie brachte Sherry nicht über die Lippen. Trotzdem hatte sie eingewilligt und steuerte nun das kleine Spirituosengeschäft von Smilla Nyholt an.

Smilla, die Helle und Bengt gut kannte, weil beide seit vielen Jahren ihre alkoholischen Getränke bei ihr kauften – und das waren nicht wenige Kisten Rotwein, die Bengt Monat für Monat aus dem Laden schleppte –, bot Helle erst einmal Kaffee an, bevor sie zu einem Vortrag über Sherry ansetzte und im Lauf ihrer Erläuterungen eine Flasche nach der anderen aus den vollgestopften Regalen holte. Bevor Smilla das gemütliche kleine Geschäft eröffnet hatte, war eine Buchhandlung in den Räumen gewesen. Die Regale waren passgenau an die Wände geschreinert worden, jeder Zentimeter des Raumes war mit Regalen verkleidet. Anfangs hatte Smilla noch mit Büchern und Weinen gehandelt, dann hatten die Spirituosen allerdings die geistige Nahrung nach und nach vertrieben. Trotzdem hieß das Geschäft noch immer *Bøger & Vine*.

Als Helle schließlich mit einem Reserva aus den achtziger Jahren den Laden verließ, war es bereits höchste Zeit, zum Altenheim zu fahren. Die beiden Frauen hatten die Stunde mühelos mit Gesprächen über Gott und die Welt – große Kinder, Wechseljahre und Smillas Trennung – herumgebracht, und Helle hatte gar nicht gemerkt, wie schnell die Zeit darüber vergangen war.

Vor dem Heim holte sie einmal tief Luft, bevor sie die Tür aufstieß und durch den senfgelben Flur in Richtung Teesalon ging, wie das kleine Zimmerchen neben dem Esszimmer hieß. Obwohl sie nur fünf Minuten zu spät war, waren alle anderen schon da: Bengt und Sina natürlich, Stefans alter Kumpel Georg, der Leiter des Heims, eine Pflegerin und zwei ältere Damen, die Helle nicht kannte. Stefan nahm den Sherry huldvoll entgegen, aber anstatt eines Dankes kam von ihm nur die Bemerkung: »Ach ja, der.«

Helle fing Bengts mahnenden Bitte-reiß-dich-zusammen-und-sag-jetzt-nichts-Blick auf und schluckte ihren Ärger über die Stoffeligkeit ihres Schwiegervaters hinunter. Umso lieber nahm sie den vom Heimleiter angebotenen Sekt an.

Da das Geburtstagskind beschloss, dass jetzt eine Runde gesungen werden sollte, flüchtete Helle rasch auf die Toilette. Auf dem Weg zurück warf sie einen Blick in die Aufenthaltsräume. Eigentlich sah alles hell und freundlich aus, aber dennoch empfand sie die Atmosphäre als deprimierend. Nur die wenigsten Senioren in der Einrichtung waren körperlich noch so auf der Höhe wie Stefans Vater. Die allermeisten schoben Rollatoren vor sich her, saßen im Rollstuhl oder dämmerten in einem Sessel vor sich hin. Zwei, drei Pflegerinnen huschten zwischen den Alten herum, wischten hier mal einen Mund ab, richteten dort eine falsch zugeknöpfte Bluse, reichten Trinkbecher mit und ohne Schnabel, sprachen beruhigend wie mit kleinen Kindern. Zwei alte Männer schienen Schach zu spielen, aber als Helle länger zusah, bemerkte sie, dass der eine schlief und der andere die Figuren unmotiviert von einem Platz zum anderen schob. Sie wandte den Blick ab, als hätte sie etwas gesehen, das nicht für ihre Augen bestimmt war. Sie kam sich vor wie eine Voyeurin.

»Suchst du jemanden?« Eine der Pflegekräfte sprach sie an.

»Nein, ich bin auf der Feier von Stefan. Stefan Jespers«, gab Helle zur Antwort.

»Ach ja, Stefan. Er ist ein wunderbarer Mensch«, gab die Pflegerin freundlich lächelnd zurück.

Helle nickte nur und flüchtete ertappt in Richtung des Teezimmerchens. Sagte die Frau das über jeden, der hier untergebracht war? War das Lächeln ein Automatismus, um die Angehörigen in Sicherheit zu wiegen und den Insassen zu suggerieren, dass es keinen Grund zur Traurigkeit gab? Lächelten sie hier die Trauer, den Frust, die Angst vor dem Tod weg?

Hut ab, dachte Helle, ich könnte das nicht. Sie blickte sich noch einmal nach der Pflegerin um, aber sie war verschwunden. Stattdessen kam vom anderen Ende des Flurs eine Frau mit einem Putzwagen in ihre Richtung. Sie hatte glatte schwarze, zu einem Zopf gebundene Haare, war klein, zierlich und sah asiatisch aus. Helle kam es vor, als sähe sie die Tote aus der Düne. Die Gesichtszüge unterschieden sich zwar, die Frau, die ihr hier entgegenkam, hatte ein rundes Gesicht, wohingegen das der Toten eher oval gewesen war, trotzdem war es wie ein Déjà-vu.

Helle blieb stehen und wartete, bis die Frau mit dem Putzwagen sie erreicht hatte. Entschlossen sprach sie sie an und zeigte ihr auf dem Handy das Bild der Toten.

»Entschuldige, aber hast du die Frau schon einmal gesehen?«

Die Frau schüttelte den Kopf. »Nein, tut mir leid. Bist du Polizistin? Ich hätte mich sonst schon bei euch gemeldet.«

Helle nickte, und die Röte stieg ihr ins Gesicht. Auch wenn sie ihre Frage nicht so formuliert hatte, aber einem ersten Reflex folgend hatte sie die Frau für jemanden gehalten, der sicherlich keine Nachrichten guckte, eine, die ihre Sprache nicht sprach, eigentlich eine, die in einer Parallelgesellschaft lebte.

Helle schämte sich, schon wieder.

»Woher kommst du?«, fragte Helle.

»Aus Svendborg. Ich bin erst seit zwei Jahren in Fredrikshavn.«

»Okay. Bitte entschuldige, dass ich dich das frage, nur weil du …« Helle suchte nach Worten.

»Weil ich asiatisch aussehe?«

»Ja. Sorry. Aber ich bin so … Wir stecken in einer totalen Sackgasse. Niemand kennt die Frau, ich weiß nicht, woher sie kommt, warum sie hier war …«

Die junge Frau sah sie mitleidig an. »Sorry, aber ich kann dir da auch nicht helfen.«

»Wie viele Asiaten gibt es hier wohl in Nordjütland? Gibt es hier eine Community? Ich weiß, das klingt so blöd«, sagte Helle fahrig, »aber ich weiß gerade überhaupt nicht weiter.«

»Ich kann dir nicht wirklich helfen. Ich lebe mit meinem Freund zusammen, der auch Däne ist. Ich bewege mich nicht in der asiatischen Community, ich weiß weder, wie viele Asiaten es hier oben gibt, noch, woher sie kommen.«

»Entschuldige bitte. Das war so doof.«

»Aber wenn ich du wäre«, fuhr die junge Frau ungerührt fort, »dann würde ich in den Asia-Shop gehen und nachfragen. Ich meine, da kaufen Asiaten wahrscheinlich ein, oder?« Sie lächelte fein und schob dann ihren Wagen weiter den Gang hinauf. Helle sah ihr mit offenem Mund hinterher. Sie hatte recht. So ein simpler Gedanke! Warum war sie nicht selbst darauf gekommen? Sie nahm sich vor, gleich im Anschluss an die Geburtstagfeier dort vorbeizufahren.

Als sie die Tür zum Teestübchen öffnen wollte, drang von drinnen Musik an ihr Ohr. Helle hielt inne und lauschte. Swing, Benny Goodmann, »Take the ›A‹ Train«. Bengt pfiff das manchmal vor sich hin, es war eine entfernte Erinnerung an seine Kindheit, Stefan hatte zu Hause oft seine Swing-Platten gespielt. So unbeschwert.

Helle dachte an ihr eigenes Zuhause. An die Düsternis, die Choräle, den Gottesdienst im Radio.

Sie schauderte und öffnete die Tür.

Drinnen wurde nicht länger nur gesungen, es wurde getanzt. Stefan hatte Sina im Arm und drehte sie herum, ihr blaues Vogelnest war ins Wanken geraten und saß schief auf dem Kopf. Aber sie lachte aus vollem Hals, war fröhlich und hatte Spaß mit ihrem Großvater, der seine Enkelin, die ihn um einen Kopf überragte, herumwirbelte – im Rahmen seiner körperlichen Möglichkeiten. Der Heimleiter klatschte im Takt, und Bengt drehte sich vorsichtig mit einer der beiden älteren Damen.

Helle ging zu dem Pärchen, tippte der Dame auf die Schulter

und fragte: »Darf ich?« Die Weißhaarige nickte, ihre Wangen rot leuchtend, die Lider mädchenhaft niedergeschlagen.

Bengt führte seine Tanzpartnerin galant zum Stuhl, dann umfasste er Helle. Mit festem Griff an der Hüfte und leichter Hand. Er zog sie eng an sich, und Helle spürte die Bewegungen seines Körpers. Er war etwas mollig, aber muskulös. Fest und grazil zugleich. Beweglich in den Hüften, dachte Helle und erinnerte sich, dass da mal etwas gewesen war, und sie spürte, dass es das noch immer gab. Bengt war ein Mann. Und er war sexy, auf seine Art, für sie. Wie hatte sie das nur vergessen können? Sie drückte sich an ihn, biss ihn sanft in den Bart und ließ eine Hand auf seinen Hintern gleiten.

Sie hatte den besten Mann auf der Welt.

Aalborg

Außentemperatur Minus 1 Grad

Sie hatte Aalborg nicht verlassen.

Es war wie ein Zeichen der Götter gewesen: Kurz bevor Pilita gestern in den Bus nach Skagen einsteigen wollte, hatte sie das Auto gesehen. Es war direkt an der Haltestelle vorbeigefahren, hatte gewendet und auf der gegenüberliegenden Straßenseite geparkt.

Zunächst hatte sie dem Auto einfach nur hinterhergesehen, unbewusst, irgendetwas hielt ihren Blick fest. Als der Fahrer ausstieg, wusste sie auf einmal, was es war: Die blonde Frau, deren Bild groß auf dem Auto prangte, hatte sie schon einmal gesehen. Auch den Schriftzug daneben. Sie hatte es auf den Zetteln gesehen, die in einem offenen Karton im Fußraum des Kleinbusses lagen, mit dem der junge Mann sie zur Arbeit gebracht und wieder abgeholt hatte. Damals hatte sie die Schönheit der Frau bewundert, die langen blonden Haare, ihr Lächeln, so blaue Augen. Fasziniert davon hatte sie einen der Zettel aus dem Karton genommen und den anderen Mädchen gezeigt, aber der junge Mann war sofort wütend geworden, hatte ihr den Flyer aus der Hand gerissen, ihr verboten, den Karton noch einmal anzufassen.

Die Zettel hatte Pilita nicht noch einmal gesehen, aber die Frau würde sie nicht vergessen.

Und dann hatte sie am Busbahnhof gestanden und das Auto mit dem Bild der Blonden wiedergesehen. Ein Zeichen!

Der Bus nach Skagen war gekommen, aber sie war nicht eingestiegen. Stattdessen hatte sie die Straßenseite gewechselt, ihre

Tüte fest umklammert, und sich das Auto genauer angesehen. Pilita hatte zwar nicht verstanden, was darauf geschrieben stand, ganz offensichtlich war es Werbung – vielleicht verkaufte die Frau etwas? Ein Mittel zum Haarefärben oder Zähnebleichen? Sie lächelte jedenfalls ein richtig gutes Verkäuferlächeln.

Pilita hatte ein Foto mit dem Handy aufgenommen. Vielleicht verstand ja Danilo, was es mit der blonden Frau auf sich hatte. Sie war fest überzeugt, dass die blonde Frau mit dem Zahnpastalächeln sie zu dem jungen Mann und damit zu dem älteren Mann führen würde, der offensichtlich der Boss des jungen Mannes war und damit auch der Boss der Mädchen.

Der Fahrer des Wagens war aus einem Geschäft gekommen und hatte Pilita einen unfreundlichen Blick zugeworfen, bevor er mit dem Auto wegfuhr.

Pilita hatte ihm hinterhergesehen und gewusst, was zu tun war. Wenn sie etwas über den Tod ihrer Schwester herausfinden wollte, musste sie das Auto verfolgen. Natürlich konnte sie ihm nicht hinterherlaufen, aber wenn sie in Erfahrung bringen könnte, für was die Blonde Werbung machte, wäre sie ein großes Stück weitergekommen.

Also hatte sich Pilita erst einmal wieder auf den Weg zu Rubina gemacht. Gute zwei Stunden war sie durch die Stadt geirrt, um den Weg zu dem Haus zu finden, in dem die Freundin mit ihrer Sippe lebte. Aber sie hatte es geschafft. Durch den Schnee und die Kälte, durch das Grau der fremden Stadt und obwohl sie den Blick immer gesenkt hatte, damit sie niemandem auffiel, hatte Pilita den Weg gefunden. Ihre neuen roten Winterstiefel waren Glücksstiefel, dachte Pilita und vertraute darauf, dass diese ihr den Weg zu Rubina weisen würden.

Die Sinti und die Bulgaren und Rumänen oder wer auch immer diese Leute waren, waren nicht gerade froh gewesen, sie wiederzusehen. Aber Rubina hatte sie in den Arm und vor allen in Schutz genommen. Eine Nacht darfst du bleiben, hatte sie zu Pilita gesagt, aber nur eine Nacht! Danilo hatte sogar eingewilligt, dass Pilita sich zu ihnen auf die Matratze quetschte. Vorher hatte er sich das Foto angeschaut, das Pilita mit dem Handy gemacht hatte, und er hatte tatsächlich gewusst, was es damit auf sich hatte. Die Blonde war eine Politikerin. Eine Politikerin, die keine Fremden mochte, erklärte Danilo ihr. Rubina hatte gelacht – niemand mag Fremde, selbst wir nicht. Ist es nicht so?, fragte sie in die Runde, und alle nickten und lachten.

Das war gestern gewesen, und heute stand Pilita hier, seit dem frühen Morgen, auf der gegenüberliegenden Seite von dem Geschäft, in dem die Partei der Blonden ihren Sitz hatte. Die Götter hatten ihr den richtigen Weg gewiesen, denn der Erste, der am Morgen den Laden aufgeschlossen hatte, war der ältere Mann, den sie suchte. Schon wollte Pilita die Straße überqueren und zu ihm eilen, ihn nach Imelda fragen, aber dann kamen seine Kollegen, und sie traute sich nicht mehr. Sie musste mit ihm allein sprechen, und sie würde auf diese Gelegenheit warten. Sie war fest entschlossen, sich nicht vom Fleck zu rühren. Sie wusste, dass sie Imelda und Jomel auf der Spur war.

Dieser Mann musste Imelda gekannt haben. Er würde wissen, warum sie gestorben war. Hoffentlich würde er auch wissen, was mit ihrem Neffen geschehen war. Er verteilte schließlich die Mädchen, also hatte er auch ihrer Schwester einen Platz zugewiesen, so wie er Pilita einen Platz gegeben hatte.

Nur einmal hatte sie ihn gesehen, er hatte sie am Hafen entgegengenommen, als sie von dem kleinen Fischerboot herunterdurfte. Es war Nacht gewesen, die Aktion musste schnell gehen, husch, husch, vom Schiff auf den Pier, und dort hatte bereits der Kleinbus gewartet. Der junge Mann saß am Steuer, und sein Chef stand auf der Pier. Er hatte mit dem Fischer geredet, der Pilita, Chai und eine weitere Thailänderin, die Pilita nie wiedergesehen hatte, von dem großen Trawler übernommen und in den Hafen gebracht hatte.

Ein blonder Mann, mittleres Alter, dicker Bauch. Zunächst

hatte er kein Wort mit ihnen gesprochen, hatte vorne im Bus neben dem jungen Mann Platz genommen und leise mit ihm geredet. Aber Pilita hatte gemerkt, in welchem Ton er mit ihm sprach. Er gab Anweisungen. Offensichtlich war er sehr angespannt, wie auch der Fischer und der junge Mann. Sie waren alle nervös gewesen, und natürlich wusste Pilita, wussten alle Mädchen, dass diese dänischen Männer nervös waren, weil sie Illegale ins Land brachten.

Von dieser Fahrt in der Nacht wusste Pilita so gut wie nichts mehr, der Bus hatte Folien an den Scheiben, niemand sollte hineinsehen und die Mädchen entdecken können, aber sie konnten auch nicht hinaussehen.

Irgendwann hatte der Bus angehalten. Der ältere Mann hatte sich zu ihnen nach hinten gedreht und auf Englisch Anweisungen gegeben. Die Regeln waren einfach:

Sie wurden gemeinsam untergebracht.

Sie sollten die Unterkunft nach Möglichkeit nicht verlassen, nur für Einkäufe.

Es sollte immer nur eine allein aus dem Haus gehen, wurde sie erwischt, war der Schaden geringer, als wenn zwei oder mehr Mädchen zurückgeschickt wurden.

Sie durften nie, unter keinen Umständen, mit Fremden reden. Den Blick auf den Boden gerichtet, Kopf schütteln, wenn sie jemand ansprach zum Zeichen, dass sie nicht verstanden.

Ihre Papiere hatten sie bereits abgegeben. Wenn sie genug verdient hatten, würden sie sie wiederbekommen, für das Doppelte bekamen sie eine Aufenthalts- und Arbeitserlaubnis.

Sie arbeiteten nur da, wo man sie hinbrachte.

Und immer wieder: kein Wort zu irgendwem.

Pilita hatte bei ihrem ersten Einsatz in der Fabrik Rubina kennengelernt. Sie hatten sich auf Anhieb verstanden, zusammen gelacht und sich von ihrem Schicksal erzählt. Schon in der zweiten Nacht hatte Pilita ihr erzählt, dass sie nach ihrer Schwester und ihrem Neffen suchte, und Rubina hatte versprochen, ihr zu helfen.

188

Eine Woche später steckte sie ihr das Prepaidhandy zu. Für zweihundert Kronen. In ein paar Wochen würde Pilita es bei ihr abbezahlen können.

Ohne Rubina hätte Pilita all das nicht geschafft. Sie hatte mit Rubinas und Danilos Hilfe den Laden gefunden, in dem nichts verkauft wurde, der ein Wahlkampfbüro für die Blonde war – sie kannte so etwas aus ihrer Heimat.

Am Morgen war auch die Blonde selbst gekommen. Sie war in Wirklichkeit beinahe noch schöner als auf dem Bild, allerdings auch älter. Eine faszinierende Frau. Aber sie machte auch andere interessante Beobachtungen. Der junge Mann ging regelmäßig in den Laden. Den Kleinbus, mit dem er sie und die Mädchen immer abgeholt hatte, konnte Pilita nicht entdecken, aber der junge Mann fuhr immer einen der Wagen mit dem Konterfei der Blonden. Davon gab es offenbar mehrere, die Wagen waren ständig in Bewegung, immer wieder kam jemand aus dem Büro, stieg in eines der Autos, fuhr davon, kam wieder zurück. Nur die Blonde selbst nicht.

Offensichtlich arbeiteten sowohl der junge Mann als auch der ältere für die Blonde. War die Politikerin vielleicht so etwas wie die Chefin der Mädchenhändler? Das war nicht das, was Pilita von Dänemark erwartet hatte. In ihrer Heimat gab es jede Menge korrupter Politiker, die in alle möglichen Geschäfte verwickelt waren. Aber das lief im Verborgenen, nicht so offen wie hier. Außerdem waren hier viele junge Leute angestellt, und alle wirkten fröhlich und unbeschwert. Das passte auf keinen Fall zu der Heimlichkeit, mit der die beiden Männer ihren Geschäften nachgingen.

Pilita hatte sich einen Platz in dem Gang zwischen zwei Geschäften gesucht, die Decke und das Handtuch auf den Boden gelegt und sich hingesetzt. Der Boden war trocken, der Schneeregen traf sie nicht, und sie hatte einen guten Blick auf das Büro, blieb selbst aber im Verborgenen. Außerdem hatte sie einen Pappbecher vor sich gestellt, ein paar Münzen waren schon darin gelandet. Sie würde sich nachher in der Bäckerei einen Kaffee mit Milch und sehr viel Zucker holen, vielleicht reichte das Geld sogar für ein Stückchen Gebäck.

Pilita fror nicht, und sie litt auch nicht mehr unter dem Grau und der Kälte. Sie trauerte um ihre Schwester, zwang sich aber dazu, das Gefühl zu verdrängen. Die Trauer durfte sie jetzt nicht weichmachen, sie nicht vom Weg abbringen. Sie würde richtig trauern, wenn die Zeit gekommen war. Wenn sie ihre tote Schwester und ihren Neffen gefunden hatte. Jomel lebte, er musste leben, und sie würde ihn finden, retten und nach Hause bringen.

Die Hoffnung wärmte ihr Herz.

Jetzt vibrierte ihr Handy in der Tasche. Eilig kramte Pilita es hervor, und tatsächlich, die Nachricht war von ihrem Mann. Filipe hatte ihr endlich geantwortet! Wenn er auf See war, konnte es manchmal Tage dauern, bis er sich melden konnte, meistens erst, wenn er in Hafennähe war.

Er war bestürzt. Er hatte nicht gewusst, dass Imelda tot war, und er beschwor Pilita eindringlich, zur Polizei zu gehen.

Pilita schrieb zurück, dass sie das nicht könne. Sie sei schließlich illegal in Dänemark, außerdem hatten die Schleuser noch ihren Ausweis.

Aber ihr Mann wollte nichts davon hören. Er glaubte sie in Gefahr und insistierte: Geh zur Polizei!

Pilita küsste das Display, sprach ein kurzes Gebet, auf dass Filipe und die Götter ihr verzeihen mögen, und schaltete das Handy aus.

Fredrikshavn

Innentemperatur 22 Grad

Um kurz vor sieben blies Helle zum Aufbruch, dem Jubilar fielen bereits die Augen zu, die zwei älteren Damen – Inge und Margrete – waren deutlich angeschickert, und sowohl der Heimleiter als auch die Pflegerin hatten die kleine Geburtstagsfeier schon längst verlassen.

Helle, Sina und Bengt verabschiedeten sich von Stefan, sogar Helle überwand sich und drückte ihren Schwiegervater einmal ganz fest, dann hakten sie dessen Freund Georg unter, der ebenfalls schon etwas Schlagseite hatte – sei es vom Sherry oder vor Müdigkeit –, und verließen das Pflegeheim. Sina wollte bei einer ehemaligen Schulfreundin abgesetzt werden und kündigte an, erst spät nach Hause zu kommen, Georg lieferten sie bei dessen Wohnung ab. Bengt brachte den alten Herrn nach oben, sorgte dafür, dass dieser alleine klarkam, und setzte sich dann wieder zu Helle ins Auto. Seinen Wagen hatte er am Heim stehen gelassen, er pendelte ohnehin täglich von Skagen zur Arbeit nach Fredrikshavn und konnte den Wagen am nächsten Tag holen.

»Und wir beide?«, fragte er und ließ seine Hand sanft über Helles Oberschenkel gleiten.

Sie küsste ihn.

»Wir gönnen uns was ganz Besonderes«, flüsterte sie liebevoll.

Bengt bewegte sein Gesicht ein paar Zentimeter von ihrem weg und blickte sie prüfend an. Dann lachte er.

»Ich hab's gewusst! Wenn du so was sagst, dann musst du immer noch irgendetwas für die Arbeit tun.«

»Verdammt.« Helle ließ den Motor an. »Ich hab den Witz wohl einmal zu oft gemacht.«

»Und ob«, Bengt grinste. »Aber das kostet dich was.«

»Weil ich schlechte Witze mache?« Helle musste nun auch lachen.

»Dafür, dass du mal wieder versucht hast, mich für blöd zu verkaufen.«

»Okay, einverstanden.«

Bengt nickte zufrieden. »Wir erledigen jetzt deinen Job, dann gehen wir mit Emil ...«

»O Gott, der ist überfällig!« Helle wurde sofort nervös. Zwar verschlief der betagte Rüde mittlerweile die Zeit, wenn sie ihn alleine ließen, aber er war nun schon vier Stunden allein zu Hause, das war Helles oberste Schmerzgrenze.

»... und dann verbringen wir beide einen gemütlichen Abend auf dem Sofa«, fuhr Bengt ungerührt fort. »Nur wir zwei. Offline! Und du massierst mir die Füße.«

»Und Amira? Außerdem muss ich das Handy anlassen, ich leite schließlich eine Sonderkommission.«

Bengt stöhnte. Jetzt sah er auf einmal nicht mehr fröhlich aus. »Es ist immer irgendwas.«

Helle schwieg und steuerte den Wagen in Richtung Asia-Supermarkt. Es stimmte, sie hatte immer eine Ausrede. Dabei war die Aussicht, den Abend gemütlich allein mit Bengt zu verbringen, nicht die schlechteste. Nicht nur das – Sie hatte Sehnsucht nach Zweisamkeit.

»Pass auf. Amira hat ja ein Zimmer, die hat dafür Verständnis. Und beim Handy mache ich eine Rufumleitung auf Amiras Apparat, wenn sie einverstanden ist.«

Bengt sah sie an, Verwunderung in seinem Blick. »Du bewegst dich ja.«

»Es geschehen eben noch Zeichen und Wunder. Dafür massierst du mir aber die Füße«, schob sie hinterher.

Sie hatten das kleine Geschäft erreicht, Helle parkte den

Schmuddelvolvo und hielt ihrem Mann die Handfläche zum High Five hin.

»Deal?«

»Deal!« Bengt schlug ein.

Der Asia-Supermarkt von Fredrikshavn war sehr klein, aber vollgestopft bis in die letzte Ecke. Bengt schnappte sich sofort einen Einkaufskorb und schnürte interessiert durch die Regale. Als er gehört hatte, dass Helle den Besitzer befragen wollte, war er nur noch halb so verärgert darüber, dass sie noch arbeiten musste, und hatte sich spontan entschieden, später noch eine thailändische Gemüsepfanne mit gebratenen Nudeln zu kochen.

Helle stellte sich dem Herrn hinter der Kasse vor und fragte höflich, ob er sich ein paar Minuten Zeit nehmen könne, um ihre Fragen zu beantworten. Xi Wengui war einverstanden.

»Es geht um die Frau, die wir tot in Råbjerg Mile gefunden haben«, begann Helle das Gespräch. »Du hast wahrscheinlich schon davon gehört.«

»Aber sicherlich. Nur es tut mir leid, ich kenne sie auch nicht.« Xi Wengui sprach gutes Dänisch, wenngleich mit einem deutlichen Akzent.

»Das habe ich auch nicht erwartet«, wandte Helle ein. »Ich kann bloß einfach nicht verstehen, warum niemand die Frau kennt. Wenn sie hier in der Gegend gelebt hat, in Nordjütland, wäre es dann nicht wahrscheinlich, dass sie jemand erkennen würde? So viele asiatische Menschen gibt es bei uns doch nicht. Wir sind ja schließlich nicht in Kopenhagen.«

»Verstehe.« Der Mann schien kurz nachzudenken. »Es leben tatsächlich nicht sehr viele Asiaten hier, aber natürlich kennen wir uns nicht alle untereinander.«

Helle ließ ihren Blick durch das Geschäft schweifen. »Wer kauft hier ein?«

»Alle.« Xi Wengui breitete die Arme aus. »Ich stamme aus China, aber ich verkaufe Delikatessen aus Korea, Thailand,

193

Vietnam – was du willst. Es kommen natürlich auch viele Dänen zu mir – wie dein Mann –, die gerne asiatisch kochen.« Er nickte Bengt zu, der begeistert den bereits gut gefüllten Einkaufskorb hochhielt. »Es kommen Landsleute und Kunden aus allen asiatischen Ländern.«

»Kennst du deine Landsleute alle? Worauf ich hinauswill: Vielleicht hatte die Tote hier Familie oder Freunde, die noch nicht mitbekommen haben, was passiert ist.«

Der Mann schüttelte zweifelnd den Kopf. »Das spricht sich herum. Gerade unter Landsleuten. Ich kenne nicht alle Thais, die hier leben, aber ich kenne natürlich fast alle Chinesen. Wir sind gerade mal eine Handvoll. Wäre es jemand von uns, dann würden wir es wissen. Aber wenn sie hier in Dänemark geboren ist, dann hat sie nicht unbedingt Kontakt mit asiatischen Communitys, verstehst du? Dann musst du bei den dänischen Freunden und ihrer Familie suchen.«

»Ja, ich weiß. Und das hatte bislang keinen Erfolg.«

»Vielleicht war sie eine Touristin und war alleine hier.«

Helle nickte. »Möglich. Darf ich einen Zettel aufhängen? Vielleicht fällt ja doch jemandem etwas dazu ein?«

»Bitte, gerne.« Der Mann zeigte auf eine Wand neben der Eingangstür, die über und über mit Flyern, Plakaten und *Gesucht und Gefunden*-Zettelchen und anderen Aushängen beklebt war.

»Wenn sie illegal im Land war, wo könnte sie gelebt haben?«, machte Helle einen letzten Versuch.

Xi Wengui kassierte eine Kundin ab und zog die Augenbrauen hoch. »Wenn sie illegal hier war, dann war sie unsichtbar.«

Helle nickte. So eine blöde Frage. Das wusste sie natürlich selbst. Für Einwanderer gab es letztendlich drei Arbeitsmärkte – für Dänen nur zwei, und wer dort nicht Fuß fassen konnte, für den blieb die staatliche Hilfe. Da waren einerseits die Etablierten – so wie Xi Wengui –, die sich selbstständig gemacht hatten, oder angestellte Fachkräfte, in allen möglichen Jobs, so wie die Dänen auch. Dann gab es die, die ebenso wie auch Einheimische im Billiglohnsektor arbeiteten. Auf Baustellen, in der Pflege, Reinigungskräfte. Und schließlich war da noch der dritte Arbeitsmarkt, der den Illegalen vorbehalten war oder denjenigen, die zwar im Land sein, aber nicht arbeiten durften. Häufig landeten sie in der Prostitution oder auf dem Schwarzmarkt für billige Arbeitskräfte – Pflege zu Hause, Helfer auf dem Bau.

Helle würde sich mit dem Gewerbeaufsichtsamt in Aalborg in Verbindung setzen. Die wussten mit Sicherheit, mit wem man Kontakt aufnehmen musste, um in diese Niederungen der dänischen Gesellschaft vorzustoßen. Ihr Bauchgefühl sagte ihr, dass die Tote in der Düne zu jenen Personen gehört hatte, die auf diese Art ausgebeutet wurden. Ihr gemarterter Körper war ein Indiz dafür, ebenso wie die Tatsache, dass sie offenbar nirgendwohin gehörte. Kein Vermieter, kein Arbeitgeber, kein Nachbar, kein Angehöriger hatte sie in dem mehr als einem halben Jahr seit ihrem Tod vermisst oder auf dem Phantombild wiedererkannt.

»Jedenfalls danke ich dir, dass du dir Zeit genommen hast«, sagte Helle, die mit ihren Gedanken etwas abgedriftet war.

Der Chinese deutete eine kleine Verbeugung an. »Sehr gerne.«

Jetzt kam Bengt dazu und legte seine Waren aufs Band: eine Packung tiefgekühlter Oktopus, Mangold, Ingwerknollen, ein Bündel roter Chilis, frischer Koriander, drei Packungen verschiedene Nudeln, zweimal Reispapier, dazu unzählige quietschbunte Gläschen mit verschiedenen Würzpasten und -soßen, Jasmintee, Kokosmilch sowie Bambuskörbe zum Dampfgaren. Helle wusste: In den nächsten Tagen würde Bengt seine Familie mit asiatischen Köstlichkeiten verwöhnen. Sollte er, sie freute sich darauf, und bei dem Sauwetter gab es ohnehin nichts Besseres als scharfe Nudelsuppen und Currys.

Xi Wengui legte noch zwei Glückskekse in die Tüte, wünschte Helle und Bengt einen schönen Abend und schloss hinter ihnen seinen Laden zu.

Plötzlich fröstelte Helle. Ihr war kalt, sie war hungrig – Sinas vegane Brownies waren zwar überraschend lecker gewesen, aber Helle brauchte dringend etwas Deftiges und Warmes.

Sie ließ den Wagen an, Johnny Cash röhrte los, und sie schlug ihrem Mann Arbeitsteilung vor.

»Ich geh alleine mit Emil eine Runde, und du kochst, ist das in Ordnung?«

»Gerne. Und ich wärme das Sofa an.« Bengt legte ihr wieder seine Hand auf den Oberschenkel, und dort blieb sie, bis Helle in die Einfahrt zu ihrem Haus rollte.

Als der Anruf am nächsten Morgen auf ihr Handy kam, war Helle fast versucht, ihn nicht entgegenzunehmen – weil sie die Nummer nicht kannte, es zu früh war und gerade viel zu gemütlich. Kurz nach sieben, draußen hatte der Tag noch nicht den Vorhang der Nacht aufgezogen, aber Helle die erste kurze Runde am Strand mit Emil bereits hinter sich gebracht. Jetzt saß sie in Jogginghose, Hoodie und dicken Stricksocken auf der Sofalandschaft ihres Wohnzimmers. Eingehüllt in eine selbst gestrickte Decke pustete sie in den Dampf, der aus dem Kaffeebecher stieg, und starrte durch die große Scheibe, die auf den Strand und das Meer hinausging. Das Licht im Zimmer fiel auf den hellen Sand, die scharfen langen Blätter des Strandhafers zeichneten feine Kreislinien hinein. Am Horizont erkannte Helle winzige Positionslichter von Schiffen, und langsam hob sich das Grau des Nachthimmels vom tintenschwarzen Meer ab. Helle fühlte sich warm und geborgen, sie hatte ausreichend geschlafen, am Abend kaum Alkohol getrunken, dafür aber seit langem wieder Sex mit ihrem Mann gehabt.

Warum, fragte sie sich, konnte das nicht immer so sein? Warum kippte sie allzu oft am Abend eine halbe Flasche Wein in sich hinein – oder deutlich mehr –, fiel ohnmächtig ins Bett und wurde erst mitten in der Nacht wieder wach, schweißgebadet, unruhig und verkatert, um am nächsten Morgen schwer unterschlafen zur Arbeit zu kriechen.

Doch bevor sie die Chance hatte, sich selbst eine Antwort auf diese Fragen zu geben, klingelte ihr Apparat.

»Helle Jespers.«

»Trine Rist.«

Schlagartig wachte Helle auf, schob die Decke von sich und setzte sich aufrecht hin. Als wäre sie so konzentrierter. »Was gibt es?« Sie wusste sofort, dass es etwas Wichtiges sein musste. Die Hafenmeisterin rief sie nicht um diese Uhrzeit an, um zu plaudern.

»Wir haben einen Funkspruch von einem Frachter bekommen. Der *Gloria*, sie ist im Moment im Südpazifik.«

Helle sträubten sich die Nackenhärchen in Erwartung dessen, was gleich kommen würde.

»Einer von der Mannschaft möchte mit euch sprechen. Er macht sich Sorgen um seine Frau.«

»Und die Frau ist ...« ... die Frau aus der Düne, dachte Helle hoffnungsvoll.

»Ich weiß es nicht«, sagte Trine, »ich habe es nicht ganz verstanden. Aber er möchte, dass du dich bei ihm meldest. Ihr könnt von hier aus sprechen, über Seefunk.«

»Ich komme sofort!« Hektisch stellte Helle ihren Kaffee zur Seite, von dem sie noch nicht einmal getrunken hatte. Dann legte sie auf, um Ole zu benachrichtigen, dass er sie in zehn Minuten mit dem Streifenwagen abholen solle.

Amira kam verschlafen aus ihrem Zimmer. »Was ist los? Ich hab dich gehört.«

»In zehn Minuten Abfahrt zum Hafen. Wir haben was.«

Amira verschwand wortlos im Zimmer, bloß um kurz darauf neben Helle im Windfang in ihre Stiefel zu schlüpfen. Helle war in Uniform, Amira in Zivil, beide sprangen sie ungekämmt und ungeschminkt zu Ole in den Streifenwagen, der in die Einfahrt einbog, kaum dass sie die Haustür hinter sich geschlossen hatten.

»Ich habe Kaffee gekocht«, empfing Trine sie. Peder vom Zoll war ebenfalls im Büro und begrüßte die drei Polizisten.

»Die *Gloria* ist ein regelmäßiger Gast in unserem Hafen«, erläuterte er ihnen. »Ein Containerfrachter, kommt alle paar Monate, fährt unter maltesischer Flagge. Der Reeder stammt allerdings aus Italien. Die Mannschaft setzt sich größtenteils aus Filipinos zusammen.«

»Der Mann, der mit euch sprechen will, ist offenbar ebenfalls Filipino, spricht aber ganz okay Englisch«, ergänzte Trine.

»Zuletzt war die *Gloria* am 24. August im Hafen. Sie hat zehn Container mit Spielzeug aus China gelöscht und Autoreifen aufgenommen. Nächster Zielhafen war Göteborg.« Peder zeigte ihnen die entsprechenden Vermerke im Computer. Für Helle waren das böhmische Dörfer, sie stand mit Excel-Tabellen auf Kriegsfuß.

»Wieso hat der Mann sich gemeldet? Hat er die Phantomzeichnung gesehen?«

Trine und Peder warfen sich einen Blick zu und zuckten beide ratlos mit den Achseln.

»Um ehrlich zu sein, es ist etwas rätselhaft«, gab die Hafenmeisterin zur Antwort. »Es kann sein, dass das nichts mit deinem Fall zu tun hat. Aber weil der Mann Filipino ist und seine Frau sucht, dachten wir, es ist wohl besser, wir holen dich.«

»Und er wollte mich sprechen?« Helle war irritiert.

Trine verneinte. »Nicht dich direkt. Aber die Polizei. Er sagte, er mache sich Sorgen um seine Frau. Also habe ich ihn gefragt, wo seine Frau ist. Und dann hat er mir gesagt, seine Frau sei in Gefahr.«

»Ich muss den sprechen. So schnell wie möglich.« Helle konnte sich auf die Informationen keinen Reim machen, umso dringender musste sie Klarheit in die Sache bringen.

Peder stellte eine Funkverbindung zur *Gloria* her. Es dauerte beinahe eine Viertelstunde, bis der Mann mit Namen Filipe am anderen Ende der Leitung war. Helle stellte sich vor – das Gespräch wurde auf Englisch geführt –, dann bat sie ihn zu erzählen.

198

»Mein Name ist Filipe. Meine Frau ist in Dänemark.«

Dann kam erst einmal nichts mehr. Helle war bewusst, dass sie sich vorsichtig herantasten musste. Sollte sie den Ehemann der Toten aus der Düne dranhaben, wollte sie ihn nicht mit der Schreckensnachricht überfallen.

»Okay. Wie heißt deine Frau?«

»Pilita. Pilita Arroyo.«

»Woher kommt ihr, Filipe?«

»Philippinen. Wir kommen aus Luzon, Philippinen.«

»Weißt du, wo deine Frau in Dänemark ist?«

»Nein. Dänemark.«

Helle beruhigte sich mit einem tiefen Atemzug. Das hier lief nicht so unkompliziert, wie sie sich das vorgestellt hatte. Sie probierte es von einer anderen Seite.

»Was macht deine Frau hier in Dänemark?«

»Arbeit.«

»Filipe, weißt du, was deine Frau arbeitet?«

»Nein. Einfach Arbeit.«

»Wann hast du das letzte Mal mit deiner Frau gesprochen?«

»Gestern. Sie ist in Gefahr.«

Helle stutzte. Wenn seine Frau gestern noch mit ihm gesprochen hatte, schien es wohl nichts mit dem Fall zu tun zu haben. Ole und Amira sahen ebenso ratlos aus, Trine zog nur skeptisch die Augenbrauen nach oben.

»Okay. Warum glaubst du, ist sie in Gefahr?«

»Sie sucht ihre Schwester. Die Schwester ist tot.«

Helle stockte der Atem.

»Ist die Schwester auch in Dänemark?«

»Ja. Sie ist tot. Ihr habt sie gefunden. Die Polizei hat sie gefunden.«

»In der Düne? Meinst du diese Frau?«

»Ja. Meine Frau sagt es. Imelda ist tot. In Düne.«

Helle spürte, wie das Blut in ihren Ohren rauschte.

»Noch mal von vorn. Deine Frau hat eine Schwester. Die

199

Schwester heißt Imelda. Sie wurde von uns tot in der Düne gefunden. Stimmt das?«

»Ja. Meine Frau in Gefahr! Bitte! Helfen!«

»Wir helfen deiner Frau, Filipe. Aber wir müssen wissen, wo sie ist.«

»Ich weiß nicht.«

Helle brach der Schweiß aus allen Poren. Am liebsten hätte sie diesen armen Mann geschüttelt, um mehr Informationen aus ihm herauszubekommen.

»Waren deine Frau und ihre Schwester zusammen hier in Dänemark?«

»Nein. Meine Frau sucht ihre Schwester und den Jungen.«

»Den Jungen? Welchen Jungen meinst du?«

»Meine Neffe. Jomel.«

Helle warf einen verzweifelten Blick zu Ole, der sich bemühte, das Gespräch wörtlich mitzuschreiben.

»Deine Schwägerin war mit ihrem Sohn hier?«

»Ja. Arbeit.«

»Was hat sie gearbeitet?«

Um Himmels willen, rede!, dachte Helle. Muss ich dir denn jede Information einzeln aus der Nase ziehen?

»Weiß nicht. Sie ist mit Schiff nach Dänemark gekommen.«

»Mit welchem Schiff?«

Jetzt war es still in der Leitung. Offenbar durfte oder wollte Filipe diese Information nicht weitergeben.

»Weiß nicht. Aber dein Hafen.«

»Skagen?«

»Ja.«

»Okay, Filipe. Ich wiederhole das jetzt mal, so wie ich es verstanden habe. Deine Schwägerin ist mit ihrem Kind von den Philippinen nach Dänemark gekommen, auf dem Schiff. Ist das richtig?«

»Ja.«

»Wann war das?«

»Januar.«

»Sie ist in Skagen angekommen und hat hier Arbeit gesucht?«

»Nein. Sie hat Arbeit. Die Männer helfen nach Dänemark kommen, sie haben Arbeit und Wohnen.«

Helle überlegte kurz. Das konnte nur der Schleuserring sein, von dem Aneta gesprochen hatte. Sie fing den alarmierten Blick auf, den Trine und Peder sich zuwarfen.

»Gut. Irgendwann kommt deine Frau nach Dänemark. Auch mit dem Schiff?«

»Ja. Im August.«

»Und sie hat auch Arbeit über die Männer, die ihr geholfen haben?«

»Ja. Putzen.«

Helle atmete tief aus. Putzen. Okay, das war immerhin eine Information, mit der sie etwas anfangen konnte. Und sie hoffte inständig, dass die Frau ihren Mann nicht belogen hatte und in Wirklichkeit in Kopenhagen auf den Strich gehen musste.

»Deine Frau hat ihre Schwester in Dänemark gesucht. Hat sie sie gefunden?«

»Nein. Aber in Fernsehen gesehen, dass Imelda tot.«

»Warum ist sie nicht zur Polizei gegangen?«

»Weil …«

»Sie illegal hier ist, stimmt's?«

»Ja. Sie will nicht zurück nach Hause, sie sucht Neffe.«

Helle überlegte fieberhaft.

»Filipe, bitte schreib alles auf. Alle Namen, möglichst auch die Geburtstage, Beschreibungen, die Handynummer deiner Frau, alles, was du weißt. Dein Schiff soll uns das faxen. Geht das?«

Der Mann besprach sich mit jemandem im Hintergrund, dann bejahte er.

»Okay. Ich schicke dir jetzt ein Bild. Und du sagst mir, ob das die Schwester deiner Frau ist. Imelda.«

»Okay. Bitte Hilfe.«

»Wir helfen dir. Wir suchen deine Frau. Und den Jungen.«

»Okay.«

»Filipe, wenn deine Frau sich meldet, bitte sag ihr, sie muss zur Polizei gehen! Nicht alleine suchen!«

»Ja. Bye.«

Helle übergab an Trine. Sie blickte Ole und Amira an.

»Was für ein Mist«, sagte Ole.

»Ja«, gab Helle zu. »Das kannst du aber laut sagen. Eine Frau und ein Junge in Gefahr. Und niemand weiß, wo sie sind. Jetzt müssen wir uns ranhalten.«

Aalborg

Innentemperatur 20 Grad

Katrine musste sich sehr zusammennehmen, um beim morgendlichen Meeting diesem Dreckskerl nicht ins Gesicht zu spucken. So ein Widerling! Was fiel ihm ein, sie zu erpressen! Sie hatte ihn groß gemacht, sie hatte Kieran aus dem Sumpf von Kneipenschlägereien und seinen Hooliganfreunden herausgeholt. Hatte ihm einen verantwortungsvollen Job gegeben, auf ihn vertraut, und das sollte der Dank sein?

Stattdessen war er in ihr Büro geschlendert und hatte sich dreist herausgenommen, ihr zu sagen, dass er einiges über sie wusste. Dinge, die vor der Wahl besser nicht an die Öffentlichkeit gelangen sollten.

Sie hatte sich gerade noch beherrschen können und sich seine »Vorschläge« angehört. Ohne sich auf etwas einzulassen, natürlich. Aber innerlich war sie auf hundertachtzig.

Der Bleistift zerbrach zwischen ihren Händen, und alle starrten sie an. Katrine brachte es nicht fertig zu lächeln. Sollten ruhig alle mitbekommen, dass ihre Laune im Keller war. Hatten ohnehin alle Angst vor ihr. War sie schlecht gelaunt, dann kuschten sie wenigstens.

Bis auf einen offenbar.

Aus den Augenwinkeln nahm Katrine wahr, dass Kieran grinste. Der fühlte sich also ganz sicher. Er unterschätzte sie auch noch!

Aber sie würde die Sache in den Griff bekommen. Und zwar noch vor heute Abend. Der Empfang war überaus wichtig, sie durfte ihn nicht vermasseln, da ging es um alles oder nichts.

Es ging um ihre Akzeptanz.

Um ihre politische Karriere.

Mies drauf sein wäre tödlich.

Sie ließ sich nicht erpressen, sie würde dafür sorgen, dass es nichts gab, mit dem man sie erpressen konnte. Und zwar jetzt gleich.

»Sind wir durch so weit?«, fragte sie in die Runde, und alle nickten. Stumm und betreten.

»Also dann.« Katrine stand auf. »Ihr wisst, was ihr zu tun habt. Noch zwei Wochen bis zur Wahl. Gebt euer Bestes.«

»Wir werden gewinnen!« Acht Fäuste wurden gleichzeitig in die Luft gereckt.

Katrine nickte zum Zeichen, dass sie zufrieden war, und machte auf dem Absatz kehrt in ihr Büro, schloss die Tür hinter sich, nahm ihr Handy aus der Tasche und rief ihre Schwester an.

»Katrine! Gut, dass du …«

»Du hörst mir jetzt sehr gut zu.«

Elin atmete schwer, das nahm Katrine als ein Zeichen dafür, dass ihre Schwester verstanden hatte.

»Bist du allein?«

»Nein. Bertram ist hier.«

»Das Kind interessiert mich nicht. Du weißt genau, weshalb ich frage.«

Tiefes Luftholen am anderen Ende der Leitung. »Er ist im Bad.«

»Gut.« Katrine musste ihre Worte mit Bedacht wählen, aber gleichzeitig klar und dezidiert sein in ihren Anweisungen. Ihrer Schwester war alles zuzutrauen.

»Hör zu, du machst Urlaub. Heute noch. Am besten weit weg. Sobald Sven aus dem Haus ist, packst du deine Sachen und kaufst dir ein Ticket in die Sonne. Und kein Wort zu Sven!«

»Aber was ist mit Bertram?«

»Den nimmst du natürlich mit, Herrgott noch mal!«

»Aber seine Papiere.«

»Was soll das heißen?«

204

»Ich habe sie noch nicht.«

Katrine biss sich auf die Zunge. Sie hatte damals alles geregelt, und wozu? War Elin denn für alles zu blöd? Jetzt ganz ruhig bleiben. Sobald Katrine aus der Haut fuhr, ging bei Elin gar nichts mehr. Dann blockierte sie und schaltete auf taub.

»Warum hast du sie noch nicht?«

»Ich habe es noch nicht geschafft, sie abzuholen, sie liegen in einem Schließfach, aber ich habe einfach so viel um die Ohren, Katrine, du kannst dir nicht vorstellen, wie das ist mit einem Kind, den ganzen Tag bin ich beschäftigt ...«

»Stopp! Ist gut jetzt!« Dusselige Kuh, fügte Katrine im Geiste hinzu. »Hast du denn schon bezahlt?«

»Ja, ja, hab ich.«

»Immerhin. Dann packst du eure Sachen zusammen, fährst zum Schließfach, holst den Ausweis, und dann ab zum Flughafen. Und kein Wort zu Sven.«

»Allein?«

Katrine hörte Elins weinerlichen Unterton. Die würde gleich anfangen zu flennen.

»Katrine, das schaffe ich nicht. Ich kann doch nicht alleine irgendwohin fliegen! Und was ist mit Sven, wenn der was merkt, dann ...«

»Mit wem sprichst du da?« Das war er. Sven, das Monster. Katrine krampfte die Finger um das Handy.

»Elin, sag ihm nichts«, flüsterte sie.

»Mit Katrine, ich telefoniere mit meiner Schwester«, hörte sie Elin sagen. Sven brummelte irgendwas im Hintergrund.

»Elin! Elin, hör jetzt genau zu.« Katrine bemühte sich um einen ruhigen und beschwörenden Ton.

»Ja.« Die Stimme ihrer Schwester zitterte. Sie würde gleich anfangen zu weinen.

Katrine sprach weiter. »Du wartest, bis Sven aus dem Haus ist. Dann packst du und fährst zum Schließfach. Und dann fährst du zu mir nach Hause. Ich sage Marit Bescheid, die kümmert sich

205

um dich und den Jungen. Sie fliegt mit dir mit. Marit weiß, wo es schön ist. In Ordnung?«

Elin antwortete nicht. Vermutlich war sie starr vor Angst und nickte nur. Katrine sah sie förmlich vor sich.

»Und jetzt gib mir Sven.«

Es dauerte ein bisschen, dann meldete sich ihr Schwager.

»Ja?«

»Hör zu, Sven. Ich weiß nicht, was da passiert ist bei euch, mit dem Mädchen. Und ich will es auch nicht wissen. Aber jetzt werde ich erpresst.«

»Was? Wer?«

»Ein Arsch aus meinem Team. Kieran. Er hält sich für oberschlau und denkt, er hat mich in der Hand. Weil er weiß, was bei euch los ist. Ich kann das nicht akzeptieren, und ich erwarte, dass du die Füße still hältst. Dass du nichts, aber auch gar nichts tust, was gegen mich verwendet werden könnte.«

»Ich weiß nicht, wovon du redest.«

»Wenn du noch einmal die Hand gegen meine Schwester erhebst, Sven, dann bist du tot.«

Skagen

Innentemperatur 22 Grad

Nachdem es noch am Vortag so ausgesehen hatte, als würden sie mit ihren Ermittlungen auf der Stelle treten, hatte die Soko »Düne« durch die Informationen von Filipe Arroyo nun alle Hände voll zu tun.

Kaum war sie vom Hafen gekommen, hatte Helle ihre Leute zu einer Sitzung zusammengetrommelt, den neuesten Stand der Dinge referiert und Aufgaben verteilt.

Marianne kochte am laufenden Band Kaffee und versorgte die Crew mit Nervennahrung, während sie an einer Pressemitteilung saß und darüber hinaus ständig mit den Tränen kämpfte, weil sie mit dem neuen Rechner nicht klarkam. Amira bemühte sich nach Kräften, ihr *en passant* das Wichtigste beizubringen, aber Marianne rief trotzdem alle paar Minuten nach Hilfe. Schließlich bot sich Jan-Cristofer an, sich neben Marianne zu setzen und sie zu unterstützen, damit Amira die Möglichkeit bekam, auch auf den übrigen Computern und Laptops Programme zu installieren, alle Rechner zu synchronisieren und trotzdem an der Arbeit der Soko teilzunehmen.

Helle konnte Amira nicht genug loben, schließlich kam die geglückte Digitalisierung für ihre Skagener Wache gerade rechtzeitig – die Ermittlungen weiteten sich aus, sie suchten nicht länger nach einem Täter im Fall der Toten in der Düne, sondern es bestand Gefahr im Verzug. Ein verschwundenes Kind und eine untergetauchte illegale Migrantin, die möglichweise eine Gefahr für den Menschenhändlerring darstellte, weil sie zu viel wusste, zwangen Helle zu schnellen Entscheidungen. Der Fall zog nun große Kreise – da war es gut, dass sie endlich auch technisch auf der Höhe waren.

Nach ihrer internen Sitzung stattete Ingvar ihnen einen Besuch ab, und Helle war sehr dankbar, dass ihr Chef sich nach Skagen bemühte und ihr damit die Fahrt nach Fredrikshavn ersparte. Das Schönste aber war: Er brachte Christian mit.

»Nachdem ich den Jungen abgezogen habe, bekommst du ihn jetzt wieder«, kommentierte Ingvar. »Der Staatsanwalt hat es aufgrund der veränderten Sachlage abgesegnet.«

»Welcome back«, sagte Helle erfreut, und Christian grinste.

»Nichts für ungut, Ingvar, aber die Verpflegung ist hier einfach besser«, sagte er und deutete auf die große Platte mit verschiedenen Smørrebrod, die Marianne in Helles Chefzimmer, das jetzt Soko-»Düne«-Besprechungsraum hieß, deponiert hatte.

Noch vom Hafen aus hatte Helle ihren Vorgesetzten auf Stand gebracht und darum gebeten, ihr Christian wieder zur Verfügung zu stellen. Jetzt führte sie die beiden Männer zu dem Whiteboard, das um die Aufzeichnungen von Jan-C. ergänzt worden war.

»Wir haben Fotos der beiden Frauen und auch von dem Baby. Imelda Esperon, geboren Mai 1996, verschwindet am 3. Dezember aus Luzon. Sie geht in Manila an Bord eines Schiffes, die Passage hat ihr der Schwager vermittelt. Um welches Schiff es sich handelt, wissen wir nicht, er will es aus guten Gründen nicht sagen. Wir nehmen an, dass es sich entweder direkt um die *Gloria* oder aber ein Schiff derselben Reederei handelt.«

»Habt ihr Kontakt mit der Hafenbehörde in Manila?«, erkundigte sich Ingvar.

»Das steht auf unserer To-do-Liste«, bestätigte Helle. »Ich muss sowieso mit den philippinischen Behörden Verbindung aufnehmen und sie um Mithilfe bitten. Ich brauche alle Informationen, die sie über die Familie haben. Eventuell sind noch weitere Familienmitglieder in Dänemark, und der Ehemann verschweigt es. Vielleicht steht ja auch eine häusliche Tragödie hinter dem

Tod, das kann ich im Moment nicht ausschließen. Dann muss jemand die Eltern der beiden Schwestern benachrichtigen. Sie leben in Luzon, sind aber nicht über Mail oder Handy erreichbar. Ich muss die Polizei natürlich auch darüber informieren, dass die Frauen in Manila als blinde Passagiere an Bord eines Frachters gegangen sind, allerdings weiß ich gar nicht, was das für Dimensionen hat. Läuft der Schmuggel von Manila aus? Oder ist das nur einer von vielen Häfen, in denen Illegale an Bord genommen werden? Und wie weit ist das überhaupt Teil unserer Ermittlungen?«

Christian pfiff durch die Zähne. »Meinst du, du bekommst so schnell die richtigen Leute an die Strippe?«

»Diese ganze Sache mit dem Menschenschmuggel übersteigt sowieso unsere Kompetenzen«, ging Ingvar jetzt dazwischen. »Wir sollten mit Anne-Marie Pedersen sprechen oder gleich mit dem Polizeipräsidenten. Wahrscheinlich muss man über Interpol gehen oder was weiß ich.«

Helle nickte. »Ja, ich denke auch. Letztendlich ist das für uns auch nicht der Ermittlungsschwerpunkt. Imelda ist hier gestorben, nachdem sie ins Land gebracht wurde. Wir müssen uns um die Drahtzieher in Jütland kümmern. Wer hat sie in Skagen an Land gebracht? Wer hat ihr Arbeit und Unterkunft verschafft? Wer hat ihre Papiere? Und am vordringlichsten«, jetzt kam sie zu dem Thema, das sie am meisten beschäftigte: »Wo ist der Junge?«

Ingvar legte sein Gesicht in Dackelfalten. »Das sollte in der Tat eure Hauptaufgabe sein, Helle. Ich will sehen, dass sich jemand anders um die Sache in Manila kümmert. Eine Abteilung, die international operiert. Darf ich Anne-Marie Pedersen bitten, das weiterzugeben? Die sind in Aalborg natürlich besser aufgestellt und vernetzt als wir Provinzheinis.«

Helle nahm Ingvars Vorschlag erleichtert auf. Schon während des Gesprächs mit Filipe hatte sie gewusst, dass dieser Fall die Dimensionen ihrer Soko »Düne« überstieg, ja dass er auch den Kompetenzbereich der Polizei Nordjütland sprengte.

Seit sie annehmen mussten, dass sich die Tote aus der Düne

nicht legal im Land aufhielt, hatte Helle sich mit dem Thema Menschenschmuggel beschäftigt und alles Mögliche darüber recherchiert. Außer den ihr bekannten Tatsachen über Schleuser, die Flüchtlinge aus Afrika und aus dem Mittleren Osten nach Europa brachten und auf furchtbarste Art und Weise misshandelten und bestahlen, gab es diverse andere Ausbeutereien von bitterarmen Menschen: Zwangsprostitution war die bekannteste und brutalste, sie fand weltweit statt, und es war noch keiner Behörde auf der Welt gelungen, das Elend zu beseitigen oder auch nur einzudämmen. Betroffen waren junge Mädchen aus dem Ostblock ebenso wie minderjährige Jungen oder Transsexuelle, die als »Ladyboys« an Männer verkauft wurden. Aber sie las auch von Indern, Singhalesen oder Bangladeschern, die in Haushalten reicher Araber wie Sklaven gehalten wurden. Von Lkw-Fahrern von den Philippinen, die für dänische Speditionen auf Deutschlands Straßen fuhren – ohne Ruhezeiten, mit einem Lohn von zweihundert Euro im Monat. Von Babys aus Afrika oder Kambodscha, die illegal an amerikanische und europäische Familien verkauft und bei Nichtgefallen einfach ausgesetzt wurden.

Das ganze Grauen menschenverachtender Geschäfte hatte sich vor Helle in ihrem weitgehend hyggeligen Leben entfaltet, ein Panoptikum menschlicher Gewalttaten, verübt allein aus wirtschaftlichen Gründen. Menschen wurden auf allen Kontinenten verschachert wie Billigware, die Sklaverei war keineswegs ausgestorben, sie hatte lediglich das Antlitz verändert.

Immer wieder war dabei der Obduktionsbericht von Dr. Runstad vor ihrem geistigen Auge aufgetaucht, der die vielen Wunden und Verletzungen an Imeldas Körper beschrieb.

Was hatte die flüchtige Schwester, Pilita, ausgestanden? War sie ihren Peinigern entkommen? Und was war mit dem Jungen geschehen? Er war nicht bei Pilita, und seine Mutter war seit einem Dreivierteljahr tot. Hatte er überlebt? Und wenn ja, wo? Und vor allem, wie?

Die Zeit lief Helle davon, sie stand unter innerer Anspannung wie selten zuvor; als Bengt schließlich aufstand, hatte sie eine lange Liste von Fragen, die sie und ihr Team klären mussten, angefertigt und darüber entsetzliche Kopfschmerzen bekommen. In der Sitzung hatte sie die Aufgaben verteilt, und als sie sah, dass alle mit Hochdruck an ihre Aufträge gingen, sie die Pressemitteilung formuliert und vier Becher Kaffee getrunken hatte, waren die Kopfschmerzen wie weggeblasen.

Linn sollte sich mit Aneta von der Sitte in Kopenhagen kurzschließen, um sie im Fall der untergetauchten Schwester auf den aktuellen Stand zu bringen – sollte die Frau in Kopenhagens Rotlichtmilieu unterwegs sein, gab es zumindest eine Chance, sie zu finden.

Ole sollte sich gemeinsam mit Amira noch einmal die Leute der Nationalpartiet vornehmen. Helle glaubte, die Kombination war genau die richtige für ihr Good-cop-bad-cop-Spielchen.

»Christian, du sprichst bitte mit den Typen vom Gewerbeaufsichtsamt wegen Schwarzarbeit. Haben sie in der Vergangenheit Fälle von Leuten gehabt, die sich illegal in Dänemark aufhalten, wenn ja, in welcher Branche, über welche Hintermänner und so weiter. Ich will die letzten zehn Jahre – lückenlos. Ach ja, und erkundige dich bitte nach illegalen Putzkolonnen.«

Christian zog nur die Augenbrauen nach oben und machte sich Notizen.

»Was ist jetzt mit den Videobändern vom Bahnhof? Und wer hat die Vermieter befragt?«, fragte Helle weiter.

Christian warf einen betretenen Blick zu Ingvar. »Ich war mittendrin, da bin ich abgezogen worden. Ich habe nicht viel geschafft, allerdings war die Resonanz bis dahin negativ. Die Frau kam aus dem Nichts.«

Ingvar hatte den Wink mit dem Zaunpfahl verstanden. »Gib mir das Material und die Infos, ich finde in Fredrikshavn jemanden, der das übernehmen kann.«

»Danke.« Helle nahm ihre Jacke vom Haken. »Ich fahre zum Hafen. Wir müssen mehr über die Fischer in Erfahrung bringen.«

Jan-Cristofer, der im Türrahmen erschienen war, hob die Hand. »Nimmst du mich mit? Ich habe von Trine heute schon Auszüge aus dem Register bekommen, welche Schiffe im Januar gemeinsam mit der *Gloria* im Hafen lagen.«

»Ach«, wunderte sich Helle, »ihr hattet schon Kontakt?«

»Tja.« Jan-Cristofer grinste. Und schwieg sich aus.

»Ich fahr dann wohl mal wieder?« Ingvar stand etwas hilflos in Helles Zimmer.

»Danke für die Unterstützung, Ingvar. Ich halte dich auf dem Laufenden«, schaffte Helle noch, ihm zuzuwerfen, dann lief sie schon im Laufschritt durch den Gang zur Tür.

»Willst du noch mal auf die Pressemitteilung ...«, versuchte Marianne, sie aufzuhalten. Vergeblich.

»Kann Ingvar machen!«

Und schon saß Helle im Polizeiauto, Jan-Cristofer schmiss sich auf den Beifahrersitz, Helle startete. Zum Glück hatte Emil sie heute nicht mit zum Dienst begleitet, er durfte bei Sina zu Hause bleiben, was er bestimmt sehr genoss. Mit ihrem heutigen Tempo hätte er nicht Schritt halten können.

Am Hafen erwartete Trine sie bereits – dieses Mal mit brennender Pfeife, und statt dem Businesskostüm vom letzten Besuch trug sie einen Regenoverall mit grob gestrickter Pudelmütze – genau die richtige Aufmachung, um einen Kerl aufzureißen, dachte Helle. Wenn dir in der Aufmachung einer an die Angel geht, dann bleibt er für immer. Jan-Cristofer jedenfalls grinste Trine breit an, ihre wasserblauen Augen signalisierten deutliches Interesse, und Helle dachte nur: Oh, oh.

»Wir gehen mal rüber zu den Jungs«, nahm die Hafenmeisterin die Sache in die Hand. »Im Moment haben wir neun feste Kutter im Hafen, die regelmäßig rausfahren. Einer hat erst zum Herbst mit dem Geschäft aufgehört. Früher waren es locker dreißig, aber das war vor meiner Zeit.«

»Und die stammen alle aus Skagen?«, hakte Helle nach.

»Gott bewahre. Die sind von überall, Aalborg, Fredrikshavn, aus den Dörfern. Tatsächlich leben nur zwei Familien in Skagen.«

»Ist es theoretisch denkbar, dass ein Fischer so etwas macht? Also, sich an so einer Menschenschmuggelsache beteiligt?«

»Theoretisch ist alles denkbar«, orakelte Trine. »Praktisch leider auch. Als Fischer verdient man nicht gerade üppig, die wenigsten können sich überhaupt über Wasser halten.«

Helle nickte. Das war natürlich auch ihr Gedanke gewesen. Geld korrumpierte, das war ja nicht neu. Außerdem gehörte Schmuggel in früheren Zeiten zum Nebenverdienst der Fischer – in der Nordsee verliefen traditionell wichtige Routen, auf denen Tee oder Whisky illegal von einer Landesküste zur anderen transportiert wurde. Aber das war Jahrzehnte, wenn nicht gar Jahrhunderte her.

»Außerdem sag ich dir ganz ehrlich«, fuhr Trine fort, »vermutlich würde das nicht unbedingt auffallen. Die Fischer kennen den Hafen genau, die wissen, wer wann hier ist und wann sie jemanden unbeobachtet von Bord gehen lassen können.«

Jan-Cristofer war verwundert. »Aber habt ihr hier keine Videoüberwachung?«

»Beim Containerhafen selbstverständlich. Da gibt es auch Wachpersonal. Die sind zwar für die gesamte Hafenanlage zuständig, aber im Fischereihafen laufen sie weniger Patrouille als bei den Jachten oder Containern, wo es wirklich was zu holen gäbe.«

»Einbrüche? Kommt so etwas vor?«

Trine winkte ab. »So gut wie gar nicht.«

Sie hatten nun den Fischereihafen erreicht. Lediglich ein Kutter lag am Pier, alle anderen waren noch auf See. Helle betrachtete die kleinen Holzboote stets mit Wehmut, die Kutter mit ihren Auslegern, daran die Schleppnetze, die großen Kessel an Deck zum Abkochen der Krabben, das Gewirr von Netzen, Tauen und der unverwechselbare Geruch nach Muscheln, Seetang und Meerwasser stimmten sie nostalgisch. Für sie waren

Fischerboote immer positiv besetzt, im Gegensatz zu den furchteinflößenden riesigen Containerfrachtern.

»Nehmen wir mal an«, sagte sie und betrachtete das kleine Fischerboot, »der übernimmt ein, zwei, drei Leute auf See …«

»Drei ist schon das absolute Maximum. Mehr als zwei geht eigentlich nicht«, warf Trine ein.

»Also gut, zwei Leute. Dann kommt er in den Hafen. Die Geschmuggelten bleiben unter Deck. Der Fischer löscht seine Ladung, geht seinen üblichen Geschäften nach, fährt nach Hause.«

Helle guckte Trine und Jan-Cristofer an, die bestätigend nickten.

»Und dann kommt er nachts noch mal zurück«, nahm Jan-Cristofer den Ball auf, den Helle ihm zugespielt hatte – und warf ihn wieder zurück.

»Weil er weiß, wann die Security ungefähr ihre Runden dreht, bleibt er unbemerkt.«

»Und genauso holt er die Leute von Bord …«

»… raus aus dem Hafen, rein ins Auto, das war's.«

Trine pfiff bewundernd. »Klar. Möglich ist das. Aber die Gefahr, gesehen zu werden, ist gar nicht so klein. Es liegen ja Schiffe hier, auf denen nachts jemand schläft. Die Frachter, die privaten Boote. Theoretisch besteht die Gefahr, entdeckt zu werden.«

»Das schon«, stimmte Helle zu. »Aber gerade weil hier alle möglichen Leute unterwegs sind, würde sich vielleicht auch niemand etwas dabei denken, oder? Der Hafen ist hier in dem Bereich nicht abgesperrt, jeder kann jederzeit rein und raus.«

»Aber wir können nicht alle, die im vergangenen Jahr hier im Hafen waren, ausfindig machen und befragen, ob sie etwas gesehen haben«, wandte Jan-Cristofer ein.

Trine lachte laut auf. »Absolut unmöglich!«

»Das nicht«, gab Helle zu und beobachtete zwei Möwen, die sich lautstark um einen Fischkopf stritten, »aber wir fangen an, die Fischer unter die Lupe zu nehmen. Von Trine bekommen wir Namen und Adresse, und du, Jan-C., lässt sie durchs Register laufen. Mich interessiert besonders, wie die wirtschaftlich dastehen. Hat jemand Schulden und so weiter. Auch der Fischer, der seinen Kutter stillgelegt hat. Ich will alles wissen. Hosen runter.«

Jan-C. nickte und warf Trine einen Blick zu. Die strahlte ihn an. »Kann ich euch zu einem zweiten Frühstück einladen?«

Sie zeigte auf eines der roten Holzhäuschen, in dem nun nicht mehr Fische ausgenommen und verkauft wurden, sondern ein hübsches Café eingezogen war. »Rührei mit frischen Krabben, handgepult – sensationell.«

Helle lief das Wasser im Mund zusammen, ihr Magen schrie JA!, aber ihr Kopf siegte mit einem entschiedenen Nein – sie hatten alle Hände voll zu tun, und die Zeit lief ihr davon.

»Leider nein, wir müssen los, aber ich komme später gerne darauf zurück.« Sie lief los zum Auto.

»Ich kann auch hierbleiben, und Trine gibt mir gleich die Namen von den Fischern«, schlug Jan-C. vorsichtig vor.

Helle schüttelte den Kopf und musste sich sehr um eine strenge Chefinnen-Miene bemühen. »Das kann sie dir mailen, ich brauch dich auf der Wache.«

Jan-C. hob bedauernd die Schultern, beeilte sich aber, Helle zum Wagen zu folgen. Trine sah ihm hinterher und schickte mit ihrer Pfeife Rauchsignale in die Luft.

»Ich möchte, dass wir Anrufe, die uns auf das Phantombild erreicht haben, gemeinsam durchgehen«, erklärte Helle ihrem Freund im Wagen. »Es waren ja welche darunter, die wir sofort aussortiert haben, weil sie sich auf eine Zeit beziehen, in der Imelda bereits tot war. Aber!« Helle hob oberlehrerhaft den Zeigefinger, denn sie war ein bisschen stolz auf diesen nächtlichen Geistesblitz. »Die Schwestern sehen sich ziemlich ähnlich.«

»Es kann also sein, dass jemand Pilita gesehen hat.«

»Richtig! Wir haben den möglichen Todeszeitpunkt damals nicht gekannt. Wir haben uns lediglich auf das vergangene Jahr bezogen. Wenn jemand also ab August eine Frau gesehen hat, die der Phantomzeichnung ähnelt, dann hat es sich eventuell um die Schwester gehandelt!«

»Leuchtet ein.« Jan-C. trommelte nervös auf seine Oberschenkel. »Mannomann, ich muss immer daran denken, dass die beide irgendwo da draußen sind. Die Frau und der Kleine. Was für eine Scheiße. Stell dir vor, der ist doch noch ein Baby.«

Helle nickte nur und schwieg. Im Eifer der Ermittlungsarbeit war wenig Platz für emotionale Momente, aber Jan-C. hatte recht, wenn sie nur einen Moment lang an Pilita und ihren Neffen dachte, wurde es ihr vor Sorge ganz eng in der Brust.

»Wir finden sie«, sagte sie schließlich und wusste, dass sie sich damit nur Mut machen wollte.

Als Helle das Polizeiauto parkte, wurde die Tür der Wache aufgerissen. Marianne stand da, das Gesicht hochrot, sie schwenkte einen Zettel.

»Wir haben sie!«

»Was? Wen?«, fragte Helle, sie hatte kaum ein Bein aus dem Auto gesetzt.

»Ein Juwelier hat bei den Kollegen in Aalborg angerufen. Neben seinem Laden sitzt seit gestern eine Bettlerin. Er wollte, dass die Polizei die Frau entfernt.« Marianne machte eine dramatische Pause, und Helle hielt die Luft an. »Jetzt kommt's: Er hat sie beschrieben mit den Worten, dass sie aussieht wie die Tote aus der Düne, sie hat nur was anderes an.«

Triumphierend überreichte Marianne ihrer Chefin den Zettel. »Ausnahmsweise war die Kollegin, die den Anruf entgegengenommen hat, auf Zack und hat an unsere Ermittlungen gedacht.«

»Und? Haben sie die Frau?«

Marianne zuckte mit den Schultern. »Kam eben erst rein, sonst hätte ich dich ja angerufen. Und die Kollegin meinte, eine Streife fährt mal vorbei und guckt sich das an.«

216

Aalborg

Innentemperatur 20 Grad

In der Bäckerei war es warm und roch herrlich nach Brot, Kuchen und Kaffee. Pilita wärmte sich hier auf, sie durfte sogar die Toilette benutzen. Sie wusch sich, kämmte sich die Haare, putzte sich die Zähne. Danilo hatte ihr einen Schlafplatz auf einer der Baustellen organisiert. Ein alter ungenutzter Bauwagen. In dem konnte sie auf dem Boden schlafen, es war kalt, aber nicht so kalt wie draußen auf der Straße. Sie lag windgeschützt und den Augen aller entzogen, niemand wusste, dass sie dort die Nacht verbrachte. Allerdings musste sie verschwunden sein, bevor der Betrieb auf der Großbaustelle begann. Dann raffte Pilita ihre Sachen zusammen, stopfte sie in die Tüte und verschwand durch ein Loch im Zaun. Wanderte wieder in die Innenstadt zu ihrem Platz neben dem Juweliergeschäft.

Der Ladenbesitzer hatte versucht, sie zu verscheuchen, aber sie kam immer wieder zurück. Jetzt starrte er sie nur noch böse durch die Scheibe an.

Ganz anders die Verkäuferinnen in der Bäckerei, sie waren freundlich zu ihr. Seit zwei Tagen kam sie regelmäßig, immer wenn das Geld in ihrem Pappbecher ausreichte, ging sie in die warme Bäckerei, holte sich ein süßes Gebäckstück und Kaffee mit Milch und Zucker, blickte durch die Panoramascheibe auf das Wahlkampfbüro und lauerte darauf, dass der Mann endlich einmal allein aus der Tür käme, sodass sie ihm folgen und nach ihrer Schwester fragen könnte.

Im Moment allerdings beobachtete Pilita die Polizei, die vor dem Juweliergeschäft parkte. Zwei Polizisten waren hineingegangen, jetzt kamen sie zurück, der Ladenbesitzer ging vor ihnen her und zeigte auf ihre Decke. Sie hatte sie dort liegenlassen, zu dumm. An diesen Platz würde sie nicht mehr zurückgehen können.

Die eine Polizistin machte sich Notizen, der andere fotografierte die Decke, der Ladenbesitzer nickte und sagte etwas, dann stiegen die Polzisten in ihren Wagen und fuhren davon.

Noch während Pilita mit den Augen die Straße nach einem neuen geeigneten Platz absuchte, von dem aus sie das Wahlbüro im Blick behalten konnte, kam der Mann heraus. Allein. Pilita hielt die Luft an. Folgte ihm mit den Augen – er stieg nicht in eines der Autos. Stattdessen ging er die Straße bis zum Ende hinunter, in ihre Richtung, und bog in eine Nebenstraße ein. Er verschwand aus ihrem Blickfeld, und Pilita beeilte sich, aus der Bäckerei zu kommen. Auf diese Gelegenheit hatte sie gewartet!

Den Kaffeebecher nahm sie mit, er war noch fast voll, ihr halbes Brötchen steckte sie in die Jackentasche, dann nickte sie den Verkäuferinnen zu und verließ eilig das Geschäft. Vor sich sah sie die dunkelgraue Jacke des Mannes. Auf dem Kopf trug er eine braune Strickmütze, diese fixierte sie, sah sie auf und ab tanzen zwischen den anderen Leuten, die auf der belebten Straße unterwegs waren.

Pilita wusste, dass das ihre Chance war. Sobald die Gelegenheit günstig war – weniger Menschen –, würde sie sich ihm in den Weg stellen und nach Imelda fragen. Und nach Jomel. Vor allem nach Jomel. Tag und Nacht dachte sie an ihren kleinen Neffen. Das musste sie für Imelda tun. Ihr zeigen, dass sie ihr verziehen hatte, und für Jomel eine gute Mutter sein. Das Andenken an ihre tote Schwester in Ehren halten.

Energisch drängelte sich Pilita durch die Menschenmenge, ihre Augen fest auf den Rücken des Mannes geheftet, von dem sie sich so viel erhoffte.

Skagen

Innentemperatur 18 Grad

Helle war völlig fasziniert davon, wie einfach und schnell sie Zugriff auf die Ermittlungsergebnisse anderer Dienststellen hatte, seit Amira sie an das zentrale System angeschlossen hatte. Sie wähnte sich im digitalen Paradies.

Vor nicht einmal einer Stunde hatte sie mit einem Bearbeiter vom Gewerbeaufsichtsamt gesprochen, der sie an ihre Kollegen in Aalborg zurückverwies, wo sich eine Ermittlungsgruppe gebildet hatte, die – in Zusammenarbeit mit der Gewerbeaufsicht – gegen Schwarzarbeit vorging. Der Kollege, den sie schließlich an der Strippe hatte, erzählte ihr ausgiebig von den Ergebnissen der letzten Jahre und gewährte ihr Zugriff auf relevante Dokumente. Tatsächlich hoben sie regelmäßig Banden aus, die im Bereich organisierte Kriminalität unterwegs waren, als Nebengeschäft fiel auch organisierte Schwarzarbeit an. Die meisten illegal Beschäftigten gab es im Baugewerbe, gleich darauf folgten Gastronomie und selbstverständlich Prostitution. Illegale Beschäftigung unter Reinigungskräften kam ebenfalls vor, allerdings, so räumte der Kollege ein, ermittelten sie in dem Bereich weniger intensiv. Meistens beschränkte sich das auf Einzelfälle. Einzig eine Gruppe Albaner war in der Hinsicht aufgefallen, die im großen Stil Billigkräfte aus dem Ostblock – Bulgaren, Rumänen, Sinti und Roma – in verschiedene Arbeitsverhältnisse vermittelt hatten. Diese armen Menschen, über die oft so verächtlich als »Wirtschaftsflüchtlinge« gesprochen wurde, wurden wie Sklaven gehalten. Die Albaner brachten die Leute in Abbruchhäusern unter, in denen die Wände schimmelten, Wasser und Strom nicht oder nur selten funktionierten, Matratzenlager am Boden und eine Toilette für zwanzig Leute die Regel waren. Hob die Polizei eines dieser Häuser aus und schickte die Leute zurück in ihre Heimat, entstand noch in derselben Minute irgendwo eine andere »Sammelunterkunft« zu ebensolchen Bedingungen. Nicht genug, dass die Menschen unter menschenunwürdigen Bedingungen hausen mussten, die »Vermittler« verlangten von ihnen dafür auch noch Miete, doppelt oder dreifach so hoch wie ortsüblich.

Jemand klopfte an ihre Zimmertür, und Helle fuhr zusammen. Ole stand im Türrahmen.

»Komm rein«, sagte Helle und winkte ihn zu sich. »Schau dir das bitte mal an.« Sie drehte den Monitor so, dass Ole die Fotos sehen konnte, die die Ermittlungsgruppe von einem der Häuser gemacht hatte, in dem sie die Arbeitssklaven hochgenommen hatten.

Ole verzog das Gesicht. »Wäh, widerlich. Was ist das?«

Helle klärte ihn auf. Möglichst nüchtern, sie wollte bei ihm keinen Abwehrreflex provozieren.

Stumm betrachtete Ole die Bilder. Er zog die Augenbrauen hoch. »Arme Schweine.«

Helle ließ das unkommentiert stehen. Sie wollte ihm einen Anstoß zum Nachdenken geben, mehr nicht.

»Wie erfolgreich wart ihr?«

»Ziemlich und gar nicht.«

Jetzt war es an Helle, die Augenbrauen hochzuziehen.

»Die Fahrer, die mit den fraglichen Nationalpartiet-Autos unterwegs waren, sind zum Teil gar nicht mehr dort beschäftigt, die meisten waren ehemalige Praktikanten, die irgendetwas irgendwo abholen sollten, Transportfahrten, total belanglos. Keiner von denen weiß noch, was er vor mehr als einem halben Jahr gemacht hat. Wirklich erinnern an den 19. März konnte sich nur die PR-Tante der Nationalpartiet, sie hatte an dem Tag nämlich eine Panne, ein Defekt an der Bremsleitung. Bei der Werkstatt habe ich nachgefragt, die haben das bestätigt. Die ist also aus dem Schneider.«

»Okay. Und dieser Kieran?«

»Tja«, Ole verzog spöttisch den Mund. »Das ist mehr oder weniger unser Erfolg. Der ist ja mit dem Fahrer unterwegs gewesen, Johann Vind. Und seltsamerweise konnten die beiden sich ziemlich genau an diesen Tag im März erinnern.«

Ole blätterte in seinem Block und las vor, was die beiden ausgesagt hatten. Eine detaillierte Schilderung ihrer Tour – die selbstverständlich nicht in Richtung Skagen über den Skagensvej verlaufen war, sondern in die entgegengesetzte Richtung, südlich nach Randers.

»Was für Knalltüten!«, Helle musste lachen. »Wie auffällig ist das denn? Natürlich haben sie auch als Einzige ein Alibi?«

Ole nickte. »Prächtige Alibis. Nämlich gegenseitige. Johann deckt Kieran, und Kieran deckt Johann.« Er tippte sich an die Stirn. »Momentan können wir es nur so stehenlassen, aber meiner Meinung nach sollten wir uns die beiden Idioten verschärft vornehmen.«

»Gut gemacht, Ole.« Helle hielt den Daumen hoch.

Der junge Polizist stand auf, um aus dem Zimmer zu gehen, aber dann stoppte er noch einmal und deutete auf den Bildschirm. »Ich bin nicht blöd, Helle. Ich weiß auch, was im echten Leben so los ist.« Helle öffnete den Mund, aber Ole setzte gleich nach. »Und wenn du mir etwas sagen willst, dann sag es direkt.«

Helle nickte – und kam sich selten dämlich vor.

»Diese Typen von der Nationalpartiet übrigens«, fuhr Ole fort, »das sind alles ziemliche Unsympathen. Nur mal so.«

Dann verschwand er und ließ seine Chefin ertappt zurück. Wie zur Strafe wurde Helle von einer neuerlichen Hitzewelle überrollt, die ihr den Schweiß auf Stirn und Oberlippe trieb. Sie rupfte ein Kleenex aus der Packung, die Marianne ihr auf den Schreibtisch gestellt hatte, ein dezenter Wink mit dem Zaunpfahl. Das dünne Papiertuch klebte sie sich unter den Pony, wo sie es einfach ließ, während sie aufstand, um das Fenster zu öffnen und sich eine zweite Kanne Kaffee zu kochen.

Sie war gerade damit beschäftigt, das frisch gemahlene Pulver in den Papierfilter zu füllen, als ihr Telefon klingelte.

»Helle.«

»Hej Helle, hier ist Frieda von der Wache Aalborg.«

»Was gibt's, Frieda?«

»Ich muss dir leider sagen, dass uns die Bettlerin entwischt ist. Ich weiß, du wolltest, dass wir sie mitnehmen.«

»Ach verdammt!«, entfuhr es Helle, und das Kleenex rutschte von der Stirn. »Ja, ich hatte gehofft, dass es die Frau ist, die wir suchen.«

»Ihre Decke war noch da. Aber wir haben den Ladenbesitzer, der sich gemeldet hat, gebeten, uns sofort anzurufen, wenn die Frau wiederkommt. Und wir fahren die Gegend vermehrt mit der Streife ab.«

»Das ist super! Konnte der Typ denn die Kleidung der Frau beschreiben?«

»Ja, konnte er. Sie trägt auffällige rote Kinderwinterstiefel.«

»Gut. Gebt das bitte an alle Streifen weiter.«

»Wird gemacht. Und, Helle?«

»Ja ...«

»Viel Erfolg. Wir drücken alle die Daumen, dass ihr den Jungen findet.«

»Danke.«

Helle legte auf, schloss das Fenster und starrte hinaus. Die Dunkelheit hatte sich bereits wie ein schwerer Teppich über das flache Land gelegt. So würde es noch lange bleiben, dachte Helle, und sie bekam einen Kloß im Hals. Weniger wegen der Düsternis dort draußen, vielmehr wegen der unerklärlichen Traurigkeit, die sie seit ein paar Wochen fest im Griff hatte. Sie schob es auf die Wechseljahre, aber wenn sie ehrlich war, hatte sie plötzlich Angst vor dem Alter bekommen. Angst davor, dass Emil starb.

Und Leif bald endgültig auszog. Angst davor, allein mit Bengt in dem viel zu großen Haus zu sitzen. Der Fall um die Tote in der Düne trug nicht gerade dazu bei, ihre Laune zu bessern, vor allem nicht, seit sie wusste, dass dort draußen in der Dunkelheit und Kälte zwei Menschen waren, die sie finden musste.

Helle ging zu ihrem Schreibtisch, griff zum Handy und hörte sich die fast dreiminütige Sprachnachricht zum gefühlt hundertsten Mal an, die Leif ihr gestern in der Nacht gesandt hatte. Er klang aufgekratzt und glücklich, war in einer Hostel-Bar auf Ko Lanta. Im Hintergrund hörte man Stimmengewirr und laute Musik. Es gehe ihm gut, sagte er, Sina hätte ihm gesagt, dass Helle ihn vermisse, deshalb melde er sich. Asien sei herrlich, außerdem so schön billig, ihr Geld würde bestimmt noch bis April reichen, vorher käme er nicht zurück. »Ich hab dich lieb, Mami!«, rief er zum Ende der Nachricht, und am liebsten hätte sich Helle diese Worte in Endlosschleife angehört.

Stattdessen hörte sie durch ihre offene Bürotür, dass Jan-Cristofer nach ihr rief.

»Was hast du?«, Helle betrat Jan-C.s Büro und stellte sich neben ihn.

»Ich überprüfe die Fischer«, murmelte ihr Kollege konzentriert und klickte eine Seite an, die unter anderen Fenstern verborgen war.

»Schau mal hier. Wulf Jacoby.«

Er drehte den Bildschirm so, dass Helle besser sehen konnte. Es war eine Akte der Polizei. Das Bild des Mannes sagte ihr nichts.

»Der Typ war vor knapp acht Jahren in eine Schlägerei am Rand eines Fußballspiels verwickelt. Hooligan, ziemlich eindeutige Tätowierungen.« Jan-C. zeigte auf den Bildschirm, auf dem ein Bild vom Nacken des Mannes aufploppte. *White Power* in Frakturschrift.

»So einer ist das«, kommentierte Helle. »Muss aber nicht unbedingt heißen, dass er in die Schmuggelgeschichte verwickelt ist.«

»Nee, wahrlich nicht. Aber das ist es auch nicht, weshalb ich dich gerufen habe.« Er klickte weiter, und nun erschien ein wohlbekanntes Gesicht auf dem Schirm. Kieran Jensen.

»Unser Freund hier war in dieselbe Schlägerei verwickelt und wurde auch verhaftet. Beide Male wegen Körperverletzung – die beiden Herren haben damals gemeinsam einen Fan der gegnerischen Mannschaft vermöbelt. Und zwar so, dass der heute auf einem Auge blind ist.«

»Verdammte Hacke!«, rief Helle. »Die kennen sich also!«

»Nicht nur das.« Jan-C. strahlte, er hatte noch ein Ass im Ärmel. »Ich habe daraufhin weitergegraben und herausgefunden, dass die mittlerweile verwandt sind. Wulf Jacoby ist der Bruder von Pia Jensen. Kierans Frau.«

Helle brauchte eine Sekunde, bis diese Information eingesickert war. Dann klopfte sie Jan-C. auf die Schulter.

»Die nehmen wir uns vor.«

Jan-C. schnappte sich seine Jacke, Helle holte ihre, dann trafen sie bei Mariannes Tresen wieder zusammen. Helle hatte beim Hinausgehen noch Linn und Christian aufgescheucht und informierte die beiden Kollegen über die Sachlage.

»Linn, du begleitest Jan-Cristofer, ihr nehmt euch Wulf Jacoby vor. Ich fahre mit Christian zu Kieran Jensen. Marianne, bitte ruf im Wahlbüro der Nationalpartiet an und krieg raus, wo der steckt. Er soll sich für ein weiteres Gespräch zur Verfügung halten.«

»Wird gemacht.«

»Danke«. Helle wandte sich an ihre Mitarbeiter, Ole und Amira waren mittlerweile ebenfalls aus ihrem Büro dazugekommen und hatten zugehört.

»Das wird heute dauern, ihr Lieben. Wir bleiben alle miteinander in Verbindung, eventuell machen wir später noch ein Meeting. Und, Marianne, bitte Ingvar auf Stand halten.«

Unterwegs erreichte sie Mariannes Anruf, dass Kieran Jensen das Büro vor einer guten halben Stunde verlassen hatte und auf dem Weg nach Hause war.

»Also in den Koldingsvej«, gab Helle das Kommando und programmierte das Navi um. Christian fuhr.

Der Koldingsvej war eine lange Straße in einem Neubaugebiet. Mittelklassevillen in der üblichen Carport-Trampolin-Gasgrill-Anmutung. Weiße Kuben, die wie aus der Retorte wirkten, aber von den Besitzern in dem Bemühen um Individualität mit Säulen, gläsernen Vordächern oder französischen Balkonen verschandelt worden waren.

Christian pfiff durch die Zähne. »Billig ist das hier nicht. Schön allerdings auch nicht.«

»Kieran Jensen ist vielleicht ein Sparfuchs«, gab Helle zurück.

»Oder die haben geerbt. Die Frau arbeitet nicht, sie ist Hausfrau, vier Kinder«, informierte Christian sie. »Kieran hat seinen Job als Vorarbeiter gekündigt, jetzt arbeitet er nur noch für Katrine Kjær. Da wird er wohl nicht gerade Millionen scheffeln.«

»Auf alle Fälle müssen seine Finanzen gecheckt werden. So ein Haus stellt man sich nicht einfach aus der Portokasse hin.«

Das Haus, in dem die Jensens wohnten, glänzte durch die Abwesenheit jeglicher Heimeligkeit. Durch die verschlossenen Vorhänge drang Licht, aber das war auch das einzige Zeichen, dass das Haus bewohnt war. Eine akkurat geschnittene Thujenhecke schützte den Garten vor Blicken, auf der Terrasse wartete ein eingepackter Grill auf seine Saison, ansonsten war alles leer. Keine Stühle, kein Spielzeug, kein Futterhäuschen für Vögel.

Die beiden Polizisten stiegen aus, Christian deutete mit dem Kopf zum Carport – kein Auto.

Helle klingelte.

Es dauerte ein paar Minuten, dann öffnete eine zierliche Frau die Haustür und musterte die beiden Polizisten skeptisch. Sie machte keine Anstalten, ihnen das Gartentor zu öffnen.

»Ja?«

»Pia Jensen?«

»Wer will das wissen?«

225

Du meine Güte, dachte Helle, mach uns doch bitte nicht die Arbeit noch schwerer. Sie zeigte ihren Dienstausweis.

»Helle Jespers, Kriminalkommissarin Skagen, und mein Kollege Christian aus Fredrikshavn.«

»Skagen und Fredrikshavn?« Die Frau rührte sich keinen Millimeter. »Das ist dann wohl nicht euer Zuständigkeitsbereich hier.«

Helle musste also größere Geschütze auffahren.

»Wir ermitteln im Fall der Toten aus Råbjerg Mile sowie in einem schweren Fall von Menschenschmuggel. Insofern, ja, ich bin sehr wohl zuständig. Und ich möchte deinen Mann Kieran Jensen sprechen.«

»Der ist nicht zu Hause.«

»Hast du eine Ahnung, wo er ist?«

»Na, im Büro. Vor der Wahl machen sie nur noch Überstunden.«

»Das Büro hat er vor einer Dreiviertelstunde verlassen.«

Helle empfand eine niedere kleine Genugtuung dabei, der Ehefrau einen Hieb zu versetzen. Tatsächlich zog Pia Jensen unwillkürlich die Schultern ein wenig hoch, wie Helle im Gegenlicht gut erkennen konnte. Eins beide, zählte sie insgeheim.

»Dann hat ihn Katrine sicher wieder mal mit einem Extraauftrag losgeschickt«, gab Pia zurück, und der angesäuerte Unterton war unüberhörbar.

»Könnten wir uns bitte kurz mit dir unterhalten? Es dauert nicht lange.«

Pia Jensen zögerte eine Sekunde, doch dann betätigte sie den Türöffner. Helle drückte das Gartentor auf, und kurz darauf wurden sie von der Frau ins Haus gelassen. In den Flur, keinen Zentimeter weiter. Pia Jensen stellte sich mit verschränkten Armen vor die Tür, die in den Wohnbereich führte. Kein Mucks von drinnen – was waren das für Kinder?, fragte sich Helle und dachte gleichzeitig an die gemütlich-chaotische Küche von Erika Blum.

Ihr Gegenüber presste die Lippen zusammen, zwischen den

Brauen erschien eine steile Falte. Pias Augen waren hell und klar – und unfreundlich. Sie war zierlich, aber keineswegs zerbrechlich, wirkte sehr streng, nichts an ihr war weich, sogar ihre Haut sah aus, als wäre sie aus Stein.

»Also bitte?«

»Hast du deinen Mann über deinen Bruder kennengelernt, oder kennt dein Bruder Kieran über dich?«

In Pias Gesicht konnte Helle lesen, dass sie sie aus dem Konzept gebracht hatte, und genau das war ihre Absicht gewesen.

»Was geht euch das an?«

»Vielleicht eine ganze Menge. Das versuchen wir herauszufinden. Ich möchte einfach gerne wissen, wie eng die beiden zusammenhängen. Verstehen sie sich gut?«

Die kalten Augen fixierten sie. »Das ist privat.«

»Immerhin verbindet sie ja eine ganze Menge. Wegen der gleichen Tat verurteilt zu werden schweißt wohl zusammen«, ließ Christian nicht locker.

Pia reagierte nicht darauf.

»Dein Bruder hat einen Kutter, der im Hafen von Skagen liegt. Hat dein Mann damit auch etwas zu tun? Fährt er öfter mal nach Skagen?«, wollte Helle wissen.

»Das müsst ihr ihn selbst fragen.«

»Das werden wir, aber im Moment ist er leider nicht zu finden. Muss er oft Überstunden machen?«

Plötzlich kam Bewegung in die Frau. Minimal. Ihr verschlossenes Gesicht bekam einen spöttischen Ausdruck.

»Oft? Ständig! Die feine Frau Kjær braucht ja jemanden, der die Arbeit für sie macht, während sie im Rampenlicht steht.«

Helle nickte. Über das Thema Katrine schien sie sich lieber auszulassen als über ihren Bruder.

»Wie lange arbeitet Kieran schon für Katrine?«, erkundigte sie sich.

»Acht Jahre. Und es ist harte Arbeit. Alles hat er für sie gemacht. Ohne ihn wäre Katrine nichts.«

Jetzt sprühten die kalten Augen Feuer, die kleine Frau bebte vor Empörung.

»Aber Kieran arbeitet doch bestimmt gerne für sie, oder nicht?«

Pia zuckte mit den Achseln. »Das war mal so. Früher, da waren sie ein richtiges Team. Die Nationalpartiet, das waren Kieran und Katrine.«

»Das hat sich ziemlich geändert.«

»O ja!« Pia schien beinahe zu vergessen, wen sie vor sich hatte. So wenig sie über ihren Mann und ihren Bruder sprechen wollte, so gerne ließ sie sich über Katrine Kjær aus. »Jetzt lässt sie ihn nur noch die Drecksarbeit machen. Und Dreck hinterlässt sie genug, das könnt ihr mir glauben.«

»Was denn zum Beispiel?«

Die Auster schloss sich wieder. Pias Gesicht zog sich zusammen, sie presste die Lippen aufeinander und schüttelte den Kopf.

»Das müsst ihr schon selbst herausfinden.«

»Das werden wir bestimmt.«

Helle lächelte ihr strahlendstes Lächeln, aber bei Pia Jensen verfing das nicht. Stattdessen drängelte sie sich in dem engen Flur an den beiden Polizisten vorbei und öffnete unmissverständlich die Haustür.

Als Helle und Christian sich verabschiedeten und auf den Gartenweg traten, rief sie ihnen hinterher: »Statt Kieran und Wulf zu schikanieren, kümmert euch lieber um Katrine und ihre verrückte Schwester.«

Helle sah Christian an. »Verrückte Schwester? Wissen wir was über die?«

Christian schüttelte den Kopf. »Nein, keine Ahnung, aber das kann man ja ändern.«

228

Aalborg

Innentemperatur 22 Grad

So richtig gut war es nicht gelaufen. Kieran hatte gedacht, dass Katrine wenigstens nervös werden oder sich bei ihm entschuldigen oder ihm ein Angebot machen würde. Er wollte kein Geld von ihr erpressen, alles, was er wollte, war Respekt. Respekt dafür, was er für sie getan hatte. Respekt und Rückendeckung. Nicht er hatte Imelda auf dem Gewissen. Im Grunde genommen waren es die durchgeknallte Elin und ihr noch viel durchgeknallterer Mann.

Kieran hob sein Bierglas hoch, der Barkeeper nickte und zapfte ihm ein weiteres.

Stattdessen hatte Katrine ihn von oben herab angelächelt, als er ihr gesagt hatte, dass er auspacken würde. Dass er wusste, dass dieser Sven nicht nur seine Frau verprügelte – hey, das war irgendwie Privatsache und ging niemanden was an –, aber dass er auch das Mädchen verprügelt hatte. Und zwar nach Strich und Faden. Imelda hatte es Johann irgendwann einmal gezeigt, weil sie nicht länger dort arbeiten wollte. Wenn man erst einmal so weit war, dass man die Wünsche der Mädchen berücksichtigte, konnte man das Geschäft gleich aufgeben.

Hatte Katrine denn gar keine Angst, dass das rauskam? Denn wenn das so war, wenn die Öffentlichkeit erfuhr, dass Katrines Schwager seine Frau misshandelte – na, das sah doch nicht gerade gut aus für sie.

Aber Katrine hatte das völlig kaltgelassen. Sie hatte ihre gezupften Augenbrauen hochgezogen, ihn angelächelt und gesagt:

»Aber, Kieran, das willst du doch nicht wirklich?« Und dann hatte sie ihn einfach so stehenlassen.

Der Barkeeper schob ihm das kalte frisch Gezapfte über den Tresen, und Kieran nahm hastig die ersten Schlucke. Er hatte so einen Durst, woher kam der verdammte Durst? Das war schon das sechste Bier, man sollte meinen, das reichte so langsam. Aber sobald er nur an die Lesbenschlampe dachte, überfiel ihn wieder dieser Durst, das Verlangen nach Alkohol.

Er war jetzt am Zug. Katrine hatte auf seine erste Drohung nicht so reagiert, wie er es sich erhofft hatte, nun musste er darüber nachdenken, wie er sie mehr unter Druck setzen konnte. Er könnte zum Beispiel, dachte Kieran, bei den Bullen einen anonymen Hinweis hinterlassen.

Ein weiterer Schluck.

Gute Idee.

Noch ein Schluck. Je mehr er trank, desto besser gefiel ihm diese Idee. Noch mal das Glas hochgehalten, es war ja schon wieder leer.

Sein Handy klingelte. Kieran zog es aus der Tasche und warf einen Blick aufs Display. Wulf. Na so was, was wollte der? Kieran nahm den Anruf an.

»Hast du mir die Bullen auf den Hals gehetzt?«

»Hör auf!«

»Doch, die waren hier. Gerade eben.«

»Warum bei dir?«

»Die wissen was. Haben mich nach der *Gloria* gefragt und nach meinen Routen. Die wollen in das Seetagebuch gucken.«

»Verdammt …«

»Du sagst es. Ich muss die nächste Lieferung absagen. Es wird zu heiß.«

»Was mach ich mit den Mädchen?«

»Du musst alles vernichten. Ihre Ausweise, alles muss weg. Lass Johann sich um die Mädels kümmern, der soll die weiter betreuen und abkassieren. Sag ihm nichts. Im Notfall ist er dran.«

»Scheiße, Wulf, wenn die Bullen uns drankriegen.«

»Die Scheiße klebt an Johann. Und die andere Sache – soll doch Katrine zusehen, wie sie ihre Schwester da rausboxt. Du weißt von nichts.«

»Okay, aber ... Wulf?«

Aufgelegt.

Kieran wurde schwindelig. Noch ein Bier? Er entschied sich, einen Schein auf den Tresen zu legen. Er musste mal ein bisschen kühle Luft an den Kopf bekommen.

Wenn es so einfach wäre, es Katrine und Johann an die Backe zu kleben. Aber da war noch die Schwester von Imelda. Von der hatte er Wulf nichts erzählt, weil er gehofft hatte, er könnte das allein regeln, bevor jemand anderes davon etwas spitzkriegte. Die Kleine wusste alles. Sie wusste, dass sie auf dem Frachter hierhergekommen war, wusste, dass der Kutter sie übernommen hatte. Dann am Hafen, da hatte sie ihn natürlich gesehen. Sie würde ihn wiedererkennen!

Kieran stand auf, er schwankte leicht und zog sich seine Jacke über. Warum hatten sie den Mädchen keine Säcke über den Kopf gestülpt? Teufel, wie konnten sie nur so blöd sein?

Er verließ die Kneipe und wankte die Straße hinunter. Auf der gegenüberliegenden Seite stand Imelda und sah zu ihm hinüber.

Was für eine Scheiße! Sah er jetzt schon Gespenster?

Kieran wischte sich über die Augen, aber als er sie wieder öffnete, war das Gespenst nicht verschwunden. Die tote Imelda stand da drüben, in roten Winterstiefeln, und beobachtete ihn. Jetzt setzte sie einen Fuß in seine Richtung, Kieran drehte sich panisch um und sah zu, dass er wegkam, hatte wohl doch zu viel getrunken.

Da vorne würde er in die Hofeinfahrt einbiegen. Eine Abkürzung, man konnte über die Höfe in die Parallelstraße laufen, dahin würde ihm Imelda wohl nicht folgen.

Sein Atem ging schwer, er beeilte sich, schwitzte, und das Herz pochte laut. Kieran wagte nicht, sich nach dem Gespenst umzusehen, da war der Eingang zum Hof, um die Ecke und dann umdrehen und prüfen, ob sie ihn noch verfolgte. Reichte es ihr denn nicht, dass sie im Schlaf zu ihm kam? Musste sie ihn nun auch am Tag heimsuchen?

Eine Hand legte sich auf seine Schulter, gehetzt drehte Kieran sich um.

»Ach du!« Fast wäre er erleichtert gewesen, doch dann erkannte er, was ihm bevorstand.

Aalborg

Außentemperatur 0 Grad

Der Schatten war schnell, und er kam ihr zuvor.

Pilita hatte ihre Schritte beschleunigt, denn der Mann, dem sie folgte, war plötzlich abgebogen, und in der Dunkelheit konnte sie nicht genau erkennen wohin. Kurz bevor sie die Stelle erreichte, an der er verschwunden war, schob sich jemand zwischen sie und ihn. Eine Gestalt in einem langen dunklen Mantel, eine dicke Mütze auf dem Kopf.

Pilita blieb stehen. Sie wollte nicht, dass man auf sie aufmerksam wurde, wahrscheinlich war es bloß jemand, der in den Häusern dort wohnte. Sobald er oder sie wieder verschwunden war, würde sie sich den Mann, dem sie schon seit Tagen folgte, schnappen und ihn zur Rede stellen. So lange hatte sie auf den Moment gewartet, bis sie ihn endlich allein sprechen konnte, sie würde sich diesen kostbaren Augenblick nicht nehmen lassen.

Sie hatte jetzt die Ecke erreicht, an der die beiden abgebogen sein mussten, dort ging es in einen Hofeingang. Die beiden standen sich gegenüber, der Mann hatte sich umgedreht, blickte zu ihr. Seine Augen weiteten sich. Der Mantelmensch hob einen Arm, und kurz darauf fiel der Mann um. Einfach so. Wie ein Sack. Der andere stieg über ihn hinweg und lief eiligen Schrittes davon.

Pilita war starr vor Schreck. Was war hier gerade geschehen? Es war so schnell gegangen, ihr Kopf konnte nicht begreifen, was ihre Augen gesehen hatten. Zögerlich machte sie ein paar Schritte in die Einfahrt. Der Mann am Boden rührte sich nicht, der

Mensch im Mantel hastete durch die lange Einfahrt, die offenbar durch weitere Hinterhöfe führte, davon.

Pilita zögerte keine Sekunde, im Nu war sie bei dem am Boden liegenden Mann. Trotz der Dunkelheit sah sie, dass er die Augen weit geöffnet hatte, ebenso den Mund. Vorsichtig legte sie ihr Ohr auf seinen Brustkorb, suchte mit ihren Fingern den Pulsschlag am Hals, obwohl sie wusste, dass er tot war. Es war kein Leben mehr in diesem massigen Körper.

Draußen auf der Straße gingen Leute an der Einfahrt vorbei. Es würde nicht lange dauern, bis der Tote entdeckt würde. Und sie mit ihm.

Pilita dachte nicht lange darüber nach, sie rannte. Rannte durch die angrenzenden Hinterhöfe, in die Richtung, in der die Person mit dem Mantel verschwunden war.

Wohin sollte sie fliehen?

Aalborg

Innentemperatur 21 Grad

Katrine gab ihren Mantel an der Garderobe ab, und als sie sich umdrehte, stand hinter ihr der Polizeipräsident Olaf Ingursson mit seiner Frau.

»Lydia, Olaf, wie schön, euch zu sehen!«

Lydia machte ein verkniffenes Gesicht und reichte Katrine wortlos die Hand. Katrine wusste, dass die Frau des Polizeipräsidenten eine ehemalige Umweltaktivistin war und sich noch immer für diese linken Themen engagierte. Aber auch solche musste es geben. Katrine wäre nicht da, wo sie jetzt war, wenn sie sich mit jedem, der anderer Meinung war als sie, in die Wolle bekommen hätte. Konflikte lächelte sie weg, blieb aber hart in ihrer Linie. Auch diese Sozialromantiker würden eines Tages begreifen, dass die Welt nicht so bunt war, wie sie sie gerne malten.

Katrines Zeit würde kommen. Und zwar schon bald.

Der Polizeipräsident selbst begrüßte sie – wenn schon nicht warmherzig, so doch immerhin ausgesprochen höflich. Sie waren sich mehrfach in einem Rechtsausschuss begegnet, in dem Katrine versucht hatte, sich weniger durch Polemik als vielmehr durch Sachkenntnis hervorzutun. Damit hatte sie bei Olaf gepunktet, dessen war sie sich sicher.

»Die Umfragen sehen ganz gut für dich aus«, sagte Olaf, »selbst wenn man ein paar Prozent von den Umfrageergebnissen abzieht, dürfte die Nationalpartiet klarer Wahlsieger werden.«

Lydia nickte Katrine säuerlich zu und wandte sich dann ab, um sich zu einer anderen Gesprächsgruppe zu gesellen.

»Ich hoffe es«, gab Katrine zurück. »Dann haben wir öfter miteinander zu tun. Ich freue mich schon auf die Zusammenarbeit.«
Der Polizeipräsident nickte. »Du entschuldigst mich?«
Er machte eine vage Bewegung zu seiner Frau, von der Katrine nur noch den Rücken sah. Katrine registrierte sehr wohl, dass Olaf ihre Freude über die Zusammenarbeit nicht erwidert hatte. Nun denn, man würde sehen. Auch Olaf Ingursson blieb nicht ewig auf seinem Posten.

Sie ließ die Augen durch den Raum schweifen. Da war August Thøgersen, der Bahnvorstand, er winkte ihr freundlich zu und bedeutete Katrine, sich zu ihm zu gesellen. Die anderen in seiner Gesprächsgruppe kannte sie ebenfalls, die Geschäftsführerin einer Metallbaufirma, ein hoher Gewerkschafter, der Vorsitzende einer Firma, die Windkraftanlagen herstellte, und ihre jeweiligen Begleiter. Exzellente Gesprächspartner, eine perfekte Möglichkeit zu netzwerken. Sie war dort höchst willkommen, alle waren sich sicher, dass sie die Wahl gewinnen würde, und buhlten um ihre Sympathie.

Katrine strahlte, nahm sich eines der winzigen Horsd'œuvres, die ein Kellner herumreichte, sowie ein Glas Orangensaft und steuerte auf die Gruppe zu. Ihr Weg jedoch kreuzte sich mit dem von Anne-Marie Pedersen, und Katrine hielt das für eine gute Gelegenheit, ihre Missbilligung auszudrücken.

»Anne-Marie!«

Die Polizeidirektorin Nordjütlands beherrschte das smarte Lächeln, das sowohl Distanz als auch Entgegenkommen ausdrücken konnte, so gut wie sie selbst. Eine Frau, aus der Katrine bis jetzt nicht schlau geworden war. Auf welcher Seite stand sie?

Die beiden Blondinen gaben sich die Hand.

»Wie kommt ihr im Fall der Toten aus der Düne voran?«, erkundigte sich Katrine.

Anne-Marie Pedersen machte eine Geste, die bedeuten sollte, dass ihre Lippen fest versiegelt waren. »Über laufende Ermittlungen kann ich nichts sagen.«

»Aber diese Kommissarin, Helle Jespers, leistet gute Arbeit?
Ich habe gehört, dass sie ziemlich unerfahren ist. Aus Skagen,
oder nicht?«

Anne-Marie nickte. »Sie hat den Fall Gunnar Larsen gelöst.
Fast im Alleingang. Ich finde, sie macht ihre Sache sehr gut.«

»Sicherlich. Allerdings ist sie ein bisschen zu bestimmt, fin-
dest du nicht?«

Anne-Marie Pedersen musterte sie fragend.

»Sie hat uns ganz schön hart angepackt, ich fand ihren Auftritt
in meinem Wahlbüro etwas beängstigend.«

»Sie wird ihre Gründe gehabt haben.«

Katrine lächelte breit. »Sicherlich. Und wer bin ich, dass ich
die Arbeit der Polizei kritisiere?« Sie deutete zu der Gruppe um
Thøgersen. »Ich muss hallo sagen. Wir sehen uns noch.«

Sie löste sich von der Polizeidirektorin, und während sie den
Raum durchquerte, spürte sie ihren Blick im Rücken. Augenblicklich brach ihr der Schweiß aus. Wie ungünstig. Sie hatte
nichts zu befürchten. Mit der toten Asiatin hatte sie nichts, aber
auch gar nichts am Hut. Was ihre Mitarbeiter betraf – dafür war
sie nicht verantwortlich. Sollte man Kieran und Johann diese Geschäfte nachweisen, würde sie sich tief erschüttert über deren
Treiben zeigen und sich als Hintergangene darstellen. Auf diese
Rolle verstand sie sich perfekt.

Der Bahnvorstand begrüßte sie warmherzig, stellte sie seinen
Gesprächspartnern vor, und Katrine fühlte sich zum ersten Mal
an diesem Abend gebührend angenommen. Sie tauschte Freund-
lichkeiten aus, lauschte interessiert, gab vage Versprechungen für
eine Zeit nach der Wahl, traf Verabredungen und hätte fast vergessen, warum Marit sie an dem Abend nicht begleiten konnte.

Erst als sie auf der Toilette ihren Lippenstift nachzog und eine
Nachricht von ihrer Frau erhielt, erinnerte sie sich.

»Elin hat sich nicht gemeldet. Ich mache mir Sorgen.«

Ich auch, dachte Katrine. Aber mehr kann ich nicht tun. Elin
muss eben einmal alleine klarkommen.

Skagen

Innentemperatur 22 Grad

»Wurde aber auch Zeit!«

Bengts fröhliche Stimme drang zusammen mit lauter Musik von Tom Waits bis in den Windfang, in dem Helle erschöpft ihre Stiefel abstreifte.

Aus dem Wohn- und Essbereich schlug ihr eine Duftwolke von Koriander, Ingwer, Kokosmilch und Knoblauch entgegen. Sina saß auf einem der Barhocker, vor sich verschiedene Häuflein Gemüse: Babymais, Karotte, Gurke und Salat. Dazu Minze und Koriander. Daraus wickelte sie Sommerrollen aus Reispapier, die sie auf einem Teller appetitlich anrichtete. Bengt stand an seinem monströsen Herd, von dem die aromatischen Gerüche emporstiegen. Mit der einen Hand schwenkte ihr Mann einen gusseisernen Wok, in der anderen hielt er eine Flasche Tsingtao-Bier.

»Ich will auch!« Helle streckte verlangend eine Hand aus, und Sina stand auf, um sich und ihrer Mutter ebenfalls eine Flasche von dem chinesischen Bier aus dem Kühlschrank zu holen. Sie hatte sie kaum geöffnet, da riss Helle ihr bereits eine Flasche aus der Hand.

»Prost, Mama!«

»Prost, mein Schatz.« Die Flaschen klackerten aneinander. »Wo ist Emil?«

»Draußen. Dem war es mal wieder zu warm hier drin.« Tatsächlich staute sich die Luft – im Kamin flackerte ein ordentliches Feuer, der Herd von Bengt lief sicherlich schon länger auf

Hochtouren, außerdem hatte Sina viele Kerzen angezündet. Definitiv kein Hundeklima.

»Ist das Essen fertig?« Helle warf einen Blick auf die Köstlichkeiten im Wok. Es sah aus wie mariniertes Hühnchen. Neben dem Herd erspähte sie eine Schüssel mit Shrimps.

»Fünf Minuten«, gab Bengt zurück.

»Dann geh ich kurz mit Emil eine Runde ums Haus. Kopf auslüften.«

Helle schob die Panoramascheibe, die zu Dünen und Meer hinausführte, auf. Direkt vor der Scheibe schlüpfte sie in ihre Gartenclogs, das Bier nahm sie mit. Dann fiel ihr noch etwas ein.

»Wo ist eigentlich Amira? Die müsste längst Feierabend haben.«

Sina antwortete ihr. »Die hat geschrieben, dass sie heute nicht kommt.«

»Ach?« Helle wunderte sich. »Vielleicht schläft sie bei Marianne.«

»Vielleicht geht dich das gar nichts an?«, gab Sina spöttisch zurück. »Vielleicht ist sie erwachsen?«

»Ist ja schon gut.«

Helle war eingeschnappt. Zu oft musste sie sich von ihrer Familie wegen ihrer Kontrollwut auf den Arm nehmen lassen. Im Hinausgehen hörte sie noch, wie Bengt Sina ein »Sie ist Polizistin, weißt du?« zurief und ihre Tochter lachte.

»Jaja, verarschen kann ich mich selbst«, rief Helle über die Schulter und zog hinter sich die Tür zu.

Sie hielt im Dunkeln Ausschau nach Emil, aber er war nirgends zu sehen. Manchmal drehte er eine kleine Runde am Strand, das Haus der Jespers war nicht eingezäunt, aber er kam immer wieder nach kurzer Zeit zurück. Diesmal jedoch hörte Helle Geräusche, die von der Ostseite des Hauses kamen, dort, wo der Kompost stand. Sie ging ein paar Schritte in die Richtung und sah nach. Tatsächlich konnte sie im Licht, das aus dem Fenster drang, gut erkennen, wie Emil mitten im Kompost stand und gierig Gemüseschalen fraß. Garniert mit Kaffeesatz und Eierschalen.

239

»Pfui, Emil, hau ab da!« Helle zog ihren Liebling am Halsband vom Komposthaufen, Emil guckte beleidigt, trottete dann aber mit hängendem Schwanz hinter ihr her. Ich bekomme viel zu wenig Fressen, siehst du nicht, wie schlecht es mir geht?, sagte sein Blick.

Helle steuerte die kleine Holzbank an, ihr Lieblingsplatz am Haus, bei Tageslicht hatte sie von hier aus den perfekten Blick auf die gesamte Meereskante und den ganzen Strand fast bis nach Grenen.

Und außerdem hatte sie hier vor ein paar Tagen ein Päckchen Zigarettentabak versteckt, dort, wo das dicke Reetdach auf die hölzerne Hauswand traf. Sie setzte sich, pfriemelte das Tabakpäckchen hervor und begann hastig, sich eine dünne Zigarette zu drehen.

Emil legte sich seufzend zu ihren Füßen nieder.

Just in dem Moment, als Helle die Zigarette angezündet und genüsslich den ersten Zug inhaliert hatte, bog Sina um die Ecke, Helles Handy in der Hand.

»Mama, wichtiger Anruf.«

Es gelang Helle nicht, die Zigarette schnell genug im Sand auszutreten.

»Was machst du denn da?«

Helle streckte die Hand nach dem Handy aus und zog es vor, ihrer Tochter keine Antwort zu geben.

»Kieran Jensen wurde ermordet.« Das war Jan-Cristofers Stimme. »Die Wache Aalborg hat uns verständigt. Fährst du hin?«

»Schon unterwegs.« Helle stand auf. »Wo genau?«

»In Aalborg direkt, Østeraagade. Warte – ich fahre und hol dich in fünf Minuten ab, ich weiß, wo es ist.«

Kieran Jensen wurde ermordet! Helle konnte keinen klaren Gedanken fassen. Die Nachricht traf sie vollkommen unvorbereitet, außerdem war sie übermüdet und unterzuckert. Durch das Bodenfenster stolperte sie zurück ins Wohnzimmer, Sina scheuchte hinter ihr Emil in den Raum.

»Muss wieder los«, Helle stellte das halbgetrunkene Bier auf den Tresen und fing Bengts fassungslosen Blick auf.

»Warum? Was ist passiert?«

»Ein wichtiger Zeuge ist ermordet worden. Ich muss sofort nach Aalborg.«

Sie gab ihrem Mann einen Luftkuss, schnappte sich im Gehen eine Sommerrolle und stürmte wieder in den Windfang, um sich alles anzuziehen, was sie vor fünf Minuten ausgezogen hatte. Sie war soeben in ihre Jacke geschlüpft, da hörte sie auch schon einen Wagen vorfahren. Rasch verließ sie das Haus, öffnete die Beifahrertür und ließ sich auf den Sitz fallen. Bevor sie die Tür zuziehen und Jan-Cristofer losfahren konnte, kam Bengt an den Wagen. Er reichte Helle eine große Plastikbox und zwei Gabeln ins Auto.

»Haut rein.«

Helle wollte ihm danken, aber Bengt hatte bereits die Autotür zugeworfen, Jan-C. gab Gas, und sie starteten mit Blaulicht nach Aalborg.

Da Jan-Cristofer sich aufs Fahren konzentrieren musste, kämpfte sich Helle allein durch das großartige Gericht mit Gemüse, gebratenen Nudeln, Huhn und Shrimps und hörte sich an, was Jan-C. zu berichten hatte. Viel wusste er noch nicht. Die Leiche von Kieran Jensen war um halb acht von einem Anwohner gefunden worden, der Körper war noch warm gewesen. Die Polizisten, die als Erste vor Ort waren, hatten Anne-Marie Pedersen benachrichtigt, die entschied, dass Helle verständigt werden sollte. Ein Zusammenhang mit dem Fall von Råbjerg Mile war doch ziemlich naheliegend.

Da das alles an Informationen war, spekulierten Helle und Jan-C., inwiefern der Mord an Jensen mit dem Tod von Imelda zusammenhing. Beide gingen erst einmal davon aus, dass Kieran sterben musste, weil er zu einer Gefahr für die Menschenhändlerorganisation geworden war.

»Ich muss meinen Kontaktmann bitten, diese Albaner genauer unter die Lupe zu nehmen«, dachte Helle laut nach. »Vielleicht haben sie mit Kieran Jensen unliebsame Konkurrenz ausgeschaltet.«

»Oder er wusste zu viel und hat gedroht auszupacken.«

»Oder die Schwester von Imelda hat damit zu tun. Pilita.«

»Puh. Dass eine zierliche Filipina so einen Kerl plattmachen kann ... Also ich weiß nicht«, zweifelte Jan-C.

Helle zuckte nur mit den Schultern. »Wir haben schon alles gesehen, Jan-C.«

Sie schwiegen eine Weile, bis sie die Altstadt von Aalborg erreichten, und dachten an all das, was sie wirklich schon gesehen hatten.

Der Fundort der Leiche lag in einer Parallelstraße zur Jomfru Ane Gade, der längsten Theke Dänemarks, wie die Ausgehmeile auch genannt wurde. Ein Pub reihte sich an den nächsten, eine Mikrobrauerei residierte hier und jede Menge Straßenrestaurants. Ein hübsches Fachwerkviertel mit geduckten kleinen Häuschen und engen kopfsteingepflasterten Gassen. Jan-Cristofer parkte im Halteverbot, das Blaulicht ließ er eingeschaltet, und dann bahnten sie sich einen Weg durch die neugierige Menge. Es war beste Ausgehzeit, trotz der Kälte strömten die Schaulustigen aus den Kneipen und standen draußen, die Biergläser in der Hand, und erzählten sich gegenseitig, was wohl geschehen sein mochte.

Die Leiche von Kieran Jensen lag in einer Hofeinfahrt, abseits vom Kneipentrubel. Helle begrüßte die Kollegen und steuerte geradewegs auf Anne-Marie Pedersen zu, die gemeinsam mit einem ihr nicht bekannten Polizisten und einer Staatsanwältin, mit der Helle bereits zu tun gehabt hatte, in der Nähe der Leiche stand.

Über den Körper von Kieran Jensen gebeugt war Jens Runstad, der Leichenleser. Er winkte Helle kurz zu. Auch Rami, den Spurensicherer, sah sie weiter hinten. Er war beschäftigt und bemerkte sie nicht. Außerdem stand ein Krankenwagen da, Kollegen befragten Zeugen oder behielten die Absperrungen im Auge.

»Helle, gut, dass du kommen konntest.«

Die Polizeidirektorin fasste sie am Arm und fing den verwunderten Blick auf ihr elegantes Abendkleid auf. »Ich komme direkt vom Jahresempfang des Rotary Clubs«, erklärte Anne-Marie. Dann stellte sie Helle vor. Der Polizist war Frits Nyman, er sollte die Ermittlungen im Todesfall Kieran Jensen leiten, in enger Zusammenarbeit mit Helle.

»Helle, bitte informiere Frits über den Stand eurer Ermittlungen. Solange wir nicht mit Sicherheit wissen, inwieweit die Fälle wirklich zusammenhängen, halten die Staatsanwältin und ich es für besser, wenn wir hier vor Ort eine eigene Ermittlungsgruppe haben.«

Frits nickte Helle freundlich zu. »Bevor du loslegst, erzähl ich dir gleich mal, was wir hier haben.«

Okay, dachte Helle, ein Konkurrenzproblem hat er wohl nicht.

Sie ließ sich von Frits zu Jens Runstad führen.

»Ich muss nicht lange rätseln«, setzte dieser sofort an, »klare Todesursache, jedenfalls auf den ersten Blick. Sogar die Waffe ist vorhanden.« Er deutete auf den Hals des Toten, in dem eine Spritze steckte.

»Ich vermute Kaliumchlorid. Schnell und sauber, führt zum Herzstillstand. Viel dürfte der gute Mann nicht mehr mitbekommen haben. Dem Einstichkanal zufolge hat der Täter von oben rechts nach unten links zugestochen, also ein großer rechtshändiger Täter. Außerdem wusste er, was er tat. Er hat die Vene auf Anhieb getroffen.« Er hob beide Hände. »Aber ihr wisst, ich lege mich erst fest, wenn ich die Leiche auf dem Tisch gehabt habe.«

»Wissen wir etwas über den Todeszeitpunkt?«, erkundigte sich Helle.

Frits nickte. »19.30 Uhr. Der Anwohner, der ihn gefunden hat«, er zeigte auf einen Mann, der ein Stückchen entfernt auf einer Treppe saß, Zigarette und einen Becher Kaffee in der Hand, neben ihm eine Polizistin, die sich mit ihm unterhielt, »kam gerade von der Arbeit. Er wohnt hier in der Nummer zweiundzwanzig.

Als er in die Einfahrt einbog, sah er den Mann am Boden liegen. Und dort hinten, am anderen Ende, lief jemand weg. Leider war die Person schon fast um die Ecke gebogen, sodass die Personenbeschreibung nur sehr flüchtig ist. In der Dunkelheit konnte der Zeuge wenig sehen, meint aber, es könnte sich um eine Frau gehandelt haben. Zierlicher Körperbau.«

Helle sog scharf die Luft ein. »Also möglicherweise die Frau, nach der wir suchen. Pilita.«

»Habt ihr nicht zugehört?«, der Leichenleser schaute Helle missbilligend an. »Großer Täter. Groß! Nicht zierlich.«

»Jedenfalls hat der Zeuge sich erst einmal um Kieran Jensen gekümmert. Er hat es mit Wiederbelebung versucht, aber ohne Erfolg. Außerdem hat er um Hilfe gerufen. Von der Straße kam dann ein Pärchen, das ihm geholfen und Polizei und Krankenwagen alarmiert hat.«

»Weitere Zeugen? Wissen wir, woher er kam, wohin er wollte?«

»Meine Leute sind im Moment draußen«, Frits deutete auf die Straße, von der aus es in die Hofeinfahrt ging, »und befragen die Gäste in den Kneipen.«

»Bei den vielen Leute müsste es schon mit dem Teufel zugehen, wenn niemand etwas gesehen hätte«, mischte sich Jan-Cristofer ein. »Ich geh mal raus und unterstütze die Kollegen.«

In dem Moment winkte ein Polizist ihnen von der Straße aus zu. Helle, Frits und Jan-C. eilten sofort zu ihm.

»Wir haben den Pub, wo er vorher war. Das ›Old Games‹. Die Zeiten hauen ziemlich gut hin. Der Barkeeper kann sich gut erinnern, der Tote ist Stammgast. Wollt ihr euch gleich mit ihm unterhalten?«

Keine zwei Minuten später scharten sich die vier Polizisten um den Tresen des »Old Games«. Ein gemütlicher Pub nach irischem Vorbild mit schummriger Beleuchtung, dunklem Tresen aus gedrechseltem Holz und etwas älterem Publikum. Hier konnte man Livemusik genießen, aber auch unbehelligt sein Feierabendbier trinken.

»Kieran kommt seit vielen Jahren her«, erzählte der Barkeeper, dem man den Schock deutlich ansehen konnte. »Er trank mal eins, mal mehr. Hat immer mit irgendwem gequatscht.«

»Heute auch?«

Der Mann schüttelte den Kopf. »Heute nicht. War nicht gut drauf, hat nur getrunken, ohne zu reden.« Er hielt den Bierfilz hoch. »Sieben Bier in zwei Stunden. Hatte ordentlich Zug.«

»War außer seiner Laune sonst noch etwas auffällig?«

Der Barkeeper überlegte. »Es war total voll, das seht ihr ja, da achte ich dann nicht so auf die einzelnen Gäste. Vor allem nicht auf die Stammgäste. Ach ja, einen Anruf hat er bekommen.«

»Wann war das ungefähr?«

»Kurz bevor er gegangen ist. Er hat daraufhin noch schlechtere Laune bekommen und wollte gleich zahlen.«

Frits machte sich Notizen, er und Helle fragten abwechselnd. »Hast du vielleicht eine Frau bemerkt? Zierlich?«

»Ihr entschuldigt?« Der Barkeeper nahm sich ein winzig kleines Gläschen und goss sich einen Schnaps ein. »Normalerweise trinke ich nicht im Job, aber das mit Kieran ... also ehrlich.« Er legte den Kopf in den Nacken, und der Schnaps war verschwunden. »Eine zierliche Frau?« Er dachte angestrengt nach. »Nichts bemerkt. Was öfter mal vorgekommen ist, aber nicht heute, ist, dass Kieran rekrutiert hat.«

Helle und Frits sahen sich an. »Rekrutiert?«

»Na ja oder Werbung gemacht, ich weiß nicht, wie man das nennt. Er hat Mitglieder für die Nationalpartiet angeworben. Den da hinten zum Beispiel.« Er wies mit dem Kopf auf einen Mann, der mit dem Rücken zu ihnen am anderen Ende des Tresens saß.

Jan-Cristofer bahnte sich im Einverständnis mit Helle und Frits sofort einen Weg durch die Gäste.

»Wie lief das so ab?«

»Kieran war gut im Quatschen. Und am Tresen geht das schnell.

Ein, zwei Bier, dann hat er sich zu irgendwas geäußert – Fußball, Arbeit, Kinder, ein unverfängliches Thema – und dann nach und nach abgecheckt, wie der andere so drauf ist. Wenn Kieran gemerkt hat, dass der seine Überzeugungen nicht teilt, hat er es gelassen. Aber wenn er gemerkt hat, dass es in seine politische Richtung abdriftete ... Irgendwann ging's dann immer ab, mit fremdenfeindlichen Sprüchen. Und dann hat er seine Visitenkarte überreicht und zu einem Abend der Nationalpartiet eingeladen ...« Er wischte mit einem Tuch über den Tresen und zuckte bedauernd die Achseln. »Sorry, aber so war's.«

»Hast du mal mitbekommen, dass er etwas angedeutet hat, was in Richtung billige Arbeitskräfte ging? Putzhilfe, Bauhelfer ... so was in der Richtung?«, tastete sich Helle vorsichtig vor.

Jetzt schüttelte der Barkeeper energisch den Kopf. »*Never!* Nein, also vielleicht habe ich es nicht mitbekommen, aber ... nein.«

»Okay.« Helle überlegte und wechselte einen Blick mit Frits. Der bat den Barkeeper, sich am nächsten Tag auf seinem Revier zu melden, damit er eine Zeugenaussage aufnehmen könne, dann warf er einen Blick auf seine Uhr.

»Helle, es ist schon reichlich spät. Ich würde sagen, du fährst nach Skagen, und wir treffen uns morgen früh, was meinst du?«

»Ich meine, dass ich gerne ein Bier trinken würde. Und morgen das Wahlbüro von Katrine Kjær auseinandernehmen.«

Frits lachte. »Das juckt mir schon lange in den Fingern! Aber im Ernst, dafür bekommen wir keinen Durchsuchungsbeschluss. Nur, wenn wir etwas Handfestes haben.«

»Dann finden wir etwas Handfestes.« Helle hielt Frits die Hand hin, und er schlug ein. Jetzt stieß auch Jan-Cristofer wieder zu ihnen.

»Ich habe die Daten von dem Heini dahinten. Viel konnte er nicht beitragen, außer der Erkenntnis, dass Kieran ein rassistisches Arschloch war – genauso wie er selbst.«

Frits schüttelte den Kopf.

»*De mortuis nil nisi bene.*« Er tippte sich an die Stirn. »Morgen um neun bei Pia Jensen?«

Helle war einverstanden. Frits und sein Kollege verließen den Pub, Helle orderte für sich ein Bier, Jan-Cristofer bestellte ein Tonicwater und setzte sich neben Helle an den Tresen.

»Du sitzt übrigens genau da, wo Kieran heute gesessen hat.« Der Barkeeper schob Helle ihr Bier hin.

»Na, ich hoffe, das ist kein schlechtes Omen.« Sie prostete ihm und Jan-Cristofer zu. Der sah sie an, sah sie einfach nur an, und Helle wusste genau, was sein Blick sagte: ein Bier während der Arbeit?

»Verkneif dir den Kommentar«, sagte sie und guckte weg.

Sie nahm einen gierigen ersten Schluck, musste sich zusammennehmen, um das Glas nicht in einem Zug zu leeren. Sie stand unter wahnsinniger Anspannung, seit sie den Fall der Toten aus der Düne übernommen hatte. Ständig hatte sie das große Verlangen nach Alkohol, weil sie dachte, das würde den Druck von ihr nehmen. Tatsächlich gelang es auch. Kurzfristig. Aber wirklich gut ging es ihr damit nicht, sie trank seit Jahren etwas zu viel. Die Leibesmitte wurde fülliger, die Tränensäcke dicker, und jeden Morgen hatte sie Watte im Kopf. Sie spürte noch immer die Blicke von Jan-Cristofer auf sich; er war seit einem halben Jahr trocken, die Alkoholsucht hätte ihn im letzten Fall beinahe das Leben gekostet.

»Ich brauch das gerade.« Helle wagte nicht, ihm in die Augen zu sehen, denn sie wusste, was sie darin würde lesen können. Besorgnis. Mahnung. Erkennen.

Stattdessen strich Jan-C. ihr liebevoll über den Rücken und schwieg.

Helle saß so, dass sie von ihrem Platz aus die andere Straßenseite sehen konnte. Zwar war es dunkel, aber die Straßenlaternen erhellten den Bürgersteig. Ein paar kahle Bäume gruppierten sich um einen Parkplatz. Eine Frau lief vorbei, im Gehen winkte sie nach einem Taxi. Helle konnte beinahe ihr Gesicht erkennen, trotz der Entfernung. An irgendetwas erinnerte sie die Szene, aber sie kam einfach nicht drauf, was es war.

»Wir sollten dringend diesen Johann vernehmen«, hörte sie nun ihren Kollegen sagen. »Wenn der in dieser Menschenschmuggelsache mit drinsteckt, bekommt er vielleicht Angst und packt aus.«

»Hast recht«, sagte Helle, und plötzlich fädelten sich ihre Gedanken auf wie Perlen an einer Kette. Johann, die Nationalpartiet, Katrine Kjær, das Wahlbüro …

»Das Juweliergeschäft, neben dem Pilita gesehen wurde, wo ist das?«

Jan-C. brauchte einen Moment, um sich zu sortieren, aber dann wusste er, was Helle meinte. »Am Nytorf. Ungefähr Lille Nygade.«

»Und wo ist Katrines Wahlbüro?«

Jan-C. starrte sie an.

»Eben«, sagte Helle. Sie suchte aufgeregt auf ihrem Smartphone die Nachricht der Polizistin, die ihr mitgeteilt hatte, dass Pilita nicht mehr auf ihrem Platz saß. Circa 17.20 Uhr.

»Was hat Marianne gesagt, wann Kieran das Büro verlassen hat?«

»Irgendwas nach fünf. Viertel nach ungefähr.«

»Okay.« Helle zog ihre Jacke aus, die Aufregung, in der sie sich befand, verursachte einen neuerlichen Schweißausbruch. »Pilita hat das Wahlbüro beobachtet. Und ist nicht abgehauen, weil sie unsere Kollegen gesehen hat. Sie ist Kieran gefolgt!«

»Steile These!«

»Na und?« Helle legte Geld auf den Tresen und zog Jan-C. mit sich aus dem Pub. »Schau nach, ob Rami noch am Tatort ist. Ich brauche ihn.« Sie deutete auf die Bäume auf der anderen Straßenseite. »Ich bin da drüben.«

»Ist das dein Ernst?« Rami starrte ungläubig auf den Streifen Bürgersteig, den Helle markiert hatte.

248

»Bitte.« Helle war bereits dabei, jedes Fitzelchen Müll einzeln in Plastiktüten zu verpacken. »Ist doch nicht viel. Ein paar Kippen und dieser Kaffeebecher da noch. Dann ab ins Labor, und, Jan-C., bitte sorg morgen dafür, dass von der Decke, auf der sie gesessen hat, auch DNA-Spuren genommen werden.«

Rami wackelte zweifelnd mit dem Kopf. »Die Kollegen werden nicht begeistert sein. Nur auf einen vagen Verdacht hin.«

»Es ist mehr als das.« Helle war von ihrer Idee fest überzeugt. »Ich denke, Pilita hat hier drüben gestanden und Kieran beobachtet. So wie schon vom Juwelier aus das Büro der Nationalpartiet. Als er aus der Kneipe gekommen ist, ist sie ihm gefolgt und hat ihn sich dann in der Hofeinfahrt geschnappt.«

»Und warum?«, fragte Jan-Cristofer.

»Aus Rache für ihre tote Schwester.«

Jan-Cristofer flüsterte »großer Täter« vor sich hin, aber Helle ignorierte den Einwurf geflissentlich. Sie war überzeugt davon, dass Pilita etwas mit dem Mord an Kieran Jensen zu tun hatte. Vielleicht hatte sie ihn nicht selbst ermordet, aber sie stand damit irgendwie in Verbindung.

Kurz nach Mitternacht kam Helle nach Hause und freute sich darüber, dass noch Licht brannte. Ein bisschen Nestwärme würde guttun, bevor sie sich für eine viel zu kurze Nacht aufs Ohr legte.

Sina schien tatsächlich auf Helle gewartet zu haben. Freudig umarmte Helle sie, spürte aber gleich, dass etwas nicht stimmte.

»Papa ist mit Emil in der Tierklinik.« Sina fasste nach Helles Händen. »Er ist vor einer Stunde los.«

Helle brach sofort in Tränen aus. War das der Moment, vor dem sie sich schon so lange fürchtete?

»Emil hat plötzlich kaum noch Luft bekommen. Er hat so komisch gejapst und gehechelt.«

Helle griff sofort zu ihrem Handy, um Bengt anzurufen, aber Sina nahm es ihr aus der Hand. »Lass mal. Papa meldet sich sofort, wenn er etwas weiß.«

Helle nickte. Sie kuschelte sich auf dem Sofa ein, gleich in zwei dicke Decken, und konnte nicht aufhören zu weinen. Die Anspannung und die Ängste, die sie in der letzten Zeit begleitet hatten, brachen aus ihr hervor, die Sorge um ihren geliebten Hund war stärker als alles andere. Sina bereitete Helle einen Kakao zu und verweigerte ihr den Schnaps, nach dem sie verlangt hatte.

Eine Viertelstunde später kam der Anruf. Sina schaltete sofort auf Lautsprecher.

»Wir sind auf dem Weg nach Hause«, tönte Bengts tiefe Stimme durch den kleinen Apparat. »Emil geht's prächtig.«

»Was hat er?« Helle traute Bengts Beteuerung nicht ganz.

»Anaphylaktischer Schock.« Bengt lachte. »Der Fresssack hat irgendwas aufgeschnappt, was ihm nicht bekommen ist. Der Arzt hat ihm eine Spritze gegeben und ein paar Leckerchen, jetzt ist alles wieder gut.«

Helle vergoss gleich noch ein paar Tränen, dieses Mal vor Erleichterung. Dann kam ihr ein Gedanke. Der Komposthaufen! Sie warf die Decken von sich und stand auf.

»Komm mit«, forderte sie Sina auf.

Draußen schaltete sie die Taschenlampe des Handys ein und inspizierte den Biomüll, von dem sie Emil vor ein paar Stunden heruntergezogen hatte.

Tee, Kaffeesatz, Eierschalen, Gemüseschalen – Gurke, Möhren, Zwiebeln.

Plötzlich schrie Sina leise auf und zeigte Helle im Lichtschein, was sie gesehen hatte: die Samenansätze frischer Chilischoten. Bengt hatte sie für sein Wokgericht verwendet. Höchstwahrscheinlich hatte Emil in seiner Gier ein paar Reste teuflischer Habañeros erwischt.

»Dieser Vollidiot!«

Drinnen bekam Helle dann doch noch einen Fingerhut voll Schnaps und schlief daraufhin tief und fest, noch bevor Bengt und Emil nach Hause kamen. Nicht einmal Emils nasse Nase, der sein Frauchen liebevoll begrüßte, indem er ihr Gesicht einmal abschnüffelte, holte sie aus ihrem komatösen Schlaf.

Bengt steckte die Decken rund um ihren Körper fest und löschte das Licht.

Aalborg

Innentemperatur 22 Grad

Sie wachte auf, weil sie Bertrams Stimme hörte. Sofort saß Elin im Bett und horchte in die Dämmerung. Die Bettseite neben ihr war leer, und sie wusste, was das bedeutete: Sven war bei dem Jungen.

Elin zitterte. Ihr war kalt, der Rücken schmerzte, die Wunden hatten sich an den Stellen, die sie selbst nicht versorgen konnte, entzündet. Vor allem aber zitterte sie vor Angst.

Sven und ihr Sohn.

Wenn er ihm etwas antat.

Angestrengt lauschte sie. Svens Stimme drang an ihr Ohr. Er sprach beruhigend auf den Kleinen ein. Aber das hatte nichts zu bedeuten. Gar nichts. Elin kannte die leisen Töne ihres Mannes nur zu gut. Je einfühlsamer er mit ihr sprach, desto härter waren die Schläge.

Am liebsten wäre sie aufgestanden und hätte Sven das Kind aus dem Arm gerissen, aber sie wusste, dass er sich jede Einmischung verbat.

Bertram gluckste.

Elin hatte immer befürchtet, dass es eines Tages einmal so weit sein würde. Bis jetzt hatte Sven ihren Sohn in Ruhe gelassen, und sie hatte sich in der trügerischen Gewissheit gewähnt, dass er einem Kind nichts antun würde. Dass es um sie ging, um sie allein. Dass seine Wut auf sie gerichtet war, dass er Lust hatte, seine Frau zu demütigen.

Und sie hatte alles dafür getan, dass es so blieb.

Hatte sich zur Verfügung gestellt. Ihren Körper zur Verfügung gestellt.

Als Imelda ins Haus kam, hatte Elin gehofft, dass er von ihr ablassen und sich an der Neuen vergreifen würde, und anfangs sah es ganz so aus, als würde es Sven mehr Befriedigung verschaffen, sich an der Fremden abzureagieren. Aber das war ein Trugschluss. Ein beinahe tödlicher Trugschluss. Er hatte einfach sie beide gequält, es machte ihm keine Mühe, er hatte keine Skrupel. Ob er auch keine Skrupel hatte, sich an ihrem Sohn zu vergreifen?

Sven kam ins Zimmer, Bertram auf dem Arm. Der Kleine hatte den Kopf auf die Schulter seines Vaters gelegt, arglos, und nuckelte an seinem Schnuller. Die Lider fielen ihm zu, er schien das Gefühl zu genießen, dass sein Vater ihn sicher auf dem Arm trug und in den Schlaf wiegte.

Elin gefror das Blut in den Adern. Sie spürte keinen Schmerz mehr. Sie fürchtete nur noch um das Kind.

Sven hatte den Kinderpass in der Hand.

»Schau mal hier, was ich unter seinem Kissen gefunden habe«, sagte er und lächelte Elin an.

Es hätte so schön sein können. Ein liebender Vater, der sein schlafendes Kind auf dem Arm trug und seine Frau anlächelte, voller Zuneigung.

Aber das hier war anders.

Es war das nackte Grauen.

»Ich habe ihn gestern abgeholt.«

»Das sehe ich. Und warum hast du ihn unter das Kissen gelegt und nicht auf meinen Schreibtisch?« Sven lächelte noch immer und trat noch einen Schritt näher an das Bett heran. »Du weißt doch genau, dass ich alle Dokumente verwahre.«

Elin nickte stumm, sie hatte keine Sprache mehr.

»Oder wolltest du verreisen?«

Sie schüttelte den Kopf und starrte auf die Bettdecke. Sie durfte ihn nicht ansehen. Sven hasste es, wenn sie ihn ansah.

Er hasste es manchmal aber auch, wenn sie ihn nicht ansah.

»Für immer weggehen?«

»Nein!« Das kam zu schnell. Zu hastig, zu ängstlich. Elin duckte sich.

Aber Sven stand nur da, Bertram auf dem Arm.

»Wir haben Probleme, und du willst weg? Einfach so, ohne mich zu fragen?«

»Nein ... Ich weiß nicht, warum der Pass unter dem Kissen liegt. Ich habe ... ich war in Gedanken.«

»Du warst nervös. Hast du deine Tabletten nicht genommen? Nimmst du etwa die Tabletten nicht, die dir dein Doktor verschreibt?«

»Doch. Doch ich nehme die Tabletten, ich schwöre es.«, Elin nickte. Wagte einen Blick nach oben, zu Bertram. Sah seine langen Wimpern, die vom Schlaf geröteten Wangen. Ihr Herz zog sich wie im Krampf zusammen. Bitte, bitte, bitte, betete sie. Bitte. Tu. Ihm. Nichts.

Jetzt setzte sich Sven zu ihr auf das Bett. Mit der einen Hand hielt er seinen Sohn, mit der anderen streichelte er über die Bettdecke. Elin wollte ihre Beine instinktiv zurückziehen, aber sie wusste, das wäre ein Fehler. Ihr Mann mochte es nicht, wenn sie sich ihm entzog.

»Deine Schwester hat mich angerufen.«

Elin nickte nur.

»Du hast ihr ein bisschen zu viel erzählt, meine Liebe.«

»Was?«

»Tja, was. Ich wüsste auch gerne was. Jedenfalls hat sie mir gedroht.«

Elin blickte auf. Sie sah Sven in die Augen. Graue Augen wie die eines Wolfes. Konnte es wirklich sein, dass Katrine sie verraten hatte? Sie hatte ihr geschworen, dass sie niemals etwas sagen würde!

»Ich mag nicht, wenn man mir droht. Das weißt du doch, mein Schatz?« Seine Hand bahnte sich einen Weg unter die Bettdecke, glitt an ihrem Schienbein hoch, entlang der Wade wieder abwärts.

254

Elin spürte, wie sie eine Gänsehaut bekam.

»Ich habe nur Probleme mit dir, Elin. Nur Probleme.«

Elin wandte den Blick wieder zu Boden, biss sich auf die Lippen, damit er nicht hörte, wie sie aufschluchzte. Tränen tropften auf die Bettdecke und hinterließen dunkle feuchte Punkte darauf. »Und mit diesem kleinen Mann sind die Probleme nicht weniger geworden, nicht wahr?«

Sven zog die Hand unter der Bettdecke hervor, fasste den schlafenden Bertram mit beiden Händen und hielt ihn ausgestreckt Elin hin. Ihr Sohn wachte auf, gluckste leise, aber dann hatten seine Augen sie erfasst, seine Mama, und er streckte nun ebenfalls seine Ärmchen aus.

Durfte sie ihn nehmen? Elin warf einen Blick zu Sven, der sie mit steinerner Miene ansah. Sein Lächeln war aus dem Gesicht verschwunden, nur Härte war zurückgeblieben. Harte Furchen um den Mund, Wolfsaugen – warum hatte sie es nicht gesehen? Warum hatte sie gedacht, ihr Mann sei der Jackpot?

Vorsichtig streckte Elin die Hände nach ihrem Sohn aus. Durfte sie? Oder würde er ihn fallen lassen?

Sven hielt Bertram fest, nach wie vor. »So geht es nicht weiter. Das hier«, er schüttelte den Jungen ein wenig, dessen Gesicht sich verzog, er war kurz davor zu weinen, »ist ein Problem. Ein massives Problem.«

Elin schluckte trocken. Sie wagte es, sich noch ein wenig weiter nach vorne zu beugen.

Irgendwo klingelte das Telefon.

Sie sahen sich an.

Sven ließ los.

Elin fing Bertram auf. Sie drückte den kleinen warmen Körper fest an sich, vergrub ihr Gesicht in seinem schwarzen Haar, atmete den Schlafgeruch des Babys ein und wiegte sich vor und zurück.

»*Solen er så rød, mor, og skoven bli'r så sor ...*«

Alles wird gut, mein Sohn, alles wird gut.

Skagen

Außentemperatur 0 Grad

Der Abschied von Emil fiel Helle an diesem Morgen ganz besonders schwer. Lange hielt sie seinen großen Kopf umarmt, zum Missfallen ihres Rüden, der allzu körperliche Zuneigungsbekundungen nicht schätzte. Er wand sich aus ihrem Griff, schüttelte sich und legte sich auf den Fußabstreifer im Windfang. Sina schlief natürlich noch, aber Emil würde es später gut haben mit ihr – ein langer Spaziergang am Strand und eine große Portion Pansen erwarteten ihn.

Aber Emil wusste nichts von den Sorgen, die seine Familie sich um ihn gemacht hatte, nichts davon, dass sie seine Uhr laut ticken gehört hatten, und erst recht nichts davon, was der Tag ihm Gutes bringen würde. Er war noch müde von der Aufregung der gestrigen Nacht, schloss die Augen und ließ leise ein Lüftchen entweichen.

Helle schloss schnell die Tür und sprang zu Bengt ins Auto, der sie auf dem Weg zu seiner Arbeit zur Wache mitnehmen würde.

»Ach, Moment«, rief sie, als Bengt schon den ersten Gang eingelegt hatte.

Er beobachtete verwundert, wie sie zum Volvo lief, den großen Karton mit der Fritteuse zu seinem Wagen brachte und ihn auf den Rücksitz stellte.

»Die nehme ich heute mit.«

»Aha?«

»Ja. Ich weiß endlich, wohin damit.«

»Ich glaub, ich muss es nicht wissen, oder?«

Helle schüttelte den Kopf. »Nein, musst du nicht. Nur so viel: Es wird ihr gut gehen.«

»Dann bin ich ja beruhigt.«

Jan-Cristofer und Marianne waren bereits in der kleinen Wache, die Heizung bullerte, der Kaffee lief mit zischendem Geräusch durch die Maschine – es war fast so schön wie zu Hause. Zuerst checkte Helle Mails und ging die Ermittlungsakte durch, die Frits Nyman offenbar noch in der Nacht angelegt hatte. Das meiste darin war Helle bekannt, aber eine Sache war neu: Noch am Tatort hatten die Polizisten das Handy des Toten ausgewertet und festgestellt, dass der Anruf, den er laut dem Barkeeper in der Kneipe bekommen hatte, von Wulf Jacoby gewesen war – Kierans Schwager, dem Fischer.

Sieh an, dachte Helle, und daraufhin hat der gute Kieran also schlechte Laune bekommen. Was sein feiner Schwager ihm wohl mitgeteilt hat? Vielleicht hat er ihm erzählt, dass die Bullen ihn vernommen haben? Wir haben also mit unseren Nachforschungen in ein faules Ei gebohrt, freute sie sich.

Helle griff daraufhin zum Telefon und rief Frits an, um sich mit ihm zu koordinieren. Bei der Gelegenheit erzählte sie ihm auch, welche Rolle Wulf Jacoby in ihrer Ermittlung spielte, dass es zwar keinen direkten Link zur Toten in der Düne gab, aber immerhin lag der Verdacht nahe, dass Wulf zusammen mit seinem Schwager Kieran illegal Menschen über den Skagener Hafen nach Dänemark schmuggelte.

»Ich dachte, die Jungs von der Nationalpartiet haben was gegen Flüchtlinge?« Frits schien verwundert.

»Vermutlich nicht, wenn sie an ihnen verdienen können«, meinte Helle mit einer Portion Sarkasmus. »Sie haben nur etwas gegen Flüchtlinge, die ihnen die Arbeitsplätze wegnehmen – in dem Fall schaffen sie ja eher welche.«

»Sympathische Typen. Also gut, kümmert ihr euch um Wulf Jacoby. Meine Leute setze ich erst mal auf die Zeugenbefragungen an, außerdem vernehmen wir die Parteifreunde und Arbeitskollegen. Wir beide sehen uns um halb neun bei Kierans Witwe?«

»In Ordnung. Bye!«

Mittlerweile waren auch Linn und Christian eingetroffen, und Helle bat alle in ihr Büro. Sie sah auf die Uhr, bereits zehn nach sieben. Ole und Amira verspäteten sich beide, das war sehr ungewöhnlich. Gerade als sie Marianne bitten wollte nachzufragen, sah sie, wie Oles Auto auf den Parkplatz fuhr. Er hatte Amira anscheinend aufgepickt. Helle wollte sich wieder zu den Kollegen im Raum wenden, als sie bemerkte, was für einen Blick Amira ihrem Kollegen zuwarf und wie Ole daraufhin seinen Arm um ihre Schulter legte. Dann verschwanden die beiden aus ihrem Blickfeld, um kurz darauf in Helles Büro zu kommen. Amira wirkte völlig unbeteiligt, Ole jedoch hatte rote Ohren, und als sein Blick Helles streifte, schlug er die Augen nieder.

Helle wusste augenblicklich, wo Amira die vergangene Nacht verbracht hatte. Zu gerne hätte sie jetzt gegrinst oder eine blöde Bemerkung gemacht, aber sie wollte die beiden auf keinen Fall in Verlegenheit bringen. Sie nahm sich stattdessen vor, Amira am Abend dezent auszufragen.

Sie eröffnete das Meeting damit, dass sie alle Kollegen auf Stand hinsichtlich der Mordsache Kieran Jensen brachte. Die Einzigen, die noch von nichts wussten, waren Marianne sowie Ole und Amira. Linn und Christian hatten es schon über Fredrikshavn erfahren.

»Frits kümmert sich um den Bericht von Dr. Runstad, die Spurensicherung, Zeugenbefragungen sowie um alle Kollegen von der Nationalpartiet. Ich fahre nachher nach Aalborg und vernehme mit ihm die Witwe. Marianne, du kümmerst dich um die Anfragen der Presse, die Protokolle und leitest alle eingehenden Infos an alle Mitglieder der Soko weiter. Außerdem bist du Herrin über die Ermittlungsakte.«

Marianne nickte etwas unglücklich. »Ich versuche es.«

Helle guckte fragend. »Was heißt das?«

»Ich stehe mit den Programmen auf Kriegsfuß. Das ist alles neu und dann gleich so viel zu tun.«

»Ich bleibe hier und unterstütze sie.« Amira lächelte Marianne ermunternd an.

»Gut. Linn, was hat die Befragung von Wulf Jacoby gestern ergeben?«

»Die Befragung nicht viel.« Linn sah zu Jan-Cristofer, der mit ihr dem Fischer auf den Zahn gefühlt hatte. Er hatte bereits eine Notiz dazu verfasst, die tatsächlich nicht besonders hilfreich war. »Aber ich habe mir in der Nacht noch das Seetagebuch vorgenommen – zusammen mit den Daten vom Hafen.« Linn hielt einen Ausdruck hoch. »Und das Ergebnis kann sich sehenlassen. Jedes Mal wenn die *Gloria* in Skagen war, hat sich die Route von Jacobys Kutter mit der des Frachters gekreuzt.«

Ein Stöhnen ging durch den Raum, und Linn grinste stolz.

»Bingo!« Helle war sehr zufrieden mit dieser Information. Das war etwas Greifbares. Sie bat Linn darum, sich mit der Ermittlungsgruppe kurzzuschließen, die sich um Schwarzarbeit kümmerte. Vielleicht hatten die Kollegen damit eine Handhabe, den Kutter auf den Kopf zu stellen und Jacobys Finanzen zu durchleuchten. Zusammen mit den Aussagen von Filipe würden sie dem möglichen Menschenschmuggel hoffentlich auf die Spur kommen. Jetzt galt es nur noch zu beweisen, dass auch Kieran Jensen mitgemischt hatte.

»Was sonst noch?« Sie blickte in die Runde.

»Ich nehme mir mal die Schwester von Katrine Kjær vor«, sagte Christian. »Die Witwe Jensen hat gestern doch so Andeutungen gemacht.«

»Bestens.« Helle bekam eine Nachricht auf ihr Handy. Sie war von Ingvar – Aalborg hatte entschieden, eine Fahndung nach der Schwester der Toten herauszugeben. Offenbar hatte es Zeugen gegeben, die gestern Abend eine Asiatin mit roten Winterstiefeln in der Nähe des »Old-Games« gesehen hatten. Ganz so, wie

Helle vermutete. Noch eine gute Nachricht, die sie gleich an die Kollegen weitergab.

Sie lösten das Meeting auf, und alle beeilten sich, den ihnen zugeteilten Jobs nachzugehen. Diese Geschäftigkeit war selten in ihrer kleinen Wache, und Helle fiel auf, dass Marianne es nicht geschafft hatte, irgendwelche Leckereien auf ihrem Tresen anzubieten. Nicht einmal Cookies! Unwillkürlich knurrte Helles Magen, obwohl sie erst vor einer Stunde ein üppiges Bengt-Frühstück zu sich genommen hatte. Sie strich sich instinktiv über die Bauchrolle, die etwas über den Hosenbund schwappte und sie gemahnte, dass ein zweites Frühstück keine gute Idee war.

»Ole, kommst du mit mir nach Aalborg?«, fragte sie durch die offene Tür seines Büros, während sie in ihre Jacke schlüpfte.

Der junge Polizist nickte erfreut, aber noch bevor er etwas sagen konnte, tönte Mariannes Stimme über den Flur.

»Manila!«

Helle lief zu ihrer Sekretärin, die ihr aufgeregt den Telefonhörer hinhielt und noch einmal bekräftigte: »Ein Anruf aus Manila! Den Namen habe ich nicht verstanden.«

Helle nahm den Hörer entgegen und meldete sich. Am anderen Ende der Leitung war ein freundlicher Polizist mit einem komplizierten Namen, der perfekt Englisch sprach. Er hatte die Aufgabe übernommen, die Anfrage der Dänen nach Imelda zu bearbeiten, und teilte Helle nun mit, dass er ihr gerne das Dossier mailen würde. Darin seien die Personendaten der beiden Frauen Imelda Esperon und Pilita Arroyo enthalten.

Helle dankte und erkundigte sich, ob er ihr vielleicht bereits am Telefon sagen könne, ob das Dossier außer den biographischen Angaben irgendetwas von Belang enthielt, und der Polizist antwortete ihr mit ausgesuchter Höflichkeit, dass es Imelda Esperon nicht erlaubt gewesen wäre, die Philippinen zu verlassen. Ihr Mann Brillante sei im vergangenen Herbst wegen Verdacht auf Drogenhandel verhaftet und exekutiert worden.

Als Helle sich vorsichtig danach erkundigte, ob Imelda etwas zu befürchten gehabt hätte, zog der Polizist es vor, die Frage zu überhören. Er verabschiedete sich freundlich und wünschte Helle viel Erfolg.

Sie beendete das Gespräch mit sehr gemischten Gefühlen. Die Philippinen galten als Demokratie, dennoch verursachten die Berichte über Präsident Dutertes hartes Durchgreifen im Kampf gegen Drogenhandel bei ihr deutliches Unwohlsein. Einige philippinische Familien hatten vor dem Internationalen Strafgerichtshof Klage wegen Verbrechen gegen die Menschlichkeit eingereicht. Aus der Ferne war es nicht möglich, das, was Imelda und ihrem Mann geschehen war, zu bewerten.

»Du brauchst gar nicht zu fragen«, warnte Ole, als Helle zu ihm ins Auto stieg. Den Karton mit der Fritteuse platzierte sie auf der Rückbank.

»Wäre mir im Leben nicht eingefallen«, entgegnete Helle, und sie mussten beide lachen.

Frits Nyman wartete vor dem Haus der Familie Jensen.

»Die Witwe hat das Kriseninterventionsteam heute Nacht weggeschickt«, erzählte er den beiden Skagener Kollegen. »Dafür ist ihr Bruder vorhin gekommen. Das ist ja vielleicht ein netter Zeitgenosse. Wird bestimmt nicht so leicht, ihr ein paar Fragen zu stellen.«

»Wulf Jacoby bekommt ziemlich bald eigene Probleme.« Helle berichtete Frits, was Linn herausgefunden hatte, gleichzeitig klingelte sie. Das Haus wirkte so tot wie sein Besitzer. Kein Licht, kein Leben.

Der Mann, der schließlich öffnete, war so breit wie hoch. Er trug einen dunkelblauen Troyer, einen roten Vollbart und hätte der kleine fiese Bruder ihres Mannes Bengt sein können. Dass er ein rechter Hooligan war – oder gewesen war –, konnte man ihm auf den ersten Blick nicht ansehen. Ein Mann der vielen Worte war er jedenfalls nicht, er ließ Frits und Helle wortlos herein. Ole blieb im Auto.

Pia Jensen saß im Wohnzimmer, eine kleine Tischlampe war die einzige Beleuchtung im Raum, die halb vorgezogenen Gardinen ließen nur wenig schummriges Licht hinein.

»Mein Beileid«, sagte Helle und streckte Pia ihre Hand hin, die diese ignorierte.

»Fragt, was ihr zu fragen habt, und dann zieht Leine«, brummte Wulf Jacoby hinter Helle, und sie konnte körperlich die unguten Schwingungen spüren, die er aussandte. Helles Nackenhärchen stellten sich auf.

»Erst einmal nehmen wir Platz«, gab Frits unbeeindruckt zurück. Helle und er setzten sich Pia gegenüber. Deren Gesicht war so marmorkalt wie am Vortag, einzig die rot geschwollenen Augen deuteten darauf hin, dass die Witwe um ihren verstorbenen Mann getrauert hatte.

»Hast du jemanden, der sich um deine Kinder kümmert?«, eröffnete Helle das Gespräch.

Die roten Augen wanderten zu ihr und musterten sie mit unverhohlenem Abscheu. »Die sind im Kindergarten. Und in der Schule. Wie sich das gehört.«

Helle nickte bloß und musste sich sehr zusammennehmen, um zu verbergen, wie schockiert sie darüber war. Der Vater starb, und die Kinder wurden in die Schule geschickt? So viel Herzenskälte war für sie unvorstellbar, und sie entschied, den weiteren Verlauf des Gespräches zunächst Frits zu überlassen.

»Wir möchten dich nicht lange beanspruchen. Uns ist vollkommen klar, dass es schwer sein muss, dich auf ein Gespräch mit uns einzulassen.«

Pia sah Frits unbewegt an. Fast wirkte es, als läge Spott in ihren Augen. Hinter sich spürte Helle Wulf Jacoby, der sein Gewicht ständig von einem Bein auf das andere verlagerte.

»Aber natürlich müssen wir mit Hochdruck nach dem Täter suchen und wollen deshalb keine Zeit verlieren.«

Pia Jensen nickte. »Kieran hatte keine Feinde. Er kam mit jedem gut aus.«

Ein stereotyper Satz, Helle konnte nicht mehr zählen, wie oft sie ihn schon im Lauf ihrer Polizistenkarriere gehört hatte. Bohrte man lange genug nach, kam immer irgendein Feind, meistens sogar mehrere ans Licht. Und wenn jemand so wie Kieran Jensen in der Lage war, einen anderen so zu verprügeln, dass dieser auf einem Auge nie wieder sehen konnte, dann war er vermutlich durchaus ein Typ gewesen, der Konflikte nicht gerade mit netten Worten löste.

»Gab es denn mal Streitigkeiten auf der Arbeit, in der Nationalpartiet ...«

Pia lachte trocken auf. »Kieran konnte mit jedem. Fragt doch mal herum, er war überall beliebt. Wegen ihm waren die Leute hier in der Nationalpartiet. Nicht wegen ihr.«

Frits und Helle wechselten einen kurzen Blick.

»Katrine und Kieran arbeiten seit vielen Jahren zusammen. Sie haben die Nationalpartiet in Jütland gemeinsam aufgebaut.«

Während sie das sagte, beobachtete Helle die Mimik der Frau ihr gegenüber genau. Pias Mundwinkel verzogen sich leicht. »War Kieran mit seiner Rolle im Hintergrund zufrieden?«

»Sie hat ihn benutzt.« Pia bebte vor unterdrückter Wut. Offenbar hatten sie einen wunden Punkt getroffen. »Kieran hat seinen Job gern gemacht. Und er hat ihn gut gemacht! Er hat ihr jeden Dreck aus dem Weg geräumt, und zum Dank hat sie ihn einfach fallenlassen.«

Helle zog die Augenbrauen hoch. »Das hast du uns schon bei unserem letzten Besuch erzählt, kannst du das vielleicht ein bisschen konkretisieren? Was war das für Drecksarbeit?«

»Diese Fotze«, knurrte Jacoby in Helles Rücken.

Frits drehte sich zu ihm um und sah ihn an. »Das ist nicht hilfreich.«

Der Fischer zuckte mit den massigen Schultern. »Ist doch wahr. Er hat für sie die Scheißarbeit gemacht, weil sie sich zu fein war. Und als er selbst einmal in der Scheiße steckt, lässt sie ihn fallen. Ein einziges Mal!«

Pia guckte mahnend zu ihrem Bruder, der sich sofort auf die Zunge biss.

»In welcher Scheiße steckte Kieran denn? Möglicherweise haben wir hier ein Motiv«, fragte Helle mit Engelszungen. Dabei ahnte sie, in welcher Scheiße er gesteckt hatte, und Pia wusste, dass sie es wusste. Er hatte Imelda am 19. März am Skagensvej aufgepickt und zusammen mit Johann Vind im Auto mitgenommen. Dessen war sich Helle vollkommen sicher. Laut eigener Darstellung aber hatte er sich in Randers herumgetrieben.

»Ich weiß es nicht.« Jetzt wurde die Witwe bockig. »Fragt Katrine, warum sie ihn degradiert hat.«

»Degradiert?« Jetzt übernahm Frits wieder. »Du musst uns natürlich nichts sagen, wir können selbstverständlich auch Katrine selbst befragen.«

»Sie war ein Miststück, das kann ich euch sagen. Und mich würde es nicht wundern, wenn sie ihre Finger in der Sache hat.«

»Beschuldigst du sie, mit dem Mord zu tun zu haben?«

»Er war ihr im Weg. Solange sie ihn gebrauchen konnte, war er gut genug für alles. Was meinst du, wie viele Wochenenden er in dem Scheißsommerhaus ihrer Schwester verbracht hat, um es zu renovieren, anstatt bei seiner Familie zu sein?« Die Witwe sprühte Gift und Galle. »Jeden Samstagmorgen ist er nach Ålbæk gefahren und abends erst spät zurückgekommen. Und was hat er dafür bekommen? Ein strahlendes Lächeln von der Prinzessin! Davon konnte ich keine Mäuler stopfen.«

Frits und Helle betrachteten Pia Jensen. Der Ausbruch war heftig und unerwartet gekommen, Pia war hochrot, die Maske war verrutscht, und alle hatten gesehen, was unter der glatten Marmoroberfläche lag: Eifersucht, Wut und Neid auf die andere. Auf Katrine Kjær, die zweite Frau in Kierans Leben.

Pia Jensen stand auf. »Das Gespräch ist beendet. Mehr kann ich nicht sagen. Ich hoffe, ihr findet den Mörder, der vier Kindern ihren Vater genommen hat.«

»Puh.« Helle sah Frits an, dass er ebenso wie sie heilfroh war, aus dieser Gruft herauszukommen.

»Nette Familie.«

»Fahren wir jetzt in das Büro von Katrine?«, erkundigte sich Frits.

Helle überlegte. »Ich glaube, ich würde gerne mit ihrer Schwester sprechen. Pia hat gesagt, sie hätte ein Sommerhaus in Ålbæk.«

»Und?« Frits verstand den Zusammenhang nicht, Ole allerdings wurde hellhörig.

»Das ist ja interessant.«

»Finde ich auch«, meinte Helle. »Haben wir die Adresse der Schwester?«

Ole tippte bereits auf sein Tablet. »Gleich.«

Helle wandte sich wieder an Frits. »Das spielt für deine Ermittlungen eher keine Rolle. Aber Ålbæk liegt auf dem Weg nach Skagen, in der Nähe des Skagensvej. Nicht weit von dort, wo Imelda möglicherweise zu Kieran Jensen und Johann Vind ins Auto gestiegen ist.«

Frits pfiff durch die Zähne. »Alles klar. Dann bis später.«

»Ich hab die Adresse«, vermeldete Ole. »Ist gar nicht weit von hier.«

»Dann lass uns mal dort vorbeifahren. Ohne Ankündigung.«

Helle stieg ins Auto. »Und der angeblich so verrückten Schwester auf den Zahn fühlen.«

265

Aalborg

Außentemperatur 0 Grad

Sie war am Ende, wusste nicht mehr weiter, glaubte, alles sei vergebens, und überdies würde sie erfrieren. Hier, in diesem Gartenschuppen, zwischen einem Sack Erde, einer Schubkarre und einem Gartenschlauch.

Pilita saß eng zusammengekauert, die Arme um die Knie geschlungen, und wiegte sich vor und zurück.

Der Mann, der sie zu ihrem Neffen führen sollte, war tot. Ermordet. Und sie hatte es mit ansehen müssen. Wie sollte sie Jomel jetzt finden? Sie konnte nicht einfach zurückkehren in ihre Heimat, mit leeren Händen. Ohne die Asche ihrer Schwester, ohne ihren kleinen Neffen.

Die Kälte hatte von ihrem Gehirn Besitz genommen, nachdem sie in der Nacht ihren Körper gelähmt hatte. Es war wie eingefroren, die Gedanken bewegten sich in Zeitlupe durch ihre Hirnschale. Der einzige Gedanke, der immer wiederkehrte, war der, dass sie fror. Dass sie ihre Zehen und Finger nicht mehr spürte. Dass sie ihre Lippen kaum bewegen konnte und die Zähne aufeinanderschlugen.

Was hatte sie sich bloß dabei gedacht, dem Mörder zu folgen?

Es hatte sie nirgendwohin geführt, zu keiner Erkenntnis, keinem Ergebnis, einzig und allein: in diesen Schuppen.

Aber in dem Moment, als sie dem Mörder gefolgt war, hatte sie nicht nachgedacht. Sie hatte den einzigen roten Faden, der sich ihr bot, gefasst. War ihm einfach hinterhergelaufen, durch die verwinkelten Straßen bis in diese Villengegend. Er hatte Haken geschlagen, als wüsste er, dass sie hinter ihm war, aber Pilita hatte sich nicht abschütteln lassen, zu groß war ihre Verzweiflung. Wohin hätte sie sonst gehen sollen? Ihr Plan war gescheitert. Pilita wusste, dass sie sterben würde, wenn sie in dem Schuppen blieb. Sie hatte nicht gemerkt, dass in der Nacht der Schlaf sie geholt hatte, es hätte auch der Tod sein können. Als sie dann aber die Augen aufgeschlagen hatte und Licht durch die Latten fiel, wunderte sie sich, dass sie noch lebte. Ihr Handy hatte keinen Akku mehr, sie hatte es nicht aufladen können, sie wollte so gerne mit Filipe sprechen, ihm sagen, was sie getan und was sie nicht getan hatte, dass sie ihn liebte und sich nach ihm sehnte.

Dass sie nach Hause wollte.

Aber die Götter hatten sie nicht ohne Grund wieder aufwachen lassen. Sie hatten ihr eine Aufgabe zugeteilt, und Pilita wusste, dass sie jetzt nicht aufgeben durfte.

Nicht aufhören durfte, Jomel zu suchen.

Mühsam erhob sie sich. Die Beine wollten ihr nicht gehorchen, waren vollkommen steif und unbeweglich. Vorsichtig begann Pilita, sich zu strecken, trampelte mit den Füßen, zog die Beine abwechselnd hoch an die Brust, lief schließlich auf der Stelle. Warm würde ihr nicht mehr werden, aber sie spürte, dass das Blut durch den Körper strömte. Und auch ihr Gehirn nahm seine Arbeit wieder auf. Während sie in dem winzigen Schuppen Runde um Runde auf der Stelle lief, kehrte die Zuversicht wieder zurück. Sie hatte nicht all diese Gefahren und die lange Reise und Mühen unternommen, um aufzugeben!

Pilita ging ihre Optionen durch. Sie konnte Rubina aufsuchen. Die hatte ihr jedes Mal geholfen, aber von Rubina führte keine Spur zu Imelda.

Sie konnte auch zurückkehren in das Haus, in dem Chai, Anuthida und Dao waren. Würde dem jungen Mann einfach sagen, es war ein Fehler gewesen wegzulaufen, es käme nie wieder vor. Sie würde doppelt so viel arbeiten und das doppelte Geld abgeben. Sie würde fügsam sein und sich gedulden und dabei die

Augen und Ohren offen halten. Denn auch wenn der ältere Mann tot war, war doch immer noch sein Gehilfe da. Vielleicht wusste der nicht, wo Imelda untergebracht gewesen war, aber er würde vielleicht jemanden kennen, der es wusste.

Je länger Pilita sich mit dem Gedanken beschäftigte, einfach zurückzugehen, desto besser gefiel er ihr.

So würde sie es machen.

Schließlich öffnete sie die Tür des Schuppens und spähte vorsichtig hinaus.

Der Garten, in dem das Holzhäuschen sich befand, war nicht besonders groß, es war vielmehr ein grüner Streifen rund um das Haus in seiner Mitte. Er wurde durch eine hohe Hecke vor neugierigen Blicken geschützt. Von außen hatte man keinen Einblick in den Garten, aber vom Garten konnte man von überall in das Haus sehen, das keine Wände zu haben schien, sondern bodentiefe Fenster. Pilita sah ein großes Wohnzimmer, in dem nur wenige Möbel waren. Ein Mann stand mit dem Rücken zu ihr, eine Frau kniete auf dem Boden vor dem Mann.

Pilita sah sich nach dem Ausgang um. Sie war in der Nacht hinter dem Mörder hineingeschlüpft, bevor das große Metalltor hinter ihm zufallen konnte. Das Tor schien automatisch gesteuert, es fuhr in Zeitlupe zu, sodass sie Zeit gehabt hatte, in allerletzter Minute in den Garten zu huschen. Im Finstern der Nacht war es ein Leichtes gewesen hineinzukommen, aber nun, bei Tageslicht, gelangte man umso schwieriger hinaus.

Der Mann konnte sie nicht sehen, aber was, wenn er sich umdrehte? Die Frau, die vor ihm auf dem Boden kauerte, hatte den Kopf zum Boden gerichtet, dunkle Haare fielen wie ein Schleier vor ihr Gesicht. Wenn sie sich jedoch aufrichtete und den Blick hob, dann würde sie Pilita entdecken.

Pilita beschloss zu warten, bis die beiden sich nicht mehr im Wohnzimmer aufhielten. Sie musste genug Zeit haben, um zum Tor zu rennen. Um keinen Preis durfte sie gesehen werden!

Sie sah zu dem Mann und der Frau hinüber. Die Szene war

seltsam. Pilita bekam ein ungutes Gefühl, je länger sie die beiden beobachtete, irgendetwas war nicht richtig, das war nicht einfach nur ein Ehepaar im Wohnzimmer. Warum kauerte die Frau auf dem Boden? Der Mann war voll bekleidet, die Frau aber trug nichts weiter als ein Negligé. Jetzt legte sie ihre Arme schützend über den Kopf, duckte sich noch tiefer in den Boden.

Der Mann fasste in einer schnellen Bewegung in die Haare der Frau und riss sie daran hoch.

Pilita stockte der Atem.

Er schleifte die Frau an ihren Haaren durchs Zimmer, Pilita konnte sehen, wie sie schrie. Sie machte einen Schritt aus dem Schuppen, hielt kaum aus, was sie sah, wollte hinüberrennen, an die Scheibe schlagen, den Mann zwingen, damit aufzuhören. Er ließ die Haare los und trat der Frau in den Bauch. Sie krümmte sich noch mehr zusammen, Pilita wurde übel.

Würde der Mann die Frau töten? Sie musste Hilfe holen, aber wie sollte sie das tun?

Schockstarr hatte sie den Blick auf die beiden Menschen in dem Wohnzimmer geheftet und vermochte nichts auszurichten. Sie konnte nicht davonlaufen und die Frau ihrem Schicksal überlassen.

Dann ließ der Mann von seinem Opfer ab und ging aus dem Zimmer. War die Frau tot? Pilita war zu weit weg, um zu erkennen, was mit ihr war. Sie wollte sich gerade ein Stückchen näher heranschleichen, sich hinter einem Busch in Deckung begeben, da betrat der Mann erneut das Wohnzimmer. Er trug nun einen langen Wintermantel und hatte ein kleines Kind auf dem Arm. Er sagte etwas zu der Frau, setzte das Kind auf den Boden und ging.

Das Baby hatte glänzende schwarze Haare und Mandelaugen. Es krabbelte auf die am Boden Liegende zu.

Pilita dachte nicht länger darüber nach, ob sie entdeckt werden könnte. Sie wurde magisch angezogen, vergaß fast zu atmen. Sie hatte ihn beinahe ein Jahr nicht mehr gesehen, damals war er gerade mal vier Monate alt gewesen, aber trotzdem erkannte sie in ihm die Züge ihrer Schwester.

Sie war sicher.

Das war Jomel.

Aalborg

Innentemperatur 20 Grad

»Planänderung!«, rief Helle, und Ole guckte irritiert. »Frits hat eine SMS geschickt – sie haben Johann Vind am Flughafen festgenommen! Er wollte sich anscheinend ins Ausland absetzen.«
»Also zur Wache?«
»Ja«, gab Helle zurück. »Das ist jetzt wichtiger. Elin läuft uns nicht weg.«

Frits erwartete sie bereits. »Sein Anwalt ist gerade gekommen. Sie beraten sich.«
»Okay. Was habt ihr gegen ihn?«
»Im Grunde genommen nichts. Der Anwalt weiß das auch. Johann sollte zur Vernehmung kommen und hat sich entzogen. Angeblich hat er es vergessen und wollte in den Urlaub.«
»Ha, ha.«
»Du sagst es. Aber ich habe dem Anwalt gesteckt, dass wir Vind erstens der Falschaussage im Fall Imelda Esperon bezichtigen und dass er zweitens verdächtigt wird, in einen Fall von Menschenschmuggel verstrickt zu sein.«
Er hielt Helle ein paar Ausdrucke hin. »Das kam eben aus Skagen, haben deine Leute zusammen mit der Ermittlungsgruppe gegen Schwarzarbeit recherchiert.«
Helle warf einen Blick auf die Blätter. Es war eine Zusammenfassung der Kontobewegungen von Wulf Jacoby, Kieran Jensen und Johann Vind. Alle drei verdienten sehr viel mehr, als ihre Jobs zuließen. Und alle drei tätigten unregelmäßig mittlere Bar-

einzahlungen auf ihre Konten, die nicht näher bezeichnet waren – allerdings ähnelten sich die Summen und die Einzahlungsdaten bei allen dreien. Es konnte mithin davon ausgegangen werden, dass die Männer eine gemeinsame Einkommensquelle hatten, deren Erlös sie brav drittelten.

»Also entweder sind sie einfach nur dumm, oder sie waren sich ihrer Sache zu hundert Prozent sicher«, resümierte Helle. »Die haben sich ja nicht einmal Mühe gemacht, das zu verschleiern!«

»Ich vermute beides«, stimmte Frits ihr zu. »Es ist jedenfalls dein Fall. Wegen des Mordes an Kieran Jensen habe ich absolut nichts gegen Vind in der Hand. Aber ich denke, sein Anwalt wird uns etwas anbieten wollen, damit es nicht ganz so dicke für seinen Mandanten kommt.«

»Alles klar. Dann wollen wir mal.«

Helle und Frits nickten sich zu, dann betraten sie gemeinsam das Zimmer. Johann Vind war ein blasser junger Mann, der aussah wie ein in die Höhe geschossener Spargel. Zu lang, zu weiß, zu bartlos. Er saß zusammengeklappt auf dem kleinen Stühlchen, den Kopf ließ er hängen, sodass sein Kinn fast die Knie berührte. Die dürren Finger hatte er ineinander verschränkt, ab und zu drehte er sie um und ließ die Gelenke knacken. Kein einziges Mal sah er Helle oder Frits in die Augen.

Nach den obligatorischen Präliminarien begann Helle mit der Befragung.

»In welchem Verhältnis stehst du zu Kieran Jensen?«

»Ich, äh …« Der junge Mann sah hilfesuchend zu seinem Anwalt. Das wird mühsam, dachte Helle. Wenn er nicht einmal auf eine einfache Frage eine einfache Antwort geben kann.

»Er ist mein Kollege«, rang sich Johann ab, der Anwalt nickte ermutigend.

»Okay. Ist er auch dein Geschäftspartner?«

Johann schüttelte den Kopf.

»Bitte antworten«, bat Frits.

»Nein. Ist er nicht.«

»Seltsam. Denn uns liegen Unterlagen von deiner und seiner Bank vor. Und daraus geht hervor, dass ihr beide seit Februar 2017 sehr regelmäßig Bargeld auf eure Konten einzahlt – in etwa der gleichen Höhe zu etwa den gleichen Zeiten. Einmal im Monat. Mit schöner Regelmäßigkeit bis heute. Und sowohl Kieran als auch du verdient das Geld nicht mit euren regulären Jobs bei der Nationalpartiet.« Helle tippte auf die Papiere.

Johanns Kinn klappte runter, aber er sagte nichts.

»Die Einkommensverhältnisse meines Mandaten sind nicht von Belang. Bitte stellt Fragen zur Sache«, schaltete sich der Anwalt ein.

»Das ist durchaus zur Sache. Wir ermitteln in einem Fall von schwerem Menschenschmuggel, und dein Mandant steht im Zentrum der Ermittlungen.« Helle lächelte freundlich und dankte dem lieben Hormon-Gott, dass er ihr einen peinlichen Schweißausbruch ersparte.

»Darf ich die Papiere sehen?«, fragte der Anwalt, und Helle schob ihm das Dossier hinüber, das Christian mit Marianne über Johann Vind erstellt hatte.

»Also gut. Gehen wir einfach mal nur davon aus, dass ihr Kollegen seid.« Helle nickte dem jungen Mann aufmunternd zu. »Wenn man so eng zusammenarbeitet wie ihr beide, dann bekommt man ja einiges vom anderen mit, oder?«

Johann Vind versuchte, möglichst unbeteiligt zu gucken, aber aus seinen Augen sprach nackte Panik, das Fingerknacken wurde häufiger.

Da er zu einer Antwort nicht imstande schien, fuhr Helle einfach fort. »Wenn ihr so zusammen im Auto unterwegs wart – und das scheint ja häufig der Fall gewesen zu sein, wenn man den Fahrtenbüchern der Nationalpartiet glauben darf –, dann habt ihr doch bestimmt auch mal über Privates geredet.«

Johann Vind nickte erst, besann sich aber eines Besseren und schwieg eisern.

273

»Hat dir Kieran denn nie erzählt, was er da für ein kleines Geschäft mit seinem Schwager aufgezogen hat? Den kennst du doch auch, Wulf Jacoby?«

»Ja.« Es war mehr ein heiseres Krächzen denn eine Antwort.

»Nun, wir vermuten, Wulf Jacoby hat sich ein bisschen Geld damit verdient, dass er auf See ab und zu mal Menschen übernommen hat, die auf einem Frachter nach Dänemark gekommen sind. Er hat sie freundlicherweise an Land gebracht, und sein Schwager hat diesen armen Leuten geholfen, Arbeit und eine Unterkunft zu finden. Eine sehr soziale Geste.«

Der junge Mann zuckte mit den Schultern und sah zu seinem Anwalt, der ob der Fakten, die aus dem Dossier herauszulesen waren, die Stirn in Sorgenfalten zog.

»Einer dieser Menschen war Imelda, die schließlich in Råbjerg Mile umgekommen ist.«

Jetzt wurde Johann Vind zappelig. Er rutschte ungeduldig auf dem Stuhl herum.

»Damit haben wir nichts zu tun. Wir haben ein Alibi.«

»Ach ja, richtig. Du hast Kieran ein Alibi gegeben und er dir. Aber jetzt ist Kieran tot, und damit ist dein Alibi nicht mehr viel wert.«

Der junge Mann starrte Helle an. So weit hatte er anscheinend nicht gedacht.

»Und wir haben eine Zeugin, die gesehen hat, wie Imelda unweit der Stelle, wo ihre Leiche gefunden wurde, in euer Auto eingestiegen ist.« Helle stand auf. »Ich hole uns eine Runde Kaffee. Und wenn ich wiederkomme, dann fällt dir vielleicht ja noch ein, was Kieran dir erzählt hat. Und ob er dir nicht doch mal ein bisschen Bargeld für einen kleinen Job gegeben hat. Fahrerdienste zum Beispiel. Das scheint ja deine Kernkompetenz zu sein.«

Sie nickte Frits zu, der ebenfalls aufstand.

»Ich helfe dir tragen«, bot er an. Und an Vind und den Anwalt gerichtet: »Milch? Zucker?«

274

Der Anwalt winkte ab. Er sah etwas besorgt aus. Johann Vind schwitzte. »Milch und drei Löffel Zucker.«

An der Tür drehte sich Helle um. »Andernfalls brauchen wir eine sehr gute Erklärung dafür, woher du das Geld hattest, das du eingezahlt hast. Mit der eidesstattlichen Erklärung desjenigen, der dir das Geld gegeben hat.«

Die beiden Polizisten verließen den Raum. Draußen grinsten sie sich an.

»Zehn Minuten lassen wir sie schmoren.« Helle guckte auf ihre Uhr.

»Hast du dafür wirklich eine Zeugin?«, fragte Frits und zwinkerte.

»Sagen wir: fast.« Bei dem Gedanken an Erika Blum fiel Helle etwas ein. Sie wandte sich zu Ole, der vor dem Verhörraum auf sie gewartet hatte. »Erinnerst du mich bitte daran, dass wir nachher noch bei Erika Blum vorbeifahren?«

Ole verdrehte nur die Augen.

Während Helle mit Frits in der Kaffeeküche stand, bekam dieser den Obduktionsbericht von Dr. Runstad. Kieran Jensen war Kaliumchlorid injiziert worden, der Herzstillstand jedoch war unmittelbar davor, spätestens aber gleichzeitig eingetreten, noch bevor die Lösung in seine Blutbahnen gelangt war. Bluthochdruck, Alkoholmissbrauch und Schock waren die Hauptursachen des Herzstillstands, die Spritze hatte schließlich dafür gesorgt, dass der Herzinfarkt letal war. Spuren einer körperlichen Auseinandersetzung gab es nicht, alles musste sehr schnell gegangen sein. Der Leichenleser hatte außerdem noch einmal bekräftigt, dass der Angreifer mindestens eine Körpergröße von einem Meter achtzig gehabt haben musste, anders sei der Einstichkanal nicht zu erklären.

»Wie groß ist Katrine Kjær?«, fragte sich Helle laut.

»Groß genug.«

»Hat sie ein Alibi?«

»Leider ein sehr gutes.« Frits hob bedauernd seine Augenbrauen. »Sie war auf dem Empfang des Rotary Clubs. Zusammen mit Anne-Marie Pedersen und dem Polizeipräsidenten. Wir haben einen ganzen Haufen hochkarätiger Zeugen.«

»Verdammt!«

Als sie zurück in das Vernehmungszimmer kamen, hatte der Anwalt einen entschlossenen Zug um den Mund und Johann Vind einen hochroten Kopf. Helle verteilte die Becher mit dem Kaffee.

»Mein Mandant möchte eine Aussage machen.«

Der junge Mann fuhr sich an den Hals, ganz wohl war ihm bei der Sache offenbar nicht.

»Gleichzeitig versichern wir, dass er weder in Bezug auf die Aktivitäten von Kieran Jensen noch von Wulf Jacoby irgendwelche Kenntnisse hat. Auch über den Mord an Kieran Jensen kann mein Mandant keine Aussagen treffen. Im Übrigen hat er für den gestrigen Abend ein Alibi.«

»Mit den Alibis ist das ja so eine Sache«, grinste Helle. Sie hatte beste Laune, weil ihre Rechnung aufgegangen war. »Na, dann schieß mal los.«

Fingerknacken, ein Schluck Kaffee, Räuspern, Blick zum Anwalt. Dann war Johann Vind in der Verfassung, den Mund aufzumachen.

»Kieran und ich waren am 19. März auf dem Skagensvej unterwegs.«

Obwohl sie geahnt hatte, dass genau diese Information kommen würde, spürte Helle, wie die Anspannung von ihrem Körper Besitz ergriff. Sie durfte jetzt keinen Fehler machen.

»Wir sollten sie suchen. Wir haben einen Anruf bekommen, dass sie abgehauen ist.«

»Imelda?«

»Ja.«

»Wer hat euch angerufen? Von wo ist sie abgehauen?«

»Elin. Die Schwester von Katrine. Die hat ein Sommerhaus in Ålbæk.«

Schon wieder diese mysteriöse Schwester, dachte Helle. Wird Zeit, dass ich mit ihr spreche.

»Was hatte Imelda mit ihr zu tun?«

»Sie hat bei ihr gearbeitet.«

»Gearbeitet also. Und wo war ihr Sohn?«

Vind guckte empört, als habe Helle ihn etwas Unanständiges gefragt. »Welcher Sohn? Keine Ahnung, Mann! Ich hab sie noch nie gesehen, ich wusste gar nichts. Kieran hat einen Anruf bekommen. Von dieser Elin. Und hat gesagt, wir sollen sie suchen.«

»Okay.«

Helle hatte tausend Fragen: Wie war Imelda zu Elin gekommen? Als was arbeitete sie dort? Wo hatte sie gewohnt? Was war mit ihrem Kind? Wieso durfte sie das Haus nicht verlassen? Aber sie nahm sich vor, diese Fragen erst später zu stellen. Vind war so einer, den man nicht überfordern durfte.

»Also sind wir hin und haben sie tatsächlich da gesehen. An der Straße.« Fingerknacken, Kaffee. Er leckte sich nervös über die Lippen. »Wir haben angehalten, aber sie wollte nicht einsteigen.«

»Warum wollte sie nicht einsteigen? Hatte sie Angst?«

Johann Vind starrte auf seine Hände.

»Johann?«

»Sie wollte nicht zurück. Sie wollte zur Polizei.«

»Zur Polizei nach Skagen?«

Vind nickte, den Kopf noch immer gesenkt.

Helle war irritiert.

»Wieso wollte sie zur Polizei?«

Der junge Mann zuckte mit den Achseln. »Keine Ahnung.«

»Wie habt ihr sie dazu gebracht, doch einzusteigen?«

Vind schwieg. Und Helle ahnte warum. Sie hatten Imelda nicht überredet, ins Auto zu steigen. Sie hatten sie gezwungen.

»Gut, dazu kommen wir später noch. Imelda sitzt also im Auto – und dann?«

»Kieran hat gewendet und wollte sie zurückbringen, zum

Sommerhaus. Aber dann war da ein Reh auf der Fahrbahn. Kieran hat gebremst, das Auto kam ins Schleudern.«

Er stockte. Sie sahen ihn alle an, der Anwalt, Frits und Helle. Vind starrte auf den Tisch. »Sie ist aus dem Auto raus und abgehauen.«

»Nach Råbjerg Mile?« Helle schüttelte den Kopf. »Das liegt nicht am Skagensvej. Nicht auf dem Weg nach Ålbæk.«

»Kieran hat einen Schlenker gemacht, ist vorher auf den Kandestedvej abgebogen. Er wollte ihr ein bisschen Angst machen.«

Helle schnappte nach Luft. Ein bisschen Angst machen? Einer zierlichen Frau von einem Meter sechsundfünfzig, die wegen was auch immer flieht und zur Polizei möchte, die mit Gewalt von zwei Männern in ein Auto gezerrt wird, von denen der eine ein brutaler Fettsack ist und der andere ein stumpfer Riese, deren Sprache sie nicht oder kaum versteht, allein in einem fremden Land – der musste man also noch zusätzlich Angst machen? Was hatten diese Typen überhaupt im Hirn? Helle war vollkommen fassungslos.

»Wir sind hinter ihr her. Über die Düne. Aber sie ist ganz schön geflitzt.«

Ja, dachte Helle, das wäre ich auch, wenn ihr Arschgeigen mir auf den Fersen wärt.

»Und plötzlich war sie weg.«

»Was soll das heißen?«

»Sie war am Rand der Düne. Und auf einmal war sie verschwunden.«

Helle traute sich kaum, die Frage zu stellen. Sie kannte die traurige Antwort bereits.

»Habt ihr nachgesehen?«

Vind nickte. Knackte mit den Fingern. Sah zu seinem Anwalt, der nun wie versteinert dasaß und sich sicher fragte, warum zum Teufel er diese Arschkarte gezogen hatte.

»Ja. Man hat nichts mehr gesehen. Da ist ein Stück von der Düne abgebrochen. Überall war Sand. Nur Sand.«

Helle schwieg. An ihrer Stelle fragte Frits. »Ihr habt nicht versucht, sie da rauszuholen?«

Johann Vind starrte Frits an. Seine Augen waren gerötet. Er klappte den Mund auf und schließlich wieder zu. Schwieg. Helle hoffte inständig, dass er sich schämte. Und dass ihn das Bild des Sandhaufens, in dem eine junge Frau vor seinen Augen lebendig begraben worden war, sein Leben lang verfolgen würde.

Sie stand auf. »Nötigung und unterlassene Hilfeleistung, damit fangen wir mal an. Wir behalten Ihren Mandanten in U-Haft, und ich bin sicher, da kommt noch einiges zusammen.«

Mit diesen Worten an den Anwalt verließ sie den Raum, ohne sich umzusehen. Auch an Ole, der immer noch auf sie wartete, ging sie vorbei, sie musste dringend an die frische Luft. Draußen neben dem Haupteingang stand ein Aschenbecher, und wenn sie großes Glück hatte, erwischte sie jemanden, der ihr eine Zigarette spendierte.

Fünf Minuten und eine hastig gepaffte Zigarette später hatte Helle Ole auf Stand gebracht.

»Was für eine Scheißgeschichte«, war sein Kommentar.

Dann standen sie ein bisschen nebeneinander und guckten ins Grau des Vormittags.

»Dieser Elin fühlen wir jetzt aber richtig auf den Zahn«, sagte Helle. Sie trat die Kippe mit der Fußspitze aus, hob sie auf und legte sie in den Aschenbecher. Jetzt war ihr erst recht schlecht.

Aalborg

Innentemperatur 22 Grad

Bertram war neben sie gekrabbelt und patschte mit seiner Hand auf ihren Kopf. Elin wusste, dass er sie zum Spielen animieren wollte, sie sollte ihn in den Arm nehmen, mit ihm sprechen, ihm etwas vorsingen, ein Buch anschauen.

Sie, seine Mutter.

Aber Elin war nicht in der Lage, sich zu bewegen, ja, sie schaffte es nicht einmal, ihren Kopf zu heben und ihm in die Augen zu sehen. Sie schämte sich vor ihrem Sohn. Vor einem Baby. Alles, was sie jetzt wollte, war, für immer zu schlafen.

Die Tabletten! Wo waren ihre Tabletten?

Sie musste eine nehmen, besser noch zwei oder drei. Vielleicht noch eine Schmerztablette.

Mit Mühe hob Elin den Kopf. Bertram gluckste und beugte seinen Kopf vor zu ihrem Gesicht. Er hielt seine Hände vor die Augen, glaubte, es sei eine Art Versteckspiel.

Elin tastete nach seinem kleinen Fuß und weinte.

Warum hatte sie nicht auf ihre Schwester gehört und war abgehauen? Sie hatte doch den Ausweis aus dem Schließfach geholt, aber anstatt zu Marit zu fahren, war sie nach Hause zurückgekehrt.

Zu schwach, um zu reisen.

Zu schwach, um Entscheidungen zu treffen.

Zu schwach, um ihren Sohn zu retten.

Plötzlich donnerte etwas an die Scheibe, und Elin fuhr auf.

Jemand stand an der Glasfront und schlug dagegen.

Imelda! Imelda stand im Garten. Ihr Gesicht ans Glas gepresst, eine Hand erhoben, zur Faust geballt, schlug sie gegen das Glas.

Erschrocken rappelte sich Elin auf. Sie zitterte am ganzen Körper, vor Schmerz und Anstrengung. Hatte sie Halluzinationen? Imelda war doch tot!

Wie in Zeitlupe ging Elin zur Glasfront.

Legte ihre Stirn an Imeldas.

Schloss die Augen.

Die Scheibe erbebte, Elin spürte die Vibration an ihrer Stirn.

Das war der Zorn Gottes.

Sie öffnete die Augen, tastete nach dem Griff, umschloss ihn und bot alle Kraft auf, die sie in ihrem malträtierten Körper noch hatte, zog an dem Griff und ließ Imelda ein.

War das Imelda? Elin war sich nicht sicher, wer war diese Frau?

Die Fremde kam ins Zimmer und sah sie an. Elin weinte noch immer, und als sie begriff, was geschah, wurde sie regelrecht von einem Heulkrampf geschüttelt.

Die Fremde warf ihr einen Blick zu und ging zu Bertram. Nahm ihn auf den Arm und verschwand mit ihm in den Flur.

Elin blieb wie angewurzelt stehen, ihre Füße wollten sich nicht bewegen, ihre Zunge lag schwer in ihrem Mund, sie war unfähig, etwas zu sagen.

Sie hörte, wie die Fremde durch das Haus ging, und sie weinte.

Das alles war ihre Schuld.

Jetzt wurde sie bestraft.

Elin stand an der kalten Scheibe, presste ihren entzündeten Rücken an das Glas, schloss die Augen und summte das Kinderlied, in der Hoffnung, dass alles vorbei und ungeschehen war, wenn sie die Augen wieder öffnete.

Sie spürte, dass jemand sie am Arm fasste und schlug die Augen auf.

Imelda oder die Fremde oder eine Vision oder was auch immer das war, stand vor ihr und sah sie an. Streichelte ihren Arm und führte sie zum Sofa. Ganz sanft und liebevoll. Sie sprach in einer fremden Sprache. Einer schönen Sprache, einer leisen Sprache. Elin ließ sich führen und entspannte sich.

Die fremde Frau trug auf dem einen Arm Bertram, und auf der Schulter hatte sie die große Wickeltasche, die Elin für ihren Sohn gekauft hatte. Sie setzte erst das Kind auf den Boden, dann half sie Elin, sich auf das Sofa zu legen. Elin hatte unendliche Schmerzen, sie hielt sich selbst kaum aus.

Die fremde Frau – und Elin erkannte jetzt, dass es nicht Imelda war, aber sie sah aus wie sie – legte eine Decke über ihren Körper, setzte sich zu ihr und redete behutsam auf sie ein. Elin verstand kein Wort, aber die zarten Gesten, der liebliche Singsang der Töne und Worte, deren Bedeutung sie nicht verstand, die bloße Anwesenheit eines Menschen, der es gut mit ihr meinte, beruhigte sie etwas. Sie ließ die Tränen laufen und schloss die Augen. Die Frau strich ihr ein paarmal über die Stirn, dann stand sie auf und ging durch das geöffnete Fenster durch den Garten davon.

Bertram nahm sie mit.

Elin brach das Herz. Sie hatte immer gewusst, dass es nicht sein durfte. Von dem Tag an, als Imelda gekommen war, hatte sie gewusst, dass sie niemals eine Mutter sein würde. Dass sie es nicht durfte, weil der Junge Imeldas Sohn war und nicht ihrer.

Aber sie hatte es versucht.

Vergebens.

Auf dem Tisch lag die Packung mit den Tabletten.

Aalborg

Außentemperatur 0 Grad

Als Ole in die Straße einbog, in der das Anwesen lag, glaubte Helle für einen Moment, am anderen Ende der Straße eine Frau verschwinden zu sehen. Mit roten Stiefeln. Rote Stiefel? Helle starrte einige Sekunden in die Richtung, aber da war nichts mehr. »Moment, Ole.« Helle rannte los. Sie erreichte die Stelle, an der sie glaubte, die Frau gesehen zu haben, ein schmaler Fußweg zwischen zwei Gärten. Helle folgte dem Weg bis zum Ende, aber dort verzweigte sich die Straße in drei Richtungen. Rechts, links, geradeaus. Geradeaus war voll einsehbar, keine Menschenseele zu sehen.

Die Wege rechts und links waren ebenso schmal wie der, auf dem sie gerade gekommen war. Hecken, Gartenhäuser – aber keine Bewegung. Helle blieb stehen und hielt den Atem an. Hatte sie eine Erscheinung gehabt?

Ole tauchte hinter ihr auf, und Helle erzählte ihm, dass sie geglaubt hatte, eine Frau mit roten Stiefeln zu sehen. Allerdings war sie nicht sicher. Vielleicht war da auch gar niemand gewesen. Es war ein Schatten, eine flüchtige Bewegung gewesen, mehr nicht.

Ole spähte kurz in die beiden schmalen Gassen, schüttelte aber den Kopf.

»Du siehst Gespenster.«

»Möglich.«

Sie drehten um und gingen zu dem Haus von Katrines Schwester zurück. Haus und Garten waren von außen kaum einsehbar, eine hohe immergrüne Hecke verwehrte den Blick auf die Villa im Innern. Das Gartentor war eine mannshohe Tür aus stylish angerostetem Metall.

Helle drückte den Klingelknopf. Eine Kamera blickte sie an. Regungslos. Helle starrte ebenso regungslos zurück.

Keine Reaktion. Niemand zu Hause. Helle drückte erneut, dieses Mal länger.

»Hier haben wir kein Glück, niemand da.«

Ole wollte wieder ins Auto steigen, aber Helle hielt ihn zurück. »Mach doch mal bitte Räuberleiter, ich will nur mal einen Blick über den Zaun werfen.«

»Spinnst du? Wenn man uns sieht!«

Helle sah sich um. Die anderen Häuser in der Straße wirkten ebenso unbelebt oder vor Blicken geschützt wie die Villa Elins.

»Quatsch. Hier ist doch alles tot. Geht ja auch ganz schnell. Ich bin neugierig.«

Ole stöhnte, stellte sich aber bereitwillig mit dem Rücken an das Tor und faltete brav die Hände, sodass Helle ihren Fuß hineinstellen und sich hochstemmen konnte. Ole ächzte. »Mann! Was wiegst du denn?«

Helle zog es vor, darüber keine Auskunft zu geben. Der Blick in den Garten war unspektakulär. Ein schmaler Rasenstreifen, ein Gartenhäuschen. Keine Beete, Pflanzen oder Kinderspielzeug. Es sah alles genau so aus wie bei Kieran Jensen, nur dass das hier die weitaus edlere Architektenvariante war.

Im Haus war Licht an, und – seltsam – die Terrassentür zum Wohnzimmer stand weit auf. Da das Zimmer, ähnlich wie bei Familie Jespers, eine Glasfront zum Garten hin hatte, erlaubte es Helle vollen Einblick in den Raum.

»Ole, da stimmt was nicht.«

»Ich kann dich bald nicht mehr halten.«

»Da liegt jemand auf dem Sofa, und die Terrassentür ist auf. Bitte klingel noch mal.«

»Wie denn?!«

Helle stieg herunter und drückte selbst lange auf die Klingel. Nichts geschah.

»Wir gehen rein.«

»Sag mal, spinnst du? Das ist Hausfriedensbruch!«

»Du hievst mich da jetzt sofort rein!« Helle wurde ganz hibbelig. Bei diesen Temperaturen lag niemand bei sperrangelweitem Fenster auf dem Sofa. Die Person hätte auch auf das wiederholte Klingeln gehört, selbst bei tiefem Schlaf, das Geräusch drang bis zu ihnen ans Gartentor. Nein, Helle war überzeugt, dass hier etwas ganz und gar nicht in Ordnung war.

Ole formte noch einmal seine Hände so, dass Helle sich hochstemmen konnte. Sie schaffte es mit großer Mühe, sich halb über das Tor zu hängen und ein Bein auf die andere Seite zu schwingen.

In dem Moment ging die Alarmanlage los. Laut und durchdringend. Ole ließ einen Stapel Flüche los, Helle, mit dem Bauch auf dem Tor, einen Fuß zur Straße, einen zur Gartenseite, warf einen Blick auf den Menschen auf dem Sofa.

Keine Reaktion.

Sie ließ sich fallen.

Helle war nicht gerade mit der Eleganz einer Katze auf ihren Beinen gelandet, aber doch immerhin so, dass sie sich augenblicklich aufrappeln und zu der geöffneten Terrassentür sprinten konnte.

Die Person auf dem Sofa war eine Frau. Helles geschulter Polizistenblick erfasste die Lage sofort: auf dem Teppich neben dem Sofa leere Tablettenblister, ein umgestoßenes Wasserglas, die Frau anscheinend schon bewusstlos.

Während Helle die Vitalfunktionen der Frau prüfte, brüllte sie Ole zu, dass er einen Krankenwagen holen solle – Medikamentenvergiftung.

Die Lider der Frau zitterten, der Puls war schwach, aber spürbar.

Helle zog die Frau auf den Teppich, dabei rutschte die Decke herunter und gab den Blick frei auf die Verletzungen, die ihren Körper überzogen. Helle zwang sich, sich nicht darauf zu konzentrieren, sondern mit der Frau zu sprechen, sie dabei in die stabile Seitenlage zu legen und wach zu halten.

Jetzt kam auch Ole in das Zimmer gestürmt.

»Wasser, schnell.«

Ole reagierte sofort und lief in die angrenzende Küche, von wo er umgehend mit einem Glas Leitungswasser zurückkam. Sie versuchten beide, der Frau so viel Wasser wie möglich einzuflößen, damit das Gift verdünnt wurde. Die Frau – Helle nahm an, dass es sich um Elin Madsen handelte, Katrines Schwester, und sprach sie auch so an – versuchte tatsächlich, das Wasser zu schlucken und blinzelte nun stärker.

Oles Blick wurde starr, als er die Verwundungen der Frau wahrnahm. Er zog die Decke vom Sofa und legte sie behutsam über Elin, während Helle sich darum bemühte, dass sie wach blieb.

Bald schon hörten sie die Sirenen des Krankenwagens, und Ole ging in den Flur, um das Tor für die Sanitäter zu öffnen.

Helle hatte Elin in den Arm genommen, sprach beruhigend auf sie ein und schaffte es, ihren Blick zu halten. Zu gerne hätte sie sie gefragt, wer ihr diese Wunden zugefügt hatte – Schnitte, Prellungen, Brandwunden –, aber sie wusste, dass sie sich würde gedulden müssen, bis Elin stabil war. Die Antwort lag ohnehin auf der Hand. Das hier war ein glasklarer Fall von häuslicher Gewalt.

Dann ging alles sehr schnell. Der Notarzt legte eine Infusion, warf einen wissenden Blick auf die Tablettenpackung und übernahm die Patientin.

Ole hatte Frits verständigt und war durch das Haus gegangen. Er rief Helle von der anderen Seite des Flurs zu sich. Sie folgte seinem Ruf und fand sich in einem Kinderzimmer wieder. Ein Bilderbuchzimmer mit einem Tiermobile über dem Bett, einer hübschen Wickelkommode, hellblauen Wänden, auf der sich Giraffen, Elefanten und andere Dschungeltiere tummelten. Ein

286

Schnuller lag auf dem Boden, die Schubladen der Wickelkommode waren geöffnet und durchwühlt worden.

»Scheiße, Ole, sie war es doch!«

Helle lief zurück ins Wohnzimmer und sah, dass der Sanka noch auf dem Rasen im Garten stand. Über die Schulter rief sie Ole zu, dass die Fahndung nach Pilita verstärkt werden solle. Sie sei nun nicht länger allein unterwegs, sondern hätte ein Kind bei sich. Einen kleinen Jungen, ungefähr ein Jahr alt, schwarze Haare, asiatische Gesichtszüge.

Helle öffnete die Tür des Rettungswagens, der Arzt sah sich genervt um.

»Wo ist das Kind?«

Elin sah Helle an. Verzweiflung, Trauer, aber auch Trotz lagen in ihrem Blick.

»Wo ist das Kind?«, wiederholte Helle. »Er ist es, oder? Jomel? Imeldas Sohn?«

Elin brach erneut in Tränen aus.

Aber sie schwieg.

Der Arzt schob Helle vom Wagen weg, schloss die Tür, und dann fuhren sie mit Blaulicht davon.

Als Helle später ins Krankenhaus kam, saß Katrine Kjær auf dem Flur. Alles Strahlende an ihr war verschwunden. Grau sah sie aus und traurig. Neben ihr saß die Frau, die Helle auf dem Foto in Katrines Büro bereits aufgefallen war. Sie musste ihre Ehefrau sein. Eine etwas jüngere Brünette mit wilden Locken und flippigen Klamotten. Sie hatte warme braune Augen, streichelte Katrines Hand und begrüßte Helle freundlich, bevor sie sich als Marit vorstellte. Sie sah in keinem Fall so aus, als könnte sie den politischen Überzeugungen ihrer Frau etwas abgewinnen. Helle stellte sich ebenfalls vor, preschte dann aber sofort mit der wichtigsten Frage vor.

»Wo ist der Ehemann?«

Die Verletzungen von Elin sprachen Bände. Und die Tatsache,

dass Imelda ähnliche Wunden zugefügt worden waren, ließen nur einen Schluss zu: Beide Frauen waren von demselben Täter so zugerichtet worden.

Katrine sah Helle mit geröteten Augen an. Sie straffte sich, als sie antwortete:»Ich hoffe, in der Hölle.«

Helle akzeptierte die Antwort nur zum Teil. Sie wusste, dass zu jedem Täter Mitwisser gehörten. Und sie konnte einfach nicht glauben, dass die Misshandlungen ihrer Schwester Katrine, die hier vor ihr saß, verborgen geblieben waren oder dass Elin ihr gegenüber geschwiegen hatte.

»Wir werden uns unterhalten müssen«, sagte sie.

»Ich sage dir alles, was ich weiß. Wenn du mir garantieren kannst, dass nichts davon an die Öffentlichkeit gerät.«

»Das kann ich nicht«, gab Helle zurück.

Katrine musterte sie. Ihr Blick war undurchdringlich. Schließlich erhob sie sich und sagte:»Ich muss telefonieren.«

»Bitte.«

Helle sah Katrine nach, als diese aufrecht, das lange Blondhaar über dem Kamelhaarmantel, den Krankenhausflur hinunterging. Von dieser Frau würde sie nichts erfahren, was sie nicht preisgeben wollte, das war Helle sonnenklar.

Sie setzte sich neben Marit. Nachdem sie eine Weile geschwiegen hatten, sagte diese:»Sven ist Pharmakologe. Er arbeitet in der Forschung und ist ständig auf Kongressen. Ich könnte mir vorstellen, dass er gerade wieder in ein Flugzeug steigt und irgendwohin jettet.«

»Danke für den Hinweis.« Helle holte nun auch ihr Telefon heraus und rief bei Jan-Cristofer an. Er sollte alle Flughäfen anweisen, Sven Madsen nicht ausreisen zu lassen, falls dies nicht schon geschehen sei. Er solle sich außerdem mit der Staatsanwältin, die für die Soko »Düne« zuständig war, in Verbindung setzen und rausfinden, ob man eine Fahndung nach ihm herausgeben könne. Er würde gesucht wegen Verdachts auf schwere Körperverletzung.

Kaum hatte sie das Gespräch beendet, kam Katrine wieder zurück und hielt Helle ihr Smartphone hin.

»Ja, bitte, Helle Jespers.«

Helle hatte damit gerechnet, einen Anwalt an der Strippe zu haben, und war einigermaßen überrascht, die Stimme des Polizeipräsidenten zu hören.

»Helle, Katrine hat mir gesagt, dass ihre Schwester nur noch am Leben ist, weil du so schnell vor Ort warst. Gut gemacht.«

»Trotzdem haben wir noch nichts erreicht.« Helle war nicht in der Stimmung, sich jetzt auf ein Podest heben zu lassen – der Ehemann von Elin war flüchtig, ebenso Pilita und der kleine Jomel, zum Mörder von Kieran Jensen gab es nicht einmal einen Verdacht. Für Lobhudeleien war jetzt keine Zeit.

Der Polizeipräsident räusperte sich. »Hör mal, wir haben nur noch zwölf Tage bis zur Wahl.«

Helle hielt die Luft an.

»Ich würde dich bitten, im Fall von Elin Madsen mit äußerster Diskretion vorzugehen. Für Katrine wäre diese Art von Aufmerksamkeit in der heißen Phase nicht hilfreich.«

»Nicht hilfreich? Ihr Rassistenklub hat eine Bande von Menschenschmugglern gedeckt, sie hat zugelassen, dass eine Frau, die sich illegal im Land aufhält, für ihre Schwester arbeitet, sie hat beide Augen zugedrückt, als die beiden Frauen von ihrem Schwager schwer misshandelt wurden ...«

»Na, na, na, das muss doch alles erst einmal bewiesen werden. Genau davon rede ich.« Die Stimme von Olaf Ingursson war nun schon viel weniger einschmeichelnd. »Sollte Katrine eine Teilschuld treffen, dann wird sie sich dem natürlich stellen. Das hat sie mir soeben selbst versichert. Aber auf den bloßen Verdacht hin ...«

Helle hörte nicht weiter zu. Sie reichte Katrine das Handy.

»Rede mit mir.«

Die Politikerin nickte. »Hier?«

Jetzt schaltete sich Marit ein. »Geht doch in die Cafeteria. Ich bleibe hier, wenn es etwas Neues gibt, verständige ich dich. Aber vorerst wird Elin wohl noch schlafen.«

Über eine Stunde lang sprach die Politikerin. Helle hörte zu, unterbrach selten mit einer Frage. Sie war fasziniert davon, wie diese selbstbewusste und intelligente Frau es schaffte, sich so erfolgreich selbst zu belügen und – je länger sie redete – in eine Opferrolle zu quatschen.

Nein, von Kierans Machenschaften hätte sie erst spät erfahren, zu spät, um etwas unternehmen zu können, schließlich sei Imelda zu dem Zeitpunkt schon im Haushalt von Elin und Sven gewesen. Und ihre Schwester, die keine Kinder bekommen konnte, hatte den kleinen Jungen so ins Herz geschlossen, dass sie ihn ihr nicht wegnehmen wollte.

Der Mord an ihrem langjährigen und engsten Mitarbeiter ließ sie selbstredend fassungslos zurück. Bestimmt sei das Attentat von politischen Gegnern, Antifaschisten oder ähnlich radikalen Gruppierungen verübt worden.

Sven sei anfangs als der perfekte Ehemann für ihre Schwester erschienen, gutaussehend und erfolgreich, erst in der letzten Zeit habe sie das Gefühl gehabt, dass er nur wegen des Geldes in die äußerst vermögende Familie Kjær habe einheiraten wollen. Davon, dass er Elin schlug, wusste sie rein gar nichts, sie habe erst davon erfahren, als Kieran sie deswegen unter Druck gesetzt hatte.

Hier horchte Helle auf und fragte nach. Katrine gestand, dass sie Kieran Jensen degradiert hatte, als Reaktion darauf, dass dieser seine Finger in den Aktivitäten des Menschenschmugglerrings hatte. Zum Dank dafür hatte er versucht, sie zu erpressen – er würde an die Öffentlichkeit gehen und überall erzählen, dass der Schwager von Katrine seine Frau verprügelte.

»Und da hast du erst davon erfahren?« Helle glaubte kaum, dass die Politikerin ihr eine derart dreiste Lüge auftischen wollte.

»Selbstverständlich!« Katrine gab sich entrüstet. Sie sei vollkommen ahnungslos gewesen, was die Misshandlungen anginge, ihre Schwester war schon als Kind labil gewesen mit der Neigung zu Depressionen, deshalb habe sie gedacht, dass sich damit das trübsinnige Gemüt erklären ließe.

»Was hast du unternommen?«

»Ich habe Sven zur Rede gestellt. Das ist doch wohl klar. Und ich habe ihm gesagt, dass ich das keinesfalls weiterhin dulde.«

Helle starrte sie an. Und du hast nicht sofort deine Schwester aus dieser Hölle geholt?, dachte sie. Du hast nicht daran gedacht, umgehend die Polizei zu verständigen und deinen Schwager anzuzeigen? Aber nein, gab Helle sich selbst die Antwort. Das hätte ja bedeutet, Verantwortung zu übernehmen.

Aber da war noch ein weiterer Gedanke, der in Helles Kopf rumorte. Sven hatte demnach über Katrine davon erfahren, dass Kieran mit seinem Wissen an die Öffentlichkeit gehen wollte. Und Sven war Pharmakologe. Der wusste, wie man Spritzen setzte und in welcher Potenz Kaliumchlorid verabreicht werden musste, um tödlich zu wirken. Sie würde nach dem Gespräch Frits davon in Kenntnis setzen. Sven musste unbedingt daran gehindert werden, das Land zu verlassen, nicht nur schwere Körperverletzung, auch Mord stand nun im Raum.

Nach dem langen Monolog schien Katrine viel weniger grau und deprimiert zu sein, so als hätte sie sich selbst wieder motiviert, ihre blauen Augen strahlten, und auch das berühmte Lächeln kehrte zurück. Katrine Kjær war mit sich zufrieden, dankte Helle für das Gespräch und verließ mit energischen Schritten die Cafeteria.

Helle blieb sitzen. Sie dachte an Imelda, die mit ihrem Sohn die weite und gefährliche Reise von den Philippinen gewagt hatte, um in Europa ihr Glück zu suchen. Und die an der Teflonwirklichkeit solcher Menschen wie Katrine Kjær abgeprallt war, nichts anderes im Wohlfahrtsstaat Dänemark kennengelernt hatte als rohe Gewalt und emotionale Kälte. Herzlich willkommen in Europa.

Helle hoffte, dass sie die kleine Frau mit den roten Stiefeln dort draußen nicht finden würde.

Hoffte, dass Pilita und Jomel es schafften, in ihre Heimat zurückzukehren.

Deutschland

Innentemperatur 8 Grad

Der Fahrer hupte dreimal. Pilita atmete auf. Das war das verabredete Zeichen, dass sie die Grenze passiert hatten. Schon bald würde der Fahrer die Autobahn verlassen und Pilita mit Jomel im Schutz der Dunkelheit aus dem Lastwagen herausholen. Dann durften sie vorne mitfahren. Bis zur nächsten Grenze. Wie viele Grenzen würden sie bis Rumänien überqueren? Pilita hatte keine Ahnung, wo Rumänien lag. Nie zuvor hatte sie von dem Land gehört. Aber Danilo hatte ihr versichert, dass alles gut gehen würde, niemand kontrollierte einen Lastwagen, der Plastikmüll geladen hatte.

Jomel war endlich eingeschlafen. Er hatte die ganze Zeit über geweint. Er verstand ihre Sprache nicht mehr, hatte nach seiner Mama gerufen und wollte sich von Pilita nicht beruhigen lassen.

Nun lagen sie zusammengekauert unter eine Plane, begraben unter Chipstüten und Joghurtbechern, Strohhalmen, Plastiktüten und Folien. Der Fahrer hatte ihnen jeweils einen Mundschutz gegeben, trotzdem konnte Pilita die schlechte Luft kaum ertragen. Aber sie würde alles akzeptieren, einfach alles, um wieder nach Hause zu kommen. Rubina und Danilo hatten ihr die Passage nach Rumänien vermittelt, und von dort würde sie weitersehen. Sie würde Geld für sich und Jomel erbetteln, so lange, bis Filipe sie holen kommen konnte. Irgendwo würden sie sich treffen und nach Hause zurückkehren. Mit Jomel. Sie würden eine Familie sein, Pilita würde den Dank der Götter erbitten und jeden Tag beten, ihre Schwester würde sie beschützen.

Jomel war noch klein, er würde vergessen, was geschehen war, er würde die Dänin vergessen und die Sprache, das kalte Land und ja, er würde auch nicht mehr wissen, dass er zwei andere Mütter gehabt hatte.

Skagen

Außentemperatur Minus 3 Grad

Es war spät, als Helle nach dem langen Arbeitstag endlich in ihrer Einfahrt parkte. Kurz legte sie die Stirn erschöpft aufs Lenkrad. Ihr Kopf brummte, zu viele Informationen waren heute durch ihr Hirn geströmt, einige Gedanken hatte sie festhalten können, andere hoffte sie, morgen wieder einzufangen. Leer gedacht und leer geredet war sie, alles, was sie jetzt wollte, war Geborgenheit und Ruhe. Bloß keine Ansprache.

Sie verließ das Auto; auf dem Weg zum Haus wäre sie fast ausgerutscht, es war spiegelglatt. Die Temperaturen hatten angezogen, es roch nach Schnee, der Winter hatte längst Einzug gehalten.

Drinnen war es gemütlich, warm und hell, aber niemand war zu sehen. Keine Sina, kein Emil, kein Bengt. Helle nahm an, dass sie gemeinsam die letzte Hunderunde drehten. Sie öffnete die Tür zum Strand und sah sich um. Der Mond schien fahl auf die hellen Dünen, in keiner Richtung entdeckte sie das Licht einer Lampe.

Dann kläffte Emil, aus nächster Nähe. Helle ging ums Haus herum und sah Mann und Hund an ihrem Lieblingsplätzchen, der Holzbank. Emil lag Bengt zu Füßen, sein Schwanz klopfte einen freudigen Trommelwirbel, und er drehte sich halb auf den Rücken, als er seines Frauchens ansichtig wurde.

Bengt trug seinen Winterparka, Jogginghose und Filzpantoffeln sowie eine unförmige Wollmütze. Er hatte eine Flasche Bier neben sich, im Licht der Petroleumlampe erkannte Helle sein freundliches Grinsen.

295

Sie ging zu ihren beiden Männern, kraulte Emil liebevoll den dargebotenen Bauch und setzte sich neben ihren Mann, der sofort seinen Arm um sie legte und sie an sich zog.

»Sind wir allein?«, erkundigte sich Helle.

»Sina musste wieder zurück nach Kopenhagen. Sie hat dir eine Karte geschrieben und gesagt, du sollst nicht weinen. In drei Wochen haben wir sie wieder am Hals.«

Helle lachte auf, mit einem Kloß im Hals. Nein, sie würde sich das Weinen verkneifen.

»Amira ist heute bei Ole«, sagte sie. »Morgen muss sie auch wieder zurück, Sören scharrt schon mit den Füßen. Das Projekt Digitalisierung ist jetzt unser Problem.«

»Armer Ole.«

»Ach, die schaffen das.« Helle schnappte sich Bengts Bier und nahm einen Schluck. »Übrigens, willst du sehen, was aus deiner Fritteuse geworden ist?«

Sie reichte ihrem Mann das Handy. Erika Blum hatte ihr ein lustiges Video aus ihrer Küche geschickt, nachdem Ole auf Helles Anordnung eine Kiste bei ihr abgeliefert hatte. Es war Pommestag. Man sah Wackelbilder von Kindern und Pommes und der Fritteuse, viel Ketchup wurde vergossen, und zum Schluss sprach Familie Blum im Chor eine Einladung aus. Bengt gab Helle lachend den Apparat zurück.

»Du hattest recht, da hat die Fritteuse ein gutes Leben.« Er griff mit dem freien Arm unter das Reetdach und beförderte Helles Tabakpäckchen hervor. »Drehst du mir eine?«

Zum Glück war es so dunkel, dass Bengt nicht sehen konnte, wie ihr die Röte ins Gesicht stieg, dachte Helle. Sie wollte sich erklären, ließ es dann aber sein. Sie war einfach eine schlechte Lügnerin. Kein Wunder, dass sie auf der anderen Seite des Gesetzes gelandet war.

Sie holte die Blättchen hervor und krümelte eine dünne Linie Tabak aufs Papier.

»Elins Mann ist uns knapp entwischt. Er saß schon im Flugzeug nach Florida zu einem Kongress. Wenn er zurückkommt, schnappen wir ihn uns.«

»Nicht. Jetzt ist Feierabend.« Bengt nahm seinen Arm von Helles Schulter und zeigte in den Himmel. »Schau lieber.«

Tatsächlich begann es jetzt, ganz sacht zu schneien. Keine dicken nassen Flocken wie in den letzten Tagen, sondern zarte eisige Kristalle. Sie rieselten licht durch den schwarzen Nachthimmel, im Hintergrund schlugen Wellen an den Strand, und Stille senkte sich auf Helles Seele.

Sie reichte Bengt eine Zigarette, er zündete ein Streichholz an und gab ihnen beiden Feuer.

Schweigend saßen sie auf der Bank, zu ihren Füßen der schlafende Hund, zwischen ihnen nur Wärme, und rauchten.

Ich liebe dich so sehr, dachte Helle, dass es fast wehtut.

Aalborg

Außentemperatur Minus 2 Grad

Als der junge Mann sie auch am dritten Tag in Folge nicht abholen kam, beschlossen Chai, Dao und Anuthida entgegen der Abmachung, das Haus zu dritt zu verlassen. Sie packten ihre wenigen Dinge zusammen – Fotos ihrer Kinder, ein Tuch, von der Mutter geerbt, den Campingkocher – und gingen eng aneinandergeschmiegt, Schulter an Schulter, auf die Straße. Nach dem zweiten Wohnblock wagten sie, ihre Augen vom Bürgersteig zu lösen und sich umzusehen. Die Stadt schien viel kleiner zu sein als in ihrer Vorstellung. Sie hatten keine Angst, sie konnten sich frei bewegen, und niemand, der ihnen entgegenkam, sah sie seltsam oder feindselig an.

Nach und nach veränderte sich die Gegend, durch die sie liefen. Sie folgten einer mehrspurigen Straße, die sich schließlich verzweigte, plötzlich wurden die Häuser kleiner und älter, Straßen wichen Gassen, Büros kleinen Geschäften.

Bei einem Nagelstudio hieß Chai sie anhalten. Durch die Scheibe sahen sie zwei Frauen, die mit Kundinnen beschäftigt waren. Eine der Frauen entdeckte die drei und winkte freundlich. Chai stieß die Tür auf und grüßte in ihrer Sprache. Eine der Angestellten grüßte zurück, und es stellte sich heraus, dass sie aus der gleichen Gegend stammte wie Chai, aus Chantaburi.

Die drei beschlossen zu bleiben.

Epilog

Vermutlich habe ich eine Zimtallergie, dachte Helle und schnäuzte sich zum wiederholten Mal die Nase. Der Zimtgeruch hing so penetrant in der kleinen Wache, dass ihre Nase davon juckte. Aber sie wollte nichts gegen die aromatisierten Kerzen sagen, gegen die Lebkuchen, den Glühwein und die grünen Girlanden. Denn Marianne in ihrem knallengen roten Strickpullover mit Santa und seinem Rentierschlitten, der sich über ihrem großen Busen ins Unendliche spannte, strahlte so glücklich in all ihrer Weihnachtsgemütlichkeit, dass Helle es einfach nicht übers Herz brachte, ihr den Spaß zu verderben.

Und eigentlich hatten sie es auch sehr hyggelig auf ihrer verfrühten Weihnachtsfeier. Der scheußliche Deckenfluter durfte bereits Feierabend machen und wurde von Lichterketten und Kerzen ersetzt. Marianne hatte dekoriert und gebacken, Glögg mit Rosinen und Mandeln gekocht und sich für diesen einen Abend mit ihrem Weihnachtswahn so ausgetobt, dass für den Rest des Jahres Schluss damit sein musste.

Die Kollegen sangen bereits das dritte Mal in Folge »Rudolph the Red-Nosed Reindeer«, nachdem sie zuvor eine volle Stunde das gesamte Repertoire dänischer Weihnachtslieder durchgenudelt hatten.

Das Telefon klingelte, und Helle, die am nächsten saß, nahm den Anruf an.

»Was macht ihr denn da, zum Henker!« Die Stimme des alten Andersson dröhnte durch den Hörer.

»Wir feiern ein bisschen, Andersson, das hörst du doch.«

»Jaja, während andere arbeiten, liegt die Polizei auf der faulen Haut.«

Von wegen arbeiten, dachte Helle. Der alte Andersson führte den kleinen Gemischtwarenladen in Skagen, in dem es nur uraltes Zeug zu überteuerten Preisen gab. Und da deshalb niemand mehr dort einkaufte, meldete sich Andersson in regelmäßigen Abständen, wenn er sich einsam fühlte. Diebstahl, Vandalismus, eine unheimliche Beobachtung – irgendetwas fiel ihm immer ein, Hauptsache, es kam jemand vorbei und sah nach ihm.

»Was ist es denn heute?«

»Hrmpf. Einer von den Bengeln hat was mitgehen lassen. Bei den Schokoriegeln fehlt was.«

Helle schüttelte sich, wenn sie an das verstaubte Süßwarenregal dachte. Niemand, der noch alle beisammenhatte, würde freiwillig etwas davon stibitzen. Jedenfalls nicht zum Verzehr.

»Ole kommt nachher vorbei und guckt nach dem Rechten, in Ordnung?«

Andersson brummelte etwas, Helle legte auf und sah zu Ole rüber. Der hatte schon mitbekommen, was los war, und formte mit seinen Lippen lautlos das Wort »Andersson?«. Helle nickte, und Ole hielt den Daumen hoch.

»Ich fahr nachher vorbei.«

»Mach mal den Fernseher an«, rief Jan-Cristofer, und alle hörten augenblicklich auf zu singen. »Die ersten Hochrechnungen müssten kommen.«

Als wäre dies ein geheimes Zeichen, ging die Tür der Wache auf, eine Schneewolke begleitete Christian und Linn, die von draußen kamen. Obwohl die Kollegen wieder in Fredrikshavn waren, hatte Helle sie für heute eingeladen.

»... als Wahlsiegerin des Abends darf sich auf jeden Fall die Nationalpartiet begreifen ...«, sagte die Kommentatorin im Fernsehen gerade, und alle in dem kleinen Raum blickten fassungslos auf die Balken. Fast neunzehn Prozent hatte die Partei von

Katrine Kjær erreicht, ein Zuwachs von beinahe zweihundert Prozent.

»Das darf doch nicht wahr sein!« Jan-Cristofer drehte sich zu seinen Kollegen um. Alle pflichteten ihm bei – auch Ole.

»Das ist das Letzte«, murmelte Linn, »diese Verbrecher.«

»Populistenpack«, schimpfte Christian.

Jetzt erschien das Gesicht Katrines im Fernseher, umlagert von Mikrophonen. Sie strahlte über das ganze Gesicht, im Hintergrund sah man ihre Anhänger ausgelassen feiern.

»... danke ich den Wählerinnen und Wählern, die sich nicht von der Schmutzkampagne gegen mich irreführen ließen, sondern ein gesundes Empfinden für Recht und Ordnung haben ...«, hörten sie sie sagen.

Ole pfiff schrill auf zwei Fingern, Jan-Cristofer buhte.

Die Zeitungen der letzten Tag waren voll von der Geschichte, dass Katrines Schwager einen ihrer treuesten Anhänger hinterrücks ermordet, dass er offenbar auch die Tote aus Råbjerg Mile auf dem Gewissen hatte, zumindest indirekt, und damit großes Unglück über die bedauernswerte Katrine und ihre Schwester gebracht hatte. Es war die perfekte Opfergeschichte, die Katrine Kjær auf den letzten Metern noch Stimmenzuwachs brachte.

»... wird man bei der Regierungsbildung nicht an der charismatischen Politikerin vorbeikommen«, sagte die Kommentatorin, »die – so darf man annehmen – nach dem Ministerposten für Wirtschaft und Innenpolitik greifen wird.«

»Mach die Kiste aus«, sagte Helle. »Das ist ja nicht zum Aushalten.«

Alle sahen zu ihr. Eine Frage stand im Raum, und Helle wusste, dass sie ihren Leuten die Antwort schuldig geblieben war. Bis jetzt.

»Ich habe abgelehnt.«

Anne-Marie Pedersen hatte am Nachmittag angerufen und ihr unter der Hand das Angebot unterbreitet, Ingvars Nachfolgerin zu werden.

Marianne und Jan-C. atmeten erleichtert auf, während Ole, Linn und Christian enttäuscht aussahen.

»Warum?«, fragte Ole. Helle wusste, dass er sich Hoffnung gemacht hatte, zusammen mit ihr nach Fredrikshavn zu wechseln.

»Weil ich meinen Job machen will, Ole. Und keine Politik.« Helle hob ihren Becher mit Glögg. »Und jetzt: hoch die Tassen!«

Und sie begann, aus voller Kehle »Last Christmas« zu schmettern.